베트남 전선

베트남 전선

발행일	2024년 5월 31일

지은이	최영만		
펴낸이	손형국		
펴낸곳	(주)북랩		
편집인	선일영	편집	김은수, 배진용, 김현아, 김부경, 김다빈
디자인	이현수, 김민하, 임진형, 안유경, 신혜림	제작	박기성, 구성우, 이창영, 배상진
마케팅	김회란, 박진관		
출판등록	2004. 12. 1(제2012-000051호)		
주소	서울특별시 금천구 가산디지털 1로 168, 우림라이온스밸리 B동 B113~115호., C동 B101호		
홈페이지	www.book.co.kr		
전화번호	(02)2026-5777	팩스	(02)3159-9637

ISBN	979-11-7224-132-2 03810(종이책)	979-11-7224-133-9 05810 (전자책)	

(주)북랩 성공출판의 파트너

북랩 홈페이지와 패밀리 사이트에서 다양한 출판 솔루션을 만나 보세요!

홈페이지 book.co.kr • **블로그** blog.naver.com/essaybook • **출판문의** book@book.co.kr

작가 연락처 문의 ▸ ask.book.co.kr

작가 연락처는 개인정보이므로 북랩에서 알려드릴 수 없습니다.

베트남 전선

최영만 장편소설

 북랩

작가의 말

『베트남 전선』에서 소개되는 주인공 윤혜선은 간호대학교에 가도록 해주신 시아버지 덕분이기는 하나 나이 삼십 대 중반에 세브란스병원 수간호사가 되었고, 그래서 베테랑 간호사라는 말도 들었으나 남편이 죽고 보니 간호사였다는 게 한없이 부끄럽고 미안하다.

한없이 부끄럽고 미안한 건, 환갑이 넘은 사람이 심장약 복용으로 심적 충격으로 받을 수도 있고 생활환경이 갑자기 바뀌면 위험할 수도 있으니 그런 점만 참고하고 잘 다녀오라던 의사의 말을 무시한 게 남편을 사망케 한 것이다.

의사의 말을 무시한 건 남편은 베트남 전쟁터에다 두 다리를 두고 오로지 상체만 가지고 귀국한 장애인이라서 바깥 구경만이라도 시켜 주는 게 아내로서 당연하겠다 싶어 국내 여행이지만 일주일 넘게 해준 게 결과적으로 사망케 했다.

그랬기에 주인공은 어찌할 바를 몰라 하다가 남편이 그동안 말했던 베트남 하미마을 학생 열 명에게만이라도 그만한 혜택을 주게 되고, 본인 잘못은 아니나 사회로부터도 홀대받게 될 미혼모에게 기죽지 말라는 사업도 펼치게 된다.

　　그렇게까지는 그만한 돈이라야 할 것이나, 그런 점으로는 다행히 시부모께서 물려주신 돈이 있어서이기도 하다.
　　주인공 윤혜선은 그렇기도 하지만 한국 여성으로서는 최초일 수도 있는 의대생들 의학 공부를 위한 장기 기증까지다. 장기 기증까지의 주인공은 어려서부터 크리스천으로 '내가 곧 길이요 진리요 생명이니 나로 말미암지 않고는 아버지께로 올 자가 없느니라' 예수님 말씀을 절대로 한다.

2024년 5월
최영만

1

"평택 미군기지는 미군들 먹고 자는 숙소만이 아니라 학교 시설도 있던데 말이야."

"그러니까 탱크 등은 왜 없냐는 거지?"

"그렇지, 아무튼 이젠 어디로 갈 거야?"

군사적 이유이기는 하나 평택으로 옮긴 미군기지를 본 오상택 씨 말이다.

"북한 어뢰정에 의해 폭침당한 천안함 보러 가는 거여."

"그렇구면. 거기에는 한주호 준위 정신도 새겨져 있을까?"

"한주호 준위 정신은 동상에다 새겼을 거야."

"그렇겠지. 하지만 무슨 말로 새겼을까?"

베트남 전선

아내에게 영혼 편지

여보 양금숙, 당신한테 양해를 구하지도 않고 이렇게 떠나와버려 우선 미안하다는 말부터 해야겠소. 생각해보면 많은 시간은 아니나 우리만의 달콤했던 그런 시절도 있었는데 말이요. 그때 일을 나 어찌 잊겠소. 우리가 만난 시작은 나는 UDT 교육을 마치고 당신이 보기에 당당한 군인이었을 테지만 기억이 되는 대로 얘기하면 다음과 같소.

그러니까 당신은 회사 단합대회라는 이유로 와서 그랬다고 나중에 말해주어 알게 됐지만, 약수터 물바가지를 건네면서 나를 빤히 바라보았소. 당신이 너무도 예뻐서도 그랬지만 "아이고, 고맙습니다" 하는 인사뿐이었으나 당신은 내가 군인이기는 해도 총각인 내 맘을 설레게 했소.

그렇게 설레는 맘이 다 가시기 전에 당신의 편지는 나를 놀라게 했소. 근무 부대가 당신 친정집과 그리 멀지 않은 곳에 있었기에 부대 주소는 쉽게 알 수 있었겠지만 그래도 한주호라는 명찰의 이름을 틀림없이 기억했다니요. "대한민국 군인으로서 너무도 당당해 보여 이렇게 인사의 편지라도 한번 띄워봅니다. 내내 용감하십시오. 저는 다나음 약품 주식회사 양금숙." 길지 않은 문장의 편지이기는 하나 그때부터 당신을 향한 연정은 하늘을 찔렀소.

그렇게 보낸 편지를 어떤 착한 집배원이 받아보게 했을까? 고맙기도 했었소. 그렇게 해서 우리는 편지를 주고받았고, 마침내는 결혼까지 해서 아들인 상기와 딸인 슬기 두 녀석을 두기까지의 부부였소. 우리가 그랬음이 이제야 생각이지만 그러고 나서 얼마 후에 예비 장인어른께 인사를 드리러 갔을 때의 기억이요. 당신이 나를 사귀고 있다는 것을 미리 말씀드렸는지 대뜸 하시는 말씀이 "해군이기는 하나 UDT는 매우 위험하다던데 그런 군인에게 내 딸을 주기가 어렵다." 장인어른은 떨떠름하게 여기셨소. 반갑지 않은 이런 말도 이제야 하게 되지만 말이요.

아무튼 내게 있어 당신은 어디만큼의 생각이었는지는 몰라도 나는 당신을 놓쳐서는 안 된다는 생각에 장인어른 눈에 들게 하려고 무던히도 애를 썼던 것 같소. 다른 사람들도 그렇겠지만 장인 장모님께서 사윗감을 고를 때 어디 남자의 얼굴만 보겠어요. 내 딸을 먹여 살릴 만큼의 돈은 있는지, 형제들은 몇 명이나 되는지, 시집살이는 맘 편하게 할 수 있을지, 앞으로 잘 살아갈지 등 꼼꼼히 따져 묻고 그러시겠지요.

장인어른은 그런 이유 때문이었겠지만 생년월일을 물으셨지요. 그러니까 딸인 당신도 옆에서 지켜봤겠지만, 장인어른은 그리 말씀하셔서 나는 생년월일이 1958년 10월 10일이기는 하나 양력이라고 말씀을 드렸던 기억이요. 출생 년월일을 양력으로 말씀드리기는 했어도 음력으로 찾아보기는 어렵지 않으셨는지 두 번째 찾아뵐 땐 사주는 괜찮으나 UDT 군인이라는 게 맘에 썩 들지는 않으셨으나 장인어른이 결혼까지를 허락하신 겁니다. 그래서 당신은 근무 부대에 늘 찾아와 주었고, 민경호 상사는 당신을 형수처럼 생각해서인지 부대 내 상점에 데리고 가기도 했잖아요.

특히 잊을 수 없는 기억으로는 인왕산에 올라 조용한 자리에 앉아 앞으로의 꿈 얘기까지 했네요. 그동안은 그랬는데 이젠 옛날이 되고 말았네요.

그때는 당신을 만나볼 수 있는 것만으로도 좋아지는 나는 스물세 살, 당신은 스물한 살. 이런 나이로 만나고 있다는데 누군들 환영의 박수 없겠소. 아무튼 우리는 그렇게 해서 하객들 앞에서 결혼식을 올렸고, 신랑 신부는 이제부터 사회적으로는 물론, 법적으로도 부부가 된 것입니다 하고 주례자가 공포할 때의 기분은 세상을 다 얻은 것 같았어요. 물론 당신도 그랬을 테지만 말이오.

장인 장모님께서는 그래, 결혼했으니 이제부턴 아들딸 펑펑 낳고 잘 살기나 해라. 이것이 친정 부모의 맘이다. 이런 생각으로 우리를 바라보셨을 겁니다. 우리는 장인어른 기대에 보답인지 몰라도 상기와 슬기를 두게 되었소.

상기가 태어났을 때네요. 나도 모르게 어깨가 으쓱해지데요. 이제부터 나도 당당한 아버지다. 그런 생각 말이오. 그동안은 그렇지만 이제는 두 애들의 아버지로서도 양금순의 남편으로서도 아무것도 아니게 되고 말았네요. 이젠 다 옛날이 되고 말았지만 생각해보면 당신과 달콤한 시간을 더 많이 가질 걸 그랬습니다.

당신과 달콤한 시간 갖고 싶으면 시간이야 어찌 없었겠소. 그런 문제에 있어 우리 중대장님은 특별휴가도 보내주기도 했는데 말이오. 그렇게 보면 UDT 소속 군인이라는 이유는 핑계일 뿐이었네요. 나는 그 랬어도 당신은 군인 가정보다는 군인다워야 한다는 생각으로 이해를 해주고 나를 생각해주었기에 천안함 침몰로 인해 목숨을 잃어가는 장 병들을 구할 맘으로 물속으로 뛰어들 수 있었던 거요. 그랬으나 부모 님들의 희망이었던 보배들을 구해내지도 못하고 결국은 이렇게 되고 말았네요. 이젠 돌아올 수도 없는 그들은 몇 차례 와서 당신도 알고 있겠지만 김태석 상사, 최한권 상사, 김종헌 상사. 세 명의 상사는 나 를 형쯤으로 여겼을 거요. 그러니까 우리 집에 올 때마다 당신에게 형 수님, 그랬으니까요.

그런 상사들이 천안함 침몰로 인해 깊은 바닷물 속에 빠져 있는데 UDT 출신인 내가 어떻게 가만히 있을 수가 있었겠어요. 결과는 아니 었지만 나는 죽더라도 그대들만은 기필코 구해내야 말겠다는 절박함 이 나를 그냥 놔두지를 않았어요. 그래서 바닷물로 뛰어들기는 했으나 바닷물 속 상황은 TV로도 소개되는 잠수부들처럼이 아닌, 너무도 어 둡고 추워 오래 있지 못하고 밖으로 나와 우리 상기와 통화를 하면서 "아빠 힘들고 춥다" 그랬더니 우리 상기 녀석은 "아버지, 그만하세요" 그 러기에 "물속에 후배들이 구조를 기다린다." 나도 이렇게 말했는데 이 것이 우리 아들 상기와 마지막 통화일 줄 누군들 생각이나 했겠소.

그래요, 이젠 그렇게 행복만 했던 당신 곁으로 되돌아갈 수는 도저 히 없으니 어쩌면 좋아요. 내가 없는 빈자리 때문에 당신은 너무도 힘 들 거요. 그렇지만 상황이 상황인데 어쩌겠소. 그러니 맘 다잡고 애들의 효도나 받으시오.

여기서 엉뚱한 말일지는 몰라도 가정은 행복을 말하는 곳임을 모르는 사람은 없겠으나 남편과 아내, 아내와 남편, 자식과 부모, 부모와 자식 이런 관계가 단 한 치의 틈도 생겨서는 안 될 인륜적 관계일 것일 겁니다. 그렇게 해서 있게 된 희망의 자식과 후손들, 그것만은 누가 뭐래도 늙어 숨질 때까지 지니고 살아야겠지만 나는 그게 아니었네요. 그게 아닌 건, 당신에게 있어 남편이라는 짝을 잃게 한 거요.

때문이라고 해야겠지만 당신은 짝을 잃었다는 생각을 지우기가 쉽지는 않을 거요. 그러니까 행복했던 시절로 되돌릴 수는 없는데 말이에요. 그러니 당신의 남편 한주호의 희생정신을 기리자는 동상을 세워 주었다면 그것으로나마 위안 삼아야지 어쩌겠소.

그래요, 짝을 잃은 슬픔을 그런 동상으로 대신할 수는 없겠지만 건강만이라도 잃지 마시오. 그동안 대접만 받았던 당신의 남편 한주호.

아들에게 영혼 편지

둘도 없는 내 아들 상기야, 아버지가 이렇게 된 것이 상기 너로서는 상상할 수도 없는 일이라 두렵기도 할 게다. 그래, 너는 병영 생활만 마쳤을 뿐 아직 장가도 들지 않은 소년이나 마찬가지다. 물론 아버지가 보기에 그렇다는 것이다. 그렇지만 아버지가 바라던 교사로 교단에

설 날만 기다리고 있었는데 너는 아버지가 없게 되는 날벼락을 만난 것이다.

아버지가 이렇게까지 되어버린 바람에 상기 너랑 잘 다니던 목욕탕도 옛말이 되고 말았고, 대화도 할 수 없는 상황이 되고 말았다는 게 너무도 아쉽다. 지금은 아니지만 네가 자립할 때까지는 도와주고 축하해주어야겠다는 생각을 아버지는 가지고 있었으나 이제는 아무것도 해줄 수 없어 미안하다. 아버지가 네 곁을 떠나게 되리라고는 누군들 짐작이나 했겠냐는 말이다.

상기 네가 장교로 근무 중일 때다. 부모는 자식을 군대에 보내기 싫어서 별 꼼수를 다 부린다는 얘기가 나와 내 아들은 육군 장교라고 부대원들에게 자랑도 했다. 자식 자랑은 남 앞에서는 아니라는데 나는 그랬다.

아무튼 너는 곧 제대하겠지만 교사 순위고사 시험도 무사히 마치고 군대까지 갔다 왔으니 제대하자마자 교사로 발령이 나겠지만 많이도 보고 싶다. 그래, 학생들로부터겠지만 한상기 선생님이라는 대접도 받을 게 아닌가. 그런 생각에 아빠로서 뿌듯한 감정을 감추지 못했다. 내 아들이 곧 선생님이 될 것이라는 행복감 말이다.

그러나 아니게도 선생님이 될 네 모습도 못 보고 이렇게 되고 말았으니 어쩌면 좋냐. 미안하다.

아버지와 아들, 아들과 아버지, 세상에 태어난 인간으로서의 천륜적 관계, 아버지는 자랑하고, 아들은 감사하고, 이런 관계이기를 누군들 바라지 않겠느냐. 그렇지만 너와 나는 그런 관계라는 실질적 연이 끊어지고 말았구나. 그동안에는 내 아들이 선생님으로 서 있게 되리라는 희망만이었는데 말이다. 그런 희망이 아빠로서는 완전히 사라지고 말았다.

아무튼 지금은 선생님이 되었을 테니 하늘에서라도 축하해야겠다. 그래, 아버지가 부탁의 말을 한다면 이제부터는 학생들이 인정하는 훌륭한 선생님이 되어라. 그렇게 되기까지는 일반적 생각을 뛰어넘지 않고는 어려우리라. 들은 얘기지만 선생님이 꿈이었고, 선생님이 되었고, 교단에 서서 가르치게까지 된 어느 초임 선생님의 얘기다. 초등학생인 자기 아이를 잘 가르쳐달라고 생각지도 못한 촌지라는 것이 괴롭히더라는 거야. 어떤 학부모는 촌지까지는 형편이 못 돼 약국에서 파는 음료수인 드링크를 사 오기도 해서 학생 수와 맞춰 봐서 부족하다 싶으면 몇 개만 더 사 오라고 그러기도 했단다. 그랬으나 촌지에 대해 생각해보니 촌지를 받게 되면 학생을 가르치는 선생님이 아니라 돈 버는 월급쟁이라는 그런 무서운 생각이 들더라는 거야.

그러니까 학부형들로부터 받게 되는 촌지는 누구도 모르게 주는 돈이기에 고맙다고 하면 그만일 수도 있겠지만 그건 선생님이기 전에 도둑놈이 되는 거야. 그래서 선생님은 받아둔 촌지를 반장을 불러내 "학생 여러분, 학생 이름을 밝힐 수는 없지만 이 돈을 어느 학생 어머니께서 주시기에 싫습니다. 그런 말은 못 하고 받았습니다. 그렇지만 이 돈을 선생님이 쓸 수는 없잖아요. 그래서 이 돈을 반장에게 줄 테니 어떻게 쓸 건지는 학생 여러분이 의논해서 쓰고, 어디다 썼다고 나중에 선생님께 얘기만 해주어요. 알겠지요?" 그러시는 선생님 말을 듣게 된 학생들은 황소 같은 눈으로 보고 있기에 우리 학생들 복 많이 받아라! 초임 선생님은 이렇게만 말했다는 거야. 그 후로도 얼마간 촌지가 주어져 아니라고 하기보다는 고맙게 받아 처음처럼 학생들에게 주었는데 그 돈으로 과자를 사 먹거나 그럴 수는 없어 좋은 일에 썼다고 해서 칭찬을 해주었다는 거야.

그랬다는 소문이 학부모는 물론, 학교 선생님들 귀에까지 퍼진 거야. 그래서 같은 선생님끼리라 여간 불편했다는 거야. 그러니까 학생들에게는 교육적인 일이었겠지만 초임 선생님 자신을 곤란하게 했다는 거야.

그래서 그 초임 선생님은 다른 선생님들로부터 왕따를 당할 수도 있었지만 기필코 이겨내고 말았다는 거야. 그래서 말이지만 상기 너는 무슨 일이 있어도 내일의 희망인 어린이들에게 창공을 훨훨 날 수 있도록 날개를 달아주어야 할 선생님인 거야.

꼭 그렇다고 볼 수는 없겠으나 촌지가 등장하기 전까지는 선생님 대접이었으나 지금은 교사라고 한다. 물론 면전에서야 선생님이라고 하겠지만 말이다. 선생님과 교사, 교사와 선생님. 이 언어 차이를 너는 어떻게 생각할지 몰라도 이런 언어 차이는 선생님의 자격 기준을 말하고 있다고 아버지는 생각한다.

학생들에게 그렇게 한다고 해서 교사들 모두가 박수받는 것은 아닐 것이다. 그러니까 곧 시기심 말이다. 그것을 이길 방법으로는 밥도 자주 사라는 거야. 물론 분위기를 잘 살펴. 그렇기도 하지만 교사들 중에 부모상에는 조문만이 아니라 도와주기까지 해라. 그렇게는 네가 어떤 사람인지를 보여주는 절호의 기회일 수 있기 때문이다. 그렇게는 돈 들이지 않고 친분을 쌓는 일인데 대부분은 조문객이기 때문이다.

아빠가 말해도 될지 모르겠지만 선생님은 학생을 위해 나를 던지겠다는 각오라야 하지 않을까 싶어서다. 내 제자가 사회로부터 칭찬을 받으면 내가 가르친 제자라는 뿌듯한 맘일 것은 틀림없다.

아무튼 상기 너는 어려서부터 순했다고나 할까. 엄마 성격을 닮아 그렇겠지만 여간 착했다. 그래서 너는 선생님이 되어야겠다 아버지는 생각했고, 선생님으로 서 있는 너의 모습을 보고도 싶었다.

그랬으나 깊은 바닷물 속으로 침몰한 천안함 병사들을 구해내려다 좋은 결과도 못 보고 말았으니 아무것도 아니게 되고 말았다는 것이 많이도 아쉽다. 그래, UDT 출신으로서 장병들을 구해내는 것이 주어진 임무일 수도 있다. 그래서든 물속으로 뛰어들기는 했으나 결과는 헛수고였다. 그랬음에도 사회는 분에 넘치는 칭찬의 동상까지라니 부끄럽다. 모두는 아니어도 형처럼 여기려 했던 상사들, 그들만이라도 구해냈어야 했는데 그렇지도 못하고 이게 뭐야. 아무것도 아니잖아 그래진다.

그래, 헛수고뿐인 상황에서 후회한들 무슨 소용이 있겠느냐마는 그렇다. 그래도 감사한 것은 겁 없이 물속에 뛰어들 수 있는 용기를 가진 사람으로 키워주신 부모님과 그동안 따뜻하게 해준 네 엄마와 너희들이 있어서다. 아무튼 상기야, 학생을 가르치는 선생이라면 앞에서 말한 내용에 충실해야겠다. 그리고 학생들의 행동은 선생님을 힘들게 할지도 모를 일이다. 그러기에 야단도 치고 때로는 벌도 주고 그런다는 말도 듣는다. 선생님 말씀도 잘 안 듣고 옆 학생 공부 방해를 놓거나 그럴 경우 말이다.

그러니까 말썽꾸러기 학생일 경우인데 그런 학생 대부분은 가정에서 사랑받지 못하거나 성격이 부족한 데서 나타나는 현상이지 않을까 싶다. 그러니 훈육이라는 명분으로 체벌은 하지 마라. 학생 체벌로 질서유지는 가능할지는 몰라도 인성을 망가뜨리는 역효과도 있다는 것을 기억해라. 학교 체벌이 교육 전문가들끼리도 논쟁이었던 기억이 있다. 체벌은 나는 선생님이 아니라 폭력자다 선포하는 것에 다름 아니다. 그것은 선생님의 자격을 낮추는 행위이니 참고로 해라.

그리고 좀 뒤처지는 학생들이나 말썽꾸러기들을 품는 것이 좋을 듯하다. 품는 방법으로는 시간을 맞춰 불러내 짜장면이라도 사주며 얘기를 들어주는 것이다. 그것도 차에 태워 밖으로 나가서 말이다. 그렇게 하면 선생님이 짜장면을 사주어 먹었다는 말을 엄마 아빠에게 말할 건데 그 말을 들은 부모는 어떻게 생각하겠느냐.

물론 칭찬을 듣고자 하는 것은 아니나 학생은 선생님을 좋아하게 될 거고, 말썽부리는 엉뚱한 짓도 멈출 수 있을 것이다. 어린이는 하얀 백지 같아서 어떤 그림을 그리느냐에 따라 다를 것이라는 생각으로 학생들을 가르쳐라. 학생들에게 교과서를 잘 가르친 것으로 그쳐서는 안 된다. 그러니까 보다 나은 사회를 만들 인물로 키우겠다는 맘으로 가르치는 선생님이라는 거야. 그러니까 돈 벌고 싶으면 장사를 하는 거고, 대접받고 싶으면 선생님이 되라고 누구는 그런 말도 한 것 같아 하는 말이다.

어떻든 상기 너는 선생님 체질이다. 앞으로 대접받는 선생님이 되어라. 그래, 그렇게가 어찌 말처럼 쉽겠냐마는 너의 어려움을 선생님이 해결해주지 못할 것 같아 미안하다. 그렇지만 누구한테든지 기죽지는 마라. 선생님은 너를 믿는다. 위로의 말을 해주고 싶으면 이런 정도로 한두 마디 선에서 그쳐라.

비록 초등학생이기는 해도 지나칠 정도로 영특해서 선생님의 속맘까지를 거울 보듯 들여다보려고 머리를 굴릴지도 모르기 때문이다.

그래, 선생님이라고 해서 항상 따뜻한 맘일 수는 없을 것이지만 그렇다. 그렇게 해도 말을 너무 안 들어 벌을 줄 생각이면 학생들 앞에 세워놓고 "너희들 노래를 부르게 하면 어떨까도 싶다. 앞으로 말 안 듣고 떠드는 학생은 김희준 학생처럼 노래시킬 것이다. 노래하고 싶으면 말도 잘 안 듣고 선생님을 힘들게 해라." 그래, 상기 너는 잘할 줄로 믿지만, 선생님 얘기하다 보니 전날에 들었던 얘기가 떠오른다.

1962년도에 개봉한 '와룡 선생 상경기' 영화 얘기다. 오랜 교직 생활을 끝내고 정년퇴직한 와룡 선생님은 서울에 있는 제자들을 만난다. 와룡 선생님이 서울에 오셨다는 말을 듣고 찾아온 제자들을 보니 말썽꾸러기 학생들만이 아닌가. 그러니까 공부를 잘했던 제자들은 한 명도 안 보이고…. 선생님과 제자, 제자와 선생님. 이런 맛을 보기 위함만의 선생님은 아닐 것이나, 선생님은 밥 벌어먹자는 노동자가 아님을 고민해라.

말이 길어지기는 했으나 선생님이라는 언어다. 공부도 잘하고, 말도 잘 듣는 그런 학생에게 필요한 선생님이 아니라 공부도 못하고, 말도 잘 안 듣는 학생에게 필요한 선생님이라고 나는 생각한다. 말썽꾸러기 학생이라고 해서 희망이 없다는 생각은 절대 하지 마라. 그래서 더 말하면, 가정환경 때문이든 소란스러운 사회적 환경이든 발전을 가로막는 그 무엇 때문에도 아닌 행동을 하는 것은 아닐까 한다. 그러니 너는 학생이 지닌 잠재 능력을 발굴해 날개를 달아주고 훨훨 날 수 있게 해주어라. 공부를 잘하는 학생은 선생님이 필요 없을 수도 있어서다.

그렇지만 공부도 못하고 말썽꾸러기인 학생들을 위해 선생님이어야 하지 않을까 싶다. 너야 바라지는 않겠지만 훗날 얼마든지 보험 성격일 수도 있어서다. 그리고 이건 노파심이지만 전국교직원노동조합에 가입은 하지 마라. 선생님이라는 직은 얼마나 고귀한 직인데 스스로 격을 낮춰 노동자라고 해서야 되겠냐.

그리고 엄마에게도 네 여동생 슬기에게도 든든한 아들, 든든한 오빠가 되어라. 말이 길어진 것 같다만 네 동생 슬기가 결혼하게 되면 말이다. 그리고 네 성격과 같은 매제가 생길지도 모르니 가족이 하나 생겼다고 생각해라. 그러니까 평생을 같이할 매제라는 친구는 내 얘기를 다 털어놔도 싫다 않고 들어줄 그런 친구 말이다.

그러니까 먼 길도 힘겹지 않게 걸을 수 있는 그런 매제 말이다. 엄마의 맘도 편하게 해줄 그런 효자의 동반자 말이다.

승합차에다 여행 가방을 싣고 있는 그런 이웃 가정의 모습을 보면서 그대들만이 아니라 내 자식들도 앞으로 그러리라는 생각도 해본 것이다.

그래, 꼭 처남 매제에게만 그렇게 살아가겠느냐마는 아버지는 매제가 없어 동서끼리만으로 했다. 어쨌든 젊어서도 그렇지만 늙어서는 더할 수 없는 친구일 수밖에 없는 매제와 처남. 너는 이런 점도 참고로 해라. 부모에게 있어 최고의 효를 묻는다면 아들과 딸이 오순도순 살아가는 것이라고 아버지는 말할 것 같아서다. 너희들은 그런 일로든 사회에서 대접받는 삶을 살아라. 그렇게 말처럼은 쉽지는 않겠지만 한상기 선생님은 한주호 준위 아들이란다, 그런 말 들으면 좋겠다. 그래, 아버지는 너희들 때문에 그동안 행복했다. 잘 있어라. 아버지 한주호.

딸에게 영혼 편지

사랑하는 나의 딸 슬기야. 아빠는 보고 싶다. 많이도 말이다.

아빠가 그동안 슬기 너에게 귀찮을 정도로 문자메시지를 많이도 한 것 같아 미안하다. 미안하지만 이제는 그런 문자메시지는 말할 것도 없고, 그 무엇도 해줄 수가 없어졌다. 이렇게 되리라는 걸 미리 알기만 했어도 네가 덜 보고 싶을지도 모르겠는데 말이다.

그건 그렇고 얼굴에 난 여드름 치료하고 예뻐질 거라고 말했는데 치료해서 지금은 예뻐졌나? 그래, 다른 아빠들도 그렇겠지만 내 딸 예쁜 것이 얼마나 자랑스러운 일인지 모른다. 슬기 네가 엄마 배 속에서 커갈 때다. 초음파에 네가 딸로 나타났음이 얼마나 기뻤는지, 아빠는 엄마가 얼마나 고마웠는지 모른다. 엄마는 "딸이 그렇게 좋아요?" 아빠를 쳐다보면서 그러더라. 내 딸이라는 것을 알게 된 후로부터는 엄마의 배가 불러오는 게 봐지고, 다른 집 여자아이가 관심 있게 봐지고 그래지더라.

아무튼 그렇게 해서 태어났을 때다. 손발은 멀쩡한지, 눈은, 귀는 또 말이다. 그렇게 봐지기는 장애인으로 태어난 아기도 있다는 얘기를 들어서다. 그렇게는 지나친 의심 때문이다. 아무튼 여자는 다리도 예뻐야 한다는 생각에 늘 주물러주던 어느 날은 아빠를 보고 씽긋 웃어주었다. 그때의 아빠 기분이 어땠는지 슬기 너는 상상이나 될지 모르겠다. 그러니까 행복이라는 가치가 얼마나 큰지 그때서야 비로소 알게 된 게다.

그리고 네 오빠 상기가 태어났을 때는 아들이 태어난 건가 그런 정도였지만 슬기 네가 태어나고부터는 다른 집 아이 성장 얘기에다 귀를 열어놓게도 했다. 귀를 열어놓기는 그러니까 들리는 말에 의하면 돌이 되기도 전에 말을 시작하고, 두 살부터는 어른들이 깜짝 놀랄 만큼의 말을 한다더라고 해서다. 그런데 너는 네 살이 다 되어가는데도 말문이 열리지 않아 혹시 하는 걱정이 앞서기 시작했다. 그렇게 말만 터지지 않았을 뿐이지 유치원에 보내달라고 떼를 그리도 썼다. 그래서 할머니는 하는 수 없이 유치원에 데리고 가기는 했으나 유치원도 때마침 한 주간 여름방학이어서 다음 주부터 오라는 유치원장의 말을 듣고 너는 실망했는지 위험한 도로 한복판에 서서 움직이지 않았다.

움직이지 않는 너 때문에 차들이 비켜 간 것이다. 물론 덜 복잡한 도로였기는 해도 말이다. 다른 애들처럼 나도 유치원에 다니고 싶어 왔는데, 왜 받아주지 않느냐는 항의 행동이었겠지만 말이다.

아무튼 슬기 네가 그렇게까지는 유치원에 다음 주부터 가기로 손가락 걸어 약속하고 데리고 갔는데도 다음 주부터 오라는 말만 듣고 그냥 되돌아온 것이 많이도 아쉬워하는 것 같더라는 말이다. 아무튼 그렇게 해서 유치원을 보냈는데 얼마나 신이 나는지 내일도 유치원 갈 준비를 스스로 하고 그러더니 두 달이 되기도 전에 말문이 터진 것이다.

말문이 터진 후부터는 말이 너무도 많아 할머니도 엄마도 대답하기 귀찮아했단다. 아빠는 신기하기만 했는데 말이다. 들으면 엄마는 아들을 좋아하고, 아빠는 딸을 좋아하게 된다고 하는 것 같더라만 그 말이 맞는지 아빠는 네 오빠보다 네가 더 좋기만 했다. 그랬던 슬기 너도 이젠 당당한 사회인이 되었을 테니 결혼 대상인 남자친구는 있는지 모르겠다.

아니, 슬기 너 결혼은 했냐? 아니면 결혼은 서른이 넘기기 전에 해

라. 그래서 아기를 낳아라. 시대적으로 자식을 두지 않아도 된다고 생각할지 모르겠지만 자식만은 두어라. 자식만은 두라고 하는 건 자식이 곧 자신이기 때문이다. 부모를 위해 아이를 낳는 사람은 누구도 없을 것이지만 그렇다.

다시 말이지만 자식을 두어야 세상에 태어난 보람일 것이라고 아빠는 생각한다. 물론 지나가버린 구세대로 분류될 수도 있는 아빠의 생각이지만 말이다.

결혼 애기가 나왔으니 더 말하면, 결혼은 행복하자는 데 있을 건 당연하다. 그렇지만 아빠는 슬기 너를 웃게 하지 못했다. 물론 직업상 군인이기는 해도. 여기서 좀 다른 말일 수는 있으나 엄마는 아빠를 위해 많은 애를 썼음에도 아빠는 그런 줄도 모르고 살았다는 게 엄마에겐 한없이 미안하다.

아무튼 전날에서는 남편을 바깥양반, 아내는 안사람 그랬다. 시대적으로 맞지 않은 말이기는 하나 남편은 생긴 구조상 행복하게 해주기 어렵다는 조건일 듯하다. 그런 점 슬기 너도 느꼈을 테지만 아빠가 그랬으니까. 어떻든 슬기 너는 똑똑해서 결혼도 알아서 할 테지만 잘난 남편감은 얼마든지 아내 곁에 평생토록 머물러 있지 않을 수도 있다는 걸 참고로 해라. 아빠는 남자이기에 남자들 심리를 안다고 보기 때문이다.

결혼을 하게 되면 남편이, 시부모가 영 싫다고 하면 또 모를까. 웬만하면 이혼 말조차도 꺼내지 말라는 것이다. 이혼이 얼마나 무서운지

겪어본 사람이나 알지 모르겠으나 결혼으로 연결된 관계들이 와장창 무너지는 아픔 말이다. 그러니까 사랑해주시던 시부모님, 좋아해주던 시동생들, 명절이면 차례상이라는 이유로든 만나게 되는 친인척들, 이런저런 관계들, 돈을 주고 살 수도 없는 이런 관계들의 아름다움이 무너지는 것 말이다.

그래, 결혼해서 살아가다 보면 실망스러운 일도 얼마든지 있을 것이나 그런 실망스러운 일들을 슬기 너는 잘 이겨내는 지혜도 용기도 가져라. 더 말하면 올케와 시누이 사이는 부드럽지만은 않다는 것 같아서다. 오늘날이야 전날처럼은 아닐 테지만 힘든 것이 시집살이라는 말을 TV 방송에서도 해서다. 아무튼 네 오빠가 장가들면 올케가 생기게 될 게 아니냐. 올케의 성격이 어떨지 몰라도 그런 문제에 있어 네 행동에 오빠도 엄마도 눈을 댈 것이 아니냐.

그러니까 자매처럼 살아줄지, 제가 맘이 놓이질 않을 거라는 것이다. 슬기 너는 똑똑도 해서 잘하리라 믿어지기는 하지만 아빠이기에 잔소리지만 하게 된다. 어쨌든 아빠가 없는 집에 네 오빠는 엄마를 지켜주는 든든한 아들로 서 있으리라 믿지만 슬기 너도 엄마에게 친구가 되어주는 딸로 서 있어라. 그리고 시집가게 되면 "너는 어디 가 있다가 내 며느리가 된 거냐." 그런 칭찬도 받아라. 시부모의 칭찬은 엄마에게 힘이 실리는 일이 될 것이니 잔소리 같지만 이렇게 말하는 건 지켜주어야 할 아빠가 없어서다. 아빠 이렇게 되어버려 과부가 된 엄마 맘을 슬기 너는 아직 모르겠지만 엄마이기 전에 먼저 여자다.

그러기에 엄마도 남자 냄새를 맡으며 살아가야지 않겠나. 그것을 엄마는 말 안 할 뿐이다. 그러니 아빠가 없는 엄마의 지금 상황이라는 점을 참고로 엄마를 위할 만한 새아빠를 만들어라. 물론 수소문으로든 찾아보라는 것이다. 그래서든 새아빠를 모실 거면 어쩌면 친구 같은 남자면 좋겠다는 생각이다. 그러니까 낮에는 즐겁다가 밤에는 따뜻한 남자 말이다. 그렇게는 사회적으로 흉이 될지는 모르겠으나 삶을 어떻게 살아가느냐에 따라 아름답기도 할 것이기 때문이다. 그래서 말인데 먼저 너희들의 맘이 편해질 것은 분명해서다.

다시 말해 자식으로서의 효도 말이다. 엄마는 너희들이 있다고 해도 자식과 배우자는 전혀 다름을 알아야 할 것이다. 이건 짐작이지만 아빠가 없는 엄마는 많이도 외로울 것이다. 아빠가 이런 말까지 해도 될지 모르겠으나 엄마는 아빠 품에서만 잠들었고 아빠도 엄마 머리카락에서 풍기는 아내 냄새로 잠들곤 해서다.

이것이 남녀라는 관계이면서 부부인 것이다. 슬기 너도 어릴 적, 아니 중학생 때까지의 기억으로 곰 인형을 끌어안고 잠들곤 했다. 그래서 말 안 해도 슬기 너는 잘 알겠지만, 인형은 인간적 냄새란 없다. 인형이야 그렇지만 사람에게는 이성이라는 냄새가 있다. 그러니까 남녀라는 냄새 말이다. 그래서 말인데 슬기 너는 외로운 엄마를 방치하지 말라는 것이다. 너는 똑똑해서 그런 문제까지도 엄마에게 잘하리라 믿으나 엄마를 일반 상식으로 판단해서는 안 된다. 그래서 슬기 너는 어른들로부터는 칭찬받으며 살아라. 나는 슬기 너의 아빠 한준호.

부대장님에게 영혼 편지

제가 이렇게까지 될 줄도 모르고 바닷속에 뛰어든 것이 부대장님께 어려움을 끼쳐드리게 됐습니다. 물론 일부러는 아니나 부대장님께 사과 드립니다. 저는 용감을 무기로 해야 하는 UDT 출신이기는 해도 아니게 되고 말았지만 말이요. 동료 장기영 병장은 자기가 먼저 바닷물 속으로 들어가보겠다고 하데요. 그래서 말리고, 제가 먼저 들어간 겁니다.

그것은 저는 장기영 병장의 상사이기도 하지만 장가도 안 간 순전한 청년들이라는 생각이 들기도 해서요. 저도 아들이 있어서 하는 말이지만 장기영 병장 부모에게는 금쪽같은 아들입니다. 생각해보면 어떤 단체 일원으로 속하든 그 단체장의 생각을 절대로 해야 할 것은 당연합니다. 그래서 부대장님의 말씀은 곧 국가적 훈시입니다. 그러기에 험한 물속일지라도 생명을 걸고 뛰어들어야 한다고 저는 봅니다.

우리 대한민국이 지금은 휴전 중이라 군인이기는 하나 나태하기 이를 데 없는 것 같습니다. 때문인지는 몰라도 상사에게 대드는 그런 일까지도 있는 것 같습니다. 그런데 고맙게도 우리 부대원들은 상사의 말을 국가적 일이라고까지 생각해서 다행입니다.

이렇게 된 것은 개개인의 야무진 성품도 있겠지만 부대장님을 존경하기 때문일 겁니다. 부대장님은 공적인 면과 사적인 면을 분명히 하시기도 하지만 먹는 것도 잠자는 것도 어떤지를 세심히 살펴주실 뿐만 아니라 술 한잔씩도 따라주십니다. 그 술 한잔 속에는 군인다우라는 무언의 말도 포함되어 있겠지만 나는 부대장으로서 어떤 경우라도 너를 지켜주어야 할 상사인 거야, 그런 말씀이 담긴 것입니다. 저는 그 것을 배웠습니다.

그래서 생각이지만 군대는 병사들의 용감성과 전우애를 길러주는 것이라야 할 것입니다. 대한민국 군인으로서의 용감성도 길러주지 않아서는 아무리 신무기를 배치해준다 해도 아무것도 아닐 것이기 때문입니다.

어떻든 부대장님 내내 평안하십시오. 한주호 준위 올림.

병사 부모들에게 영혼 편지

안녕하세요. 저는 김태석 상사, 최한권 상사, 김종헌 상사 이 세 상사들과 군 생활을 맞나게 했던 한주호 준위입니다. 그것을 부모님들께서도 이미 알고 계시리라 싶지만 우리는 오십 대 나이가 되어야 제대하게 될 직업군인입니다. 그러기는 하나 제대하고 사회에 나오게 되면 형, 동생처럼 여기고 살아갈지도 모를 만큼 전우애를 다지면서 병영생활을 하고 있었습니다. 그렇게 지내고 있었는데 상상하기도 싫은 천안함 침몰이라니요. 그래서 가진 능력인 UDT를 가지고 현장으로 달려가기는 했으나 가진 능력 한계 때문에 저도 죽음이라는 길로 가게 되고 말았습니다.

그렇게 보면 저는 병사들을 부모님들에게 건강한 몸으로 되돌려 보널 수 없는 죄인입니다. 그런데도 사회에서는 제가 행한 인간적 정신을 기리자는 의미로 동상까지 세운 것 같은데 그것은 아닙니다. 동상까지는 받아들일 수 없는 민망한 일이기 때문입니다.

천안함 침몰이 북한 야욕의 소행이든 아니든 그건 관심 없고, 다만 나를 형처럼 여기려 했던 상사들을 구해내야 한다는 절박함 때문에 달려갔고, 물속으로 뛰어든 것입니다. 생각해보면 좋아하는 상사들을 구해내기는 가당치도 않은 일인데 맘만 앞선 게 결국은 이렇게 되고 말았지만 그렇습니다.

당시의 상황을 되돌릴 수 없으나 오랜 기간 간직하고 싶은 기억으로 김태석, 최한권, 김종헌 이렇게 세 명의 상사들은 천안함 침몰 며칠 전에도 우리 집에 찾아와 돼지 삼겹살로 술 한잔씩도 나눴습니다. 그래서 다는 몰라도 이 세 명의 상사만이라도 구해내야겠다는 생각이었는데 그러나 아니게 되고 말았습니다. 그러니까 양심적 생각이 아니라 천안함 침몰 소식을 듣자마자 저는 이미 미친 사람이 되어버린 것입니다.

상사들이 물속에서 구조를 기다리고 있음을 알면서까지 그런가보다 생각만 할 사람은 아마 없을 겁니다. 그래서 저는 물속으로 뛰어들기는 했지만 뛰어든 가치는 아무것도 아니게 됐는데도 저는 사회로부터 참 인간이라는 대접만 받는 것 같아 부담입니다.

어쨌든 몇 년이라는 시간이 흐르기는 했어도 부모님들께서는 아직도 사랑하는 아들들이 집에 들어오는 것처럼 기다리는 생각이시겠지요.

그런 생각은 지구가 멸망(죽음)하기 전까지는 잊고 살 수 없을 것입니다. 어쨌든 부모님들도 알고 계시겠지만 군인은 군복을 입는 순간부터는 사람이 아니라 군사적 병기입니다. 그래서 군대에서는 전사를 두고도 전사라고 말하지 않고 군 손실이라고 말합니다.

그래서 드리는 말씀은 아니지만 지금도 슬픔을 이기지 못하고 계시다면 그래, 그 말 맞아 생각하시고, 용기를 내 일상생활로 돌아가십시오. 그래야 지인들도, 주변 분들도 편안한 맘으로 다가가지 않을까 해서입니다. 아무튼 그런 아들을 둔 것을 자랑으로 여기시고 내내 평안하십시오. 한주호 준위 올림.

부대장님께 영혼 편지

박대근 대령님. 제가 이처럼 잘못된 건 누구를 탓할 문제가 아닙니다. 그러니까 북한 소행만도 아니라는 겁니다. 천안함에 갇혀 장병들을 구해내기는 어림도 없음에도 제가 겁 없이 대든 게 잘못이지요.

아무튼 천안함 폭침이라는 사건도 이젠 남북 화해 분위기가 조성됨에 따라 전날 얘기가 되어버렸을까요? 그러나 저는 아닙니다. 그러니까 남북 화해 소식을 듣기 위해 그동안 얼마나 많은 목숨을 내놓게 되었으며, 얼마나 많이들 울었냐는 겁니다. 판문점에서의 남북 정상 평화선언은 사실일 것으로 믿어도 될지는 모르겠으나 가정적으로 금쪽같은 젊은이들이 북한군으로부터 죽임을 당했습니다.

베트남 전선

그래요, 전쟁은 자비라는 말 자체가 없고 살상 무기가 필요하고 적 군을 무찌르기 위해 더 무서운 무기까지 만들고 있습니다. 그렇지만 군대는 전우애라는 아름다움이 있어서 박 대령님은 저를 노래방에도 데리고 가곤 하셨다는 기억입니다.

그러니까 하급 병사일 수도 있는 저를 어떻게 보시고 노래방까지 데리고 가셨는지는 모르겠으나 부대장님은 그러셨습니다. 부대장님은 거기까지가 아니었습니다. 얼굴이 얼 만큼 추운 겨울 어느 날인가 싶은데 부대장님은 부대원들과 어느 곳인지 다녀오시다가 저의 집까지 들르셨는데 제 아내는 남편이 부대장으로부터도 인정도 받는 준위인가 보다 싶어 기분이 여간 좋더라는 겁니다.

부대장님은 그렇게 하급 병사와 어울리기를 좋아하셨습니다. 물론 사석에서이기는 하지만 훈련에 임할 때는 혹독했습니다. "군인은 명예롭게 죽자는 각오라야지 내일을 위해 살자가 아닌 거야!" 그러니까 정신 개조부터 군인으로 해야 한다고 부대장님은 몰아세우셔도 부대장님에 대해 누구도 불만이 없었습니다. 물론 저도 그랬고요. 그렇게는 병영 생활 때만이기는 할지라도 군인도 우정을 절대로 해야 한다고도 하셨습니다.

그것이 곧 전우애라고 하시면서요. 전우애는 군인일 때 그만이 아니라 사회생활로까지 이어질 것은 분명해서, 부대장님께서는 그런 의도로 전우애를 강조하신 것으로 저는 이해했습니다. 삶에서 하나도 버릴 수 없는 전우애, 이런 전우애는 군대이기는 하나 만남에서 있게 된 일이기에 그것을 놓치지 말자는 다짐을 저도 했습니다. 다짐의 결과는 세상을 떠나게 되는 일뿐 더는 아무것도 아니었으나 UDT 출신으로 천안함 침몰을 보고만 있을 수 없었습니다. 그렇지만 저에게 과분한 동상까지 세워주었습니다.

아무튼 극히 일부이기는 하나 침몰한 천안함에서도 살아남은 병사들에게 없는 말을 만들어 병사들을 힘들게 하는 것 같아 맘이 아픕니다. 그래서 말이나 부대장님이 방송에 출연할 기회가 주어지기라도 하시면 천안함 침몰에 대해 한마디 해주시면 어떨까 합니다.

군인은 어느 집단에 소속된 사람들보다 사실과 정의를 먹고 사는 군인이라고 말입니다. 그러니까 곧 죽어도 진실을 위해 거짓과 싸워 이겨야만 하는 군인 정신이라 말입니다. 우리나라는 못 할 말 없는 민주사회이기는 해도 사실이 아닌 말을 만들어 상대를 힘들게 해서는 안 될 건데 그렇습니다.

어쨌든 오늘의 사회가 그럴지라도 박정근 부대장님, 그동안 감사했습니다. 한주호 준위.

남편에게 영혼 편지

여보, 당신은 내게 있어 없어서는 안 될 절대적 보호자인 남편인 거요. 그러나 세월이 약인지 지금은 좀 덜하지만 그리도 당당했던 당신의 비보는 앞이 보이질 않았습니다. 오랜 일이 아니라서 생생한 기억이지만 당신은 천안함 침몰 소식을 듣자 급하다면서 아침을 먹는 둥 마는 둥 하고 뛰쳐나가다시피 했어요. 그랬던 당신이 난데없이 비보라니요.

당신은 혜륜 법명도 가진 불교인이라 당신 장례식에 왔겠으나 스님들께서는 한주호 준위가 다른 생명을 살리기 위해 노력하다 유명을 달리했으니 고인의 뜻이 국민 마음속에 영원히 기억될 것이라고 위로의 말도 하데요. 그러시는 스님들이 고맙기는 하나 도저히 그런 말씀으로 위로가 될 수는 없습니다.

세상에서 가장 무서운 것이 무어냐고 누가 묻기라도 한다면 사별일 겁니다. 그것을 인정한다 해도 당신과 나만은 아닌 거요. 그런 생각 때문에 잠도 제대로 이룰 수가 없어요. 그 때문이겠지만 말만 듣고 있던 우울증이 다 찾아와 힘들게도 하네요. 때문에 밖에도 못 나갔는데 여러분들이 도와주신 덕에 지금은 일상생활로 돌아갔네요. 물론 전날 같지는 않지만 말이요.

지금도 기억하는 것이지만 당신의 따뜻한 가슴은 내게 있어 남편으로서의 믿음 그것이었소. 그랬으나 아니게도 당신은 잘 있으라는 말도 없이 떠나버렸소. 그렇게 떠나버린 바람에 우울증에 걸렸었소. 그런 우울증은 스스로 이겨내는 수밖에 없겠다는 생각에 우울증을 이겨내려고 애를 써보나 다짐처럼 잘 안되데요.

그래서 어려서부터 고등학교 때까지 자매처럼 지냈던 박예순 친구에게 전화를 걸었지요. 전화를 받은 박예순 친구는 곧 달려와 위로해주데요. 박예순 친구는 당신이 그랬다는 것을 방송을 듣고 고교 친구들에게 연락을 취했겠지만 당신 발인 때 모두 달려와 서로 위로해주었어요.

박예순 친구를 당신도 봤을 거요. 그러니까 부산에 살면서 개인택시를 몰고 우리 집에 자주 찾아오곤 해서 말이요. 박예순 친구는 남자 같은 성격이기도 하지만 웃기는 말도 잘하지요.

박예순 친구는 지금 하늘교회 권사래요. 나는 내년에나 권사 직분이 주어질지 모르겠지만 말이요. 다른 교회도 그렇겠지만 내가 섬기는 교회는 부부가 신앙인이 아니어서는 권사 직분이 주어지지 않아요.

교회 권사 직분은 신앙생활을 잘하고 못하고에 있지는 않을 것이나 당신은 좋은 사람으로 사회적 대접은 상당한 것 같아요. 방송에서도 소개되고 있어요. 종교 문제에 있어 생각해보면 살을 맞대고 살아가는 부부이지만 종교가 서로 다를 수는 있겠으나 종교가 다르다고 해서 서로의 종교적 영역을 잘못 건드려서는 가정불화가 생길 수도 있을 거라서 조심해야겠다는 생각 때문에 교회에 나가자는 말도 그동안 못했지만 말이요.

당신이야 물론 이름만 불교도인이지만 말이요. 서로 다른 종교라는 이유로 부부 갈등이 있어서는 안 된다는 이유가 우리의 삶을 지켜주었어요. 어쨌든 그런 문제도 당신이 떠나고 보니 지난 일이 되고 말았네요. 박예순 친구 얘기를 더 하자면 당신의 빈자리가 너무도 커 박예순 친구에게 전화를 걸었어요. 그랬더니 개인택시를 몰고 한달음에 달려와 위로해주었어요. 그렇게를 개인택시가 쉬게 되는 날마다 찾아주었고, 그때마다는 아니나 바닷가로 가서 지난 고교 시절 얘기, 앞으로 헤쳐나가야 할 얘기도 하곤 했어요. 그러나 당신이 없는 내일은 아무것도 아닐 뿐더러 너무 무섭기도 해요. 그랬지만 박예순 친구가 그렇게 해준 덕에 지금은 그런대로 좋아지기는 했어요. 그러니 마누라인 나의 대해서는 걱정 안 해도 돼요. 이만큼이기 전까지는 당신의 빈자리가 너무도 컸지만 말이요.

그래요, 우리에겐 희망인 상기, 슬기 두 녀석이 있기는 해요. 있지만 자기네 할 일들 때문에 아침 일찍부터 밖에 나가요. 그렇게 나가고 나면 집에 남아 있는 사람이라고는 혼자일 수밖에 없는데 우리 집은 적막강산이었어요. 그것을 당신도 인정하겠지만 노래방도 못 가본 무지렁이잖아요. 그런 성격이라 친구들 사귀기도 쉽지 않아 고교 친구들뿐이에요.

그것을 알고 있는 박예순 친구는 내가 싫어하지만 않는다면 더는 몰라도 한 달을 같이 있어주겠다고 하데요. 그래서 고마우나 박예순 친구도 택시 일을 해야만 해서 곧 괜찮아질 테니 염려 말라고 했지요. 그러면 3일간만 있겠다고 해서 그러라고 했지요. 그때의 사정 당신은 알겠어요? 아무튼 그랬던 맘이 지금은 괜찮아졌지만 말이요. 이건 하나 마나 한 상상이지만 맘 같아서는 당신이 바람이라도 나 다른 여자와 살림을 차렸다 해도 살아만 있으면 좋겠다는 지금의 맘이네요.

한 쌍의 애완용 앵무새가 어쩌다가 혼자가 되면 너무도 외로워 곧 죽고 만다던데 외로움은 사람이라고 해서 앵무새와 어찌 다를까요. 그러니까 따뜻하기만 했던 당신의 품 말이요. 내게 있어 당신의 품은 세상 전부였어요. 속상했던 일도 다 녹여주는 당신의 품…. 그립습니다.

당신이 없는 침대는 너무도 허전해 쉽게 잠들 수도 없지만 잠들기 전에는 뒤처지기도 하네요. 당신 품이 그리워 더듬어지기도 하고요. 시간이 많이 흘렀음에도 그래지네요.

그렇게 보면 집에는 심하게 다툴 대상이라도 있어야 할 건데 당신이 없어서 많이도 외롭네요. 이런 외로움은 언제쯤이나 덜하게 될지 모르겠네요. 우리에겐 상기와 슬기 두 녀석이 있어 다행이기는 하나 당신이 없어 홀로라는 외로움은 아직도 힘들게 하네요. 같은 여자로서 내 맘을 아는지 오늘은 박예순 친구가 장욱조 목사가 부르는 찬양 '생명나무'를 카톡으로 보내 왔네요. 당신이 없는 외로움을 장욱조 목사가 부르는 찬양 노래로 위로받으라는 의미로 보내주었겠지만 말이요.

아무튼 오늘날의 젊은이들은 기성세대인 우리의 생각과는 다를 테지만 결혼해서 살아가다가 성격 차이라는 느닷없는 이유를 들기도 하나 봐요. 그래도 이혼만은 말도 안 된다, 이런 부부는 아마 없을 것입니다. 그렇게 보면 우리는 서로 싫어해본 일이 한 번도 없었어요. 여보, 당신이 이럴 줄 미리 알았으면 다투기라도 할걸 그랬네요. 다 지나간 일로, 이제야 생각이지만 당신이 보이지 않기라도 하면 맘이 어쩐지 불안해지고 그랬던 기억이어요.

그랬지만 이제는 그마저도 없어졌어요. 그런 소리를 해 봤자 들을 수 없는 당신이지만 여보, 당신 지금 어디 있어요? 아무리 불러봐도 대답이 없을 것 같아 이렇게나마 편지를 적어봅니다.

꿈에서라도 보고 싶은 당신의 아내 양금숙.

베트남 전선

아버지에게 영혼 편지

아버지, 오늘은 현충일이네요. 그래서 아버지가 계시는 대전현충원에 다녀왔어요. 물론 혼자가 아닌 어머니랑 슬기랑이요. 물론 현충일만이 아니지만 말이에요. 대전현충원에는 아버지의 숭고한 정신을 기리자는 의미의 동상을 세워놨어요. 그래서 사람들이 아버지 동상을 보는가 싶어 한편으로는 좋게 보이기도 해 아버지의 아들로서 그들 앞에 다가가 "제가 한주호 준위님 아들이에요" 말하고 싶은 맘이 들기도 해요. 그렇지만 그렇게 한다고 해서 아버지를 잃은 우리 가족이 위로받기는 어림없어요. "힘들고 춥다." "아버지 그만하세요." "바닷속 후배들이 구조를 기다린다." 아버지와 마지막 통화가 지금까지도 제 귀에는 쟁쟁하네요.

그래요, 대한민국 군인이 힘들다고, 위험하다고 몸을 사려서는 비겁하다는 말 듣겠지요. 물론 그래서도 안 되겠지만 아버지는 늘 자신 있어 하셨고 당당하셨어요. 비겁 말이 나와서 생각인데 생명을 담보로 하지 않은 군인은 아마 없을 것입니다. 저도 그런 각오로 병영 생활에 임하다 제대를 했지만 말이에요.

아버지, 저는 병영 생활 마치고 경남 창원시 진해구 안골포초등학교 교사로 발령받아 재직 중이에요. 이렇게는 아버지께서 바라시던 대로 고등학생 때부터 정한 일이지만 학생들과 함께하는 것이 제 적성에 맞는 것 같아 좋아요. 이런 모습을 아버지에게 보여드려야 하는 건데 그렇지 못해 많이도 아쉽네요. 아버지, 저는 교사로 서 있기는 하나 누구로부터 알게 되었는지 인사를 받게도 됩니다. 그래서 부담스럽기는 합니다.

오늘은 3학년 담임 선생 변성일 교사가 굴밥이 여간 맛있어 가자고 해서 따라갔어요. 그런데 식당 주인도 알아보시네요. 그렇게 알아봐 주시는 것이 나쁠 수는 없겠으나 식당 주인처럼 주변 분들도 저를 보는 것 같다는 생각에 여간 부담입니다.

그렇지만 그런 부담은 저를 바른 사람, 바른 교사로 서게 하는 이유가 될 것이기에 괜찮으니 저에 대해 아버지가 너무 염려는 안 하셔도 됩니다. 칭찬까지는 아니어도 괜찮은 교사로 서야겠다는 각오이니…. 아무튼 천안함 폭침 때 장병들을 구하려다 순직하신 아버지의 아들이라는 것을 많은 사람이 알아봐요.

그렇게 봐주는 것이 한편으로는 좋기도 하지만 여간 부담스러운 게 아니에요. 그것은 제 행동 하나하나를 볼 것 같아서요. 학생을 가르치는 교사로서 본이 되게 행동하는 것은 지극히 당연할 것이나, 작은 실수도 봐주지 않을 것 같다는 그런 생각 때문에 제 어깨가 무겁다고 할까. 그렇게 지내요.

그렇지만 교사로서 학생을 잘 가르쳐 나중에 사회에서 대접받는 괜찮은 인물로 성장하도록 할 겁니다. 그것이 교사로서만이 아니라 제가 아버지의 아들이라는 사회적 대접일 것이기 때문이기도 해서입니다. "나는 당시 사정으로 군인의 길을 걸을 수밖에 없었지만 선생님들이 좋게만 보이더라." 이런 말씀 속에는 아버지의 정신이 담겨 있어요. 천안함에 갇힌 장병들을 구해내기는 어림없는 일이지만 그런 줄 알면서도 아버지는 차갑고 깊은 물 속으로 뛰어들었습니다. 그러신 아버지의 정신을 아들인 제가 이어받아야 함은 당연하지 않을까요?

그러니까 한상기 선생님이 우리 선생이라는 학생들의 대접 말이에요. 그런 제 모습을 아버지께 보여드리고 싶으나 아버지가 안 계시네요. 그러나 사정상 아버지가 안 계시고 어머니만 계시는 집안에 가장 노릇만이라도 잘할 각오입니다. 묻지는 않았지만, 어머니는 각오대로 해주길 바라실 겁니다.

그래서 어머니 기대에 어긋나지 않은 아들이 될 것입니다. 동생 슬기에게도 좋은 오빠가 될 것은 물론이고요. 아버지, 오늘은 현충일 밤이라 그런지 아버지 생각이 나 이렇게라도 적어봅니다. 아들 상기 올림.

아빠에게 영혼 편지

아빠는 저에게 전화를 거시거나 문자메시지를 보내는 게 그리도 행복하시던가요? 문자메시지를 많이도 보내셨네요. 귀찮을 정도로요. 그러니까 "내 딸 슬기 사랑한다." 그런 문자를 아빠가 돌아가시기 전날까지도요. 그때의 아빠 문자를 지우지 않고 그대로 두고는 있지만 슬픔뿐이네요.

아무튼 이젠 아빠와의 통화는 물론, 문자메시지도 불가능해진 지금의 상황이지만 "우리 딸 슬기 좋은 신랑감 만나거라." 그런 아빠의 문자메시지가 착각으로 보일 때가 있어요.

그렇지만 그 무엇으로도 무슨 방법으로도 대화를 할 수 없게 된 아빠와의 간극, 지금은 혼자만의 말이 되고 말았네요. 그때의 아빠 전화는 우리 곁을 떠나기로 작정한 전화였던가요? "아프지 말고 여드름이나 빨리 나아 예뻐지고. 공부도 열심히 해서 선생님이 되거라. 선생님이 돼서 엄마에게 효도해라." 그렇게 말이요. 그래서 저는 "아빠 몸조심하시고 추우니까 물에 들어가지 마세요." 저는 그랬어요.

그래요, 아빠가 선생님 되라고 하셨으나 선생님은 제 적성에 맞지 않은 것 같아 다른 공부를 하고 있어요. 그래서 말이지만 지금 공부하고 있는 자격증도 딸 거예요. 그런 공부가 충분한 효과로 나타날지는 몰라도 아빠 없는 엄마를 힘들게 할 딸이 되지는 않을 거니 그런 염려는 마세요.

아빠도 인정하시겠지만 제가 누구요. 아빠가 그리도 사랑해주시는 딸이잖아요. 내가 할 말은 못 되나 저를 아는 분들은 저를 예쁘게 보는 것 같아 기분이 좋아요. 그래서 더 예쁘게 행동하려고 해요. 아빠가 걱정하셨던 여드름은 성장기에 잠깐 나타나게 되는 현상이라고 하던데 그 말이 맞는지는 몰라도 이젠 다 나아졌어요.

그리고 경차이기는 해도 자동차도 끌고 다녀요. 자동차도 예쁜 빨간색 자동차이어요. 이 자동차를 아빠가 보시면 늘 닦아주실지도 모르는데 아빠는 아니게도 계시지 않네요. 아빠는 결혼식 때 제 손을 붙잡고 행진할 때 행복해하실 건데요. 남자도 그렇지만 여자는 어른들께 밝은 인사여야 한다고 아빠가 그러셨는데 그런 인사도 잘하고 있어요. 구체적으로는 넓은 횡단보도 길을 어렵게 걷는 어르신들 지팡이가 되어드리기도 해요. 아무튼 오늘은 엄마랑 백화점이랄까 대형 마트에 다녀왔어요. 엄마는 아마 오랜만일 거예요. 경제적 형편이 넉넉하지 못한 탓이기는 하나 엄마는 그동안 늘 재래시장만 고집하곤 했어요. 아빠는 군인이시라 엄마가 생활하시는 걸 잘 모르셨겠지만 말이에요.

그래서 대형 마트가 얼마나 크고 고급 상품들은 얼마나 많은지, 아이쇼핑만이라도 시켜드리고 싶어 엄마를 모시고 갔어요. 그렇게 가는 것이 처음은 아니나, 엄마는 별 반응을 보이질 않으셔요. 엄마는 아직도 아빠 생각을 못 잊고 계시기에 그러시리라 싶지만 말이요.

그동안은 힘차 보이던 엄마의 모습은 반대가 되고 말았어요. 아빠가 병 때문인 것도 아니라서 속상함은 더하실 거예요. 그래요, 저는 몸은 더 클 필요도 없이 다 컸으나 생각은 아직도 세상 물정 잘 모르나 엄마의 외로운 맘을 딸인 제가 어찌 모르겠어요. 삶의 생기가 꺾인 모습이 눈에 훤히 보이는데 말이에요.

어쨌든 엄마에게 아빠의 빈자리가 얼마나 크겠어요. 학교에서 배운 것은 아니지만 짝을 잃어버린 앵무새가 모이를 먹지 않더니 결국은 그렇게 되었다는 말을 들었어요. 이런 문제 있어 인간은 더할지도 몰라요. 아빠!

아빠, 그리고 다섯 살이나 적은 명경진 청년이 누나 누나 하면서 우리 집에 자꾸만 와요. 다시는 못 오게 하기도 어려워요. 그래서 두고만 있는데 엄마는 여간 못마땅해하셔요. 아빠도 아시겠지만 저는 교회 피아노를 칩니다. 그런 저를 명경진이는 그것이 너무도 좋아 보여 결혼 문제까지도 생각하고 다가오는지는 몰라도 저는 아닙니다. 나이만 아니면 나무랄 데 없는 괜찮은 청년이기는 해도요.

누구처럼 늦게까지 아가씨로 있지는 않을 거요. 어쨌든 결혼할 청년은 엄마가 좋아하실 사윗감인지를 꼼꼼히 뜯어볼 거예요. 그러니까 저는 아빠가 안 계시고 엄마만 계시는 딸로서 해드릴 수 있기는 결혼을 잘하는 것이 아닐까 해요. 아무튼 엄마에게 효도까지는 아니라도 당당하게 살아가는 모습만이라도 보여드려야겠다는 각오예요.

아빠, 추운 겨울 한가운데라서 바깥이 너무도 춥네요. 바깥 날씨가 이렇게 추운데도 집에 들어오시지 못하고 밖에만 계실 아빠 생각이 나네요. 한주호 님 딸 슬기 올림.

김태석 상사 부친 영혼 편지

한주호 준위님, 고맙습니다. 둘도 없는 제 아들이 천안함 침몰이라는 청천벽력과 같은 일을 당했으나 그래도 제 아들 옆에 한주호 준위님이 계셨습니다. "아버지, 저 내일 입대를 하게 돼요. 그러면 내일부로 대한민국 해군이 될 겁니다. 대한민국 해병이 될 만큼 아버지께서 이렇게 키워주셔서 감사합니다. 잘 다녀오겠습니다. 아버지!" 그동안 어리바리해서 병영 생활이나 잘하겠나 싶어 걱정했는데 그런 인사를 받고는 흐뭇하면서도 가슴이 찡했습니다. 상사까지도 그렇습니다. 아버지가 아니라고 할까 봐 말을 안 했겠으나 어느 날은 하사관 진급이라는 느닷없는 군사우편을 보내왔어요.

그래서 저는 놀랐지요. 놀란 건 제대를 하게 되면 집안일도 할 일이 있어 제대만을 기다리고 있었는데 말이요. 한주호 준위님도 그러셨는지 모르겠지만 자식의 맘을 부모가 어떻게 하겠습니까. 말을 본인이 일부러 한다면 또 모를까, 그래서 안 된다 그런 말은 못 하고 두고만 있었는데 하사 계급장을 단 지 얼마 되지 않아 중사 계급장, 상사 계급장을 달고서도 자랑인 양 으스대려 해서 무슨 말을 하겠습니까. 그냥 두고만 봤지요. 그랬는데, 그랬는데….

아니게도 비보라니요. 상상할 수도 없는 일이 벌어져 아비인 제 입장으로서는 앞이 안 보였습니다. 잘못된 일 때문에 잠을 이룰 수가 없음은 물론, 입맛조차 떨어져 밥을 먹을 수도 없어 며칠을 굶었습니다.

남편인 저는 그 정도였지만 아내는 아예 곡기까지 끊어버리려고 해요. 그래서 달래느라 애를 먹기도 했습니다. 생명이 붙어있는 한 시간이 약이라고요. 한동안은 그랬으나 이제는 방 청소도 할 만큼 많이 좋아졌지만 말이요. 자식이 잘못된 일에 어느 엄마가 그러지 않을까 싶지만 때문에 우울증에 시달리거나 그러지 않을까 얼마 전까지도 그랬는데 지금은 많이 좋아져 다행이지만 그랬어요.

그러나 아직도 활발했던 전날처럼 회복되기는 아무래도 아닐 것 같습니다.

이젠 제 얘기입니다. 직업군인일 때 장가들어 아이가 태어났고, 제법 재롱도 부리고, 그래서 온 집안에 웃음소리가 가득했습니다. 그래서 그때는 한마디로 살맛이 난 겁니다. 이렇게 살맛이 난 가정에 억장이 무너진 일이 발생했으니 제집 상황이 어찌겠습니까.

우리 며느리는 30대 초반 나이입니다. 이렇게 젊은 나이의 며느리가 남편 없이 홀로 어린아이를 키우기는 불가능할 것 같아 생각을 달리해보라고 했더니 며느리는 대단한 각오로 홀로 키우겠다고 말합니다. 그래도 아기 홀로 키우는 걸 말려야 하지 않을까 싶은데 시아버지인 제가 어떻게 다 감당할지가 고민입니다. 이런 어려움이 비단 제게만 있는 게 아니라 한주호 준위님 가정에도 있지 않겠는가 해서 지금까지의 생각을 바꾸기로 했습니다.

제 아들이 한주호 준위님을 만나 병영 생활이 덜 힘들었으리라는 생각이 들어서입니다. 그러니까 군인으로서의 인간관계, 어떤 면에서는 의리라는 관계, 이것이 아름다운 사회를 이루는 관계일 겁니다. 늦기는 했지만 이런 관계를 만들어주신 한주호 준위님이 좋아집니다. 대전현충원에 한주호 준위님 동상이 세워져 있어 봤습니다. 물론 제 아들도 대전현충원에 묻혀 있지만 말이에요.

현충일에서이기는 하나 현충원에 가게 되면 자연스럽게 여러분들을 만나게 되고, 한주호 준위님 가족도 뵙게 됩니다. 뵙지만 고개만 숙일

베트남 전선

뿐 아무 말도 못 하고 헤어집니다. 아무 말도 못 하고 헤어지기는 한주호 준위님이 내 아들을 구하려다 죽음을 맞이했다는 너무도 미안함 때문이기도 합니다. 아직은 그렇지만 제 아내는 한주호 준위님 가족을 위로해드리러 가자고 합니다. 기다렸던 말이라 당연히 고맙지요. 한주호 준위님 가정에 다녀오면 그만큼의 위로도 받게 될 것이라는 생각도 해보는데, 그렇게 해서 더 좋은 관계로까지 되도록 노력할 것입니다.

아무튼 이젠 되돌릴 수도 없는 일이 되고 말았지만, 우리 아들 그동안의 얘기를 한다면 제 아들은 좀 뒤처지는 아들이 아닌가 해서 걱정스럽게 봤는데 군인이 되고부터는 당당한 아들입니다. 이렇게 된 것은 한주호 준위님 덕분이라고 저는 믿어 의심치 않습니다.

잘나가는 인물들 뒤에는 멘토가 있어서라고 보기 때문입니다. 다른 사람도 그러리라 싶지만, 한주호 준위님 동상 앞에 서면 흐트러진 그동안의 모습이 아니라 고개가 저절로 숙여지게 된다는 그런 말도 듣습니다. 오늘은 현충일을 기다리는 5월 마지막 날입니다.

김태석 상사 부친.

동상 제작자 영혼 편지

한주호 준위님, 저는 한주호 준위님 동상을 제작한 사람으로서 먼저 인사부터 드립니다. 한주호 준위님 동상을 제작해서 대전현충원에 세우면서 생각입니다. 1958년생이시면 나이로는 제가 두 살 더 많네요. 그렇지만 위로 모시고 싶은 지금의 맘으로 존경스럽습니다.

한주호 준위님의 이력을 뒤져보니 해군 특수여단 수중폭파대 출신이시네요. 이런 이력이 무엇인지 이해하려면 설명이 필요하겠지만 수중폭파라는 말만으로도 어마어마한 이력입니다. 물론 그만한 훈련을 받은 UDT 군인이기는 해도 말입니다. 한주호 준위 아드님과 마지막 통화 내용을 보니 "힘들고 춥다." "아버지, 그만하세요." "그만은 아무래도 아닌 것 같다. 바닷물 속 후배들이 구조를 기다리고 있어서다." 한주호 준위님은 그러셨네요. UDT 요원으로서도 최고의 자리까지 올랐습니다.

그런 최고의 자리는 그만한 대접이 기다리고 있어야겠으나 그게 아니게 되고 말았습니다. 그러나 다행이라고 해야 할지 한주호 준위님의 정신을 기리자는 동상입니다. UDT 출신으로서 목숨을 각오로 했던 일이었겠지만 한주호 준위님을 생각하면 가슴부터 저려옵니다. 이런 얘기를 한주호 준위 따님과 같은 나이인 제 딸에게 했더니 돌아오는 말이 "아버지, 그것은 무모한 일이 아니어요?" "무모한 일이라니?" "아버지께서 한주호 준위님 동상을 제작하시기에 천안함 침몰과 한주호 준위님에 대해 검색창에 들어가봤어요." "그랬더니?" "천안함이 무려 20미터가 넘는 깊은 물 속에 있다면 구해내겠다는 발상 자체가 잘못이잖아요?" "그렇기는 하다만 한주호 준위님이 그걸 모르고 물속으로 뛰어들지는 않았을 것이다." "아빠야 그리 말하실지 모르나 현실 상황을 무시해서는 안 됩니다. 아버지가 어서 오시길 엄마도 저희 들도 기다리고 있어요." "그러니까 불가능한 일인 줄 알면서까지는 아니라는 거지?" "그러면 아빠는 아니에요?" "그런 논리로 말하고 싶지는 않다만 요즘 젊은이들은 부모 장례식에서 울기는커녕 조객들과 술도 마신다는 말 들으면 안타깝더라." "그런 말까지는 너무 나간 말씀이 아닌가요." 한주호 준위님, 이렇습니다. 그렇게는 시대가 바뀐 탓이겠지만 딸이라도 조금은 서운합니다. 그래서 한주호 준위님 동상 얘기를 더 하고 싶었지만 무슨 말이 더 튀어나올지 몰라 그쯤에서 그치고 말았습니다.

제 딸은 요즘 젊은이들 말로 까칠하다고 할까요? 좀 그래서 묻는 말에나 단답 형식의 대답을 해주곤 할 뿐이어요. 요즘 젊은이들은 그러니까 귀를 닫고 사는 것 같아요. 들을 필요도 없는 말은 언어 공해라나 뭐라나, 그런 말을 듣기는 해요. 그렇지만 않다면 상대의 의견을 존중해주려는 태도만이라도 좀 가지라고 말하고 싶어요. 우리 딸애가 그럴지라도 한주호 준위님 동상을 제작하게 된 입장에서가 아니라 위로도 받습니다. 변기웅.

시민으로서의 영혼 편지

한주호 준위님, 오늘은 천안함 침몰로 인해 대전현충원에 안장된 제 아들을 보고 왔습니다. 저는 충주 천국길교회를 섬기는 담임목사이기도 합니다. 아무튼 이 같은 일이 또다시 있어서는 안 될 천안함 폭침 사건, 때문에 저의 가정을 포함해 46가정이 항상 누려야 될 행복의 가치가 한꺼번에 와르르 무너져버렸습니다. 그나마 위로가 되기는 한주호 준위님의 숭고한 정신을 기리는 동상 때문이랄까 그렇습니다.

한주호 준위님은 UDT 출신이기에 물속으로 뛰어드는 것은 의무로 당연하다 할 것입니다. 그래서 깊은 물 속으로 뛰어들기는 했으나 바닷물 속은 몇 미터 앞도 제대로 볼 수도 없을 만큼 어두웠다면서요. 천안함 침몰 사건이 3월 16일이면 바닷물 속은 아직 차가운 겨울입니다. 자녀분들과 통화에서 "너무도 춥고, 힘들다" 그랬다면서요.

그래서든 결과는 헛수고로 그만이었지만 그렇게 춥고, 힘이 들어도 침몰된 병사들을 구해내야만 한다는 일념은 어디서 나왔을까요. 자신에게 소득 없는 일은 피하게 된다는 게 오늘의 사회인데 말이요. 한준호 준위님은 그것을 뛰어넘으셨기에 동상을 세우게 되었을 것입니다.

그렇지만 사랑하는 가족들을 뒤로한 건 안타까운 일이 아닐 수 없습니다. UDT가 아니라도 죽음을 담보로 해야만 하는 것이 군인일지라도 말입니다. 누구는 그럽니다. 한주호 준위님이 그렇게까지 했어야만 했을까 말합니다. 다음 주일 설교에는 누구도 해내기 어려운 한주호 준위님의 희생정신을 말할까 합니다.

예수님은 십자가에 달리시지 않아도 될 건데 그런 고난을 마다하지 않으시고 사형장인 골고다로 가신 것입니다. 그것도 특수 제작한 무거운 사형 틀을 짊어지고 넘어지면서, 또 넘어지면서까지 말입니다. 신앙생활을 하고부터서야 그런 예수님을 알게 되었지만 그렇게까지 하신

베트남 전선

것은 인류를 위해서입니다. 한주호 준위님의 동상을 예수님의 십자가와 비교해서 말할 수는 없겠으나 저는 한주호 준위님 역시 누구를 위하겠다는 죽음의 길이었다고 보기에 하는 말입니다.

기독교는 사랑을 말합니다. 기독교적 사랑이란 상황에 따라서는 상대를 위해 자신을 던지는 것입니다. 그렇지만 사랑이란 말이 말에서 더 나아가지 못하고 있어서 사회로부터 칭찬을 못 받고 있습니다. 이런 문제에 있어 본인 스스로를 돌아보면 회개할 일로 그동안 누구를 위하겠다기보다는 저도 잘되기를 바랐습니다. 그랬으나 이제부터는 한주호 준위님을 존경하고 싶은 맘이 들어 이렇게나마 몇 자 적어봅니다.

천국길교회 담임목사.

살아남은 병사 부친 영혼 편지

한주호 준위님 안녕하세요. 저는 천안함에서 살아남은 제 아들 김병장의 아비입니다. 아들 이름도 제 이름도 익명으로 하고 말씀드리겠습니다. 천안함 침몰을 두고는 이런저런 아닌 말도 듣고 있는데 안타깝습니다. TV로도 소개가 된 얘기만 우선 말씀드린다면 대학교수로나 정치인으로 이름이 있으신 분이 말하길 천안함은 북한 소행으로 보기는 어렵다고 하네요.

북한 소행으로 보기는 어렵다는 말을 인정한다 합시다. 대담자들 말대로 암초에 걸려 침몰했다면 선수 부분에 긁힌 자국이라도 있어야 하지 않을까요. 암초에 걸렸다면 가다가 그랬을 테니까요. 그렇기도 하지만 두꺼운 철판으로 건조된 1,200톤의 배가 두 동강 나다니요. 소가 다 웃을 말을 하고 있네요. 아니, 저 교수들은 필시 북한 공작금으로 공부를 한 사람들이 아닌가. 그런 의심도 솔직히 드네요. 그러니까 북한 공작금으로 공부를 한 사람이 있는 것이 사실인지 확인까지 할 수는 없어도 그럴 가능성은 얼마든지 있다는 게 제 생각입니다.

아무튼 천안함이 두 동강이 난 이유의 설명도 있어야 했는데 그런 설명도 없습니다. 우리 아들이 천안함 폭침 기념일(3월 26일)에 종편 TV에 출연해 국민들은 봤을 겁니다. 아니, 천안함에서 살아 돌아온 것이 죽을 죄인인 것처럼 취급도 하고 있어서 세상을 원망하기도 했다고 말했습니다.

그 말을 들은 방송 진행자도 눈물이었습니다. 그러니까 건강상 아무 이상이 없는 병사가 나랏돈을 타 먹기 위해 멀쩡한 팔을 다친 것처럼 붕대를 칭칭 감고 다닐 수가 있다는 건가요. 우리 아들 경제적 형편은 남을 도울 만큼은 못 되어도 돈 걱정은 않습니다. 그래요, 오늘의 사회가 순하지만 않을 거라는 생각은 그 후로부터입니다. 그러니까 천안함이 북한 어뢰에 침몰했고 안 했고, 그런 정치적 문제라고 할지라도 그건 정말 아닙니다.

아무튼 천안함 폭침 사태는 한주호 준위님도 잘 아시리라 믿지만 사람 사는 사회가 이래서는 안 되지요. 한주호 준위님 동상도 그렇습니다. 그러니까 한주호 준위님 동상을 보며 시큰둥한 사람도 적지 않다는데 안타깝습니다.

그래서 말이지만 오늘의 사회는 한주호 준위님 같은 분이 계시기에 사회가 더 나빠지지 않고 돌아간다고 보고 저는 위안을 받습니다. 보셨는지 모르겠지만 부자 아파트 아이들이 서민 아파트 아이들을 외계인 취급하듯 한다는 것 같고 서울대학 교수 중에도 대한민국에 태어나지 말았으면 하는 그런 교수가 있는가 하면, 대학생들에게 우리 남한은 망해야 한다는 사상교육을 한다는 말도 듣습니다.

그러니까 천안함 침몰이 북한 소행인지 일반 시민들은 알 수가 없다는 겁니다. 다만 북한 소행일 것으로 짐작할 뿐이지요. 그렇지만 대한민국으로부터 혜택을 받는다면 우리가 대한민국을 미워하고 북한을 위해서야 되겠느냐는 겁니다. 사실을 사실대로 말해야 할 교수 중에 6·25 전쟁은 북한이 일으킨 게 아니라 우리나라가 일으킨 거라고 말하는 교수도 있다네요.

거기까지 말할 필요는 없겠지만 누구보다도 한주호 준위님만은 살아 계셨어야 했는데 그렇지 못해 많이도 아쉽습니다. 아쉽지만 이렇게라도 몇 자 적어봅니다.

김 병장 아비 올림.

천안함 폭침에서 살아남은 병사 영혼 편지

한 준위님, 저는 운이 좋았다고 할까. 아무튼 살아남아 제대하고 복

학하여 지금은 학생입니다. 학생이기는 하나 공부가 잘 안 됩니다. 나만 살아남았는가 싶은 미안함 때문입니다. 그러니까 살 거면 다 살고, 죽을 거면 다 죽어야지, 사람들은 그럴 것 같기도 합니다. 그렇게 말하는 건 보도로든 들리는 말에 의하면 사실도 아닌데 사실처럼 말하는 사람들도 있나 봅니다. 그러니까 다치지도 않았으면 보상금 받고자 다친 척하려 깁스했다느니 정말 아닌 말을 쏟아내기도 하는가 싶어 얼마나 속상한지 모릅니다.

그러니까 한주호 준위님이 동상을 세워 이름을 날리고 싶어 죽음을 택했겠는가 하는 것입니다. 그건 말도 안 될 일로 위로의 말은 못 할망정 보상금 타고 싶어 깁스까지 하느냐는 뉘앙스의 말이라니요. 그래서 말이지만 대한민국 국민이라면 위로의 말은 못 할망정 비수를 찌르는 말을 하는 일이 다시는 없기를 바랍니다.

아무튼 대학 졸업장을 받게 될 날이 며칠 안 남았다는 생각으로 한주호 준위님 동상을 바라보면서 내가 만약 한 준위님이었다면 위험한 물속으로 뛰어들 수 있을까. 아드님과 통화에서 아빠 너무 힘들다 그런 말씀은 북한 어뢰로 인해 바닷물 속에 갇혀 구조를 기다리는 병사들을 어쩌지 못해 가슴이 미어진다 그런 말씀으로 이해합니다.

그래요, 군인은 국방을 위한 일이라면 전장에서 명예롭게 전사하는 게 사명일 수도 있습니다. 그러니까 전쟁에서의 군인은 사람이 아니라 전쟁 소모품이니까요. 운으로든 살아남은 입장에서 그런 말은 어울리지 않은 말이기는 하나 그렇습니다. 저와는 어려서부터 친구였던 은권표, 박인상, 최병호 그들을 잃었다는 것이 가슴이 미어집니다.

베트남 전선

그래서 천안함 폭침으로 인해 목숨을 잃고 잠들어 있는 대전현충원에 갑니다. 늘 가지는 못하고 현충일 때만 가기는 해도요. 그렇게 잠들어 있는 친구들 대답이야 들을 수 있겠습니까마는 그럴 필요까지 없었을 텐데 우리를 구할 맘으로 물속으로 뛰어들었다가 목숨을 잃게 된 한주호 준위님께 감사 말 전하라는 것 같습니다.

그래서 한주호 준위님 동상 앞에 서게 되기도 합니다. 생각하기도 싫은 천안함 폭침, 보상받을 길은 없으나 북한 통치자가 미안했다는 말 한마디라도 있었으면 싶은데 그런 말 할 기미조차 보이지 않습니다.

몰매 맞을 말일지 모르겠지만 천안함을 폭침시킨 북한 체제를 옹호하려는 세력들은 일반 상식으로도 이해하기 어려운 엉뚱한 말을 하기도 합니다. 그래서 언어 자유가 풍부한 대한민국이지만 천안함 폭침으로 인해 목숨을 잃은 장병들에게 그래서는 안 됩니다. 이런 내용의 글을 페이스북에 올렸습니다.

올리기는 했으나 평범한 사람의 페이스북에 들어갈 사람이 누구도 없을 것 같아 맘 한구석엔 나도 국회의원이 될까도 생각해봤습니다. 물론 어림없는 생각이지만 그렇습니다. 저는 국회의원들에게 말하고 싶습니다. 국가를 수호하다 목숨을 잃은 장병들에게 아닌 말을 한 사람을 찾아내 응분의 조치를 해달라고요. 아무튼 한주호 준위님의 위대하신 정신을 젊은이들이 이어받으면 좋겠습니다. 평안하십시오.

상병으로 제대한 최병진.

UDT 부대장 영혼 편지

한 준위님, 한 준위님의 동상을 보면서 함께했던 부대장으로서 많은 생각을 하게 됩니다. 나이를 따지는 군대가 아니기는 하나 한주호 준위님은 나보다 한 살 아래입니다. 그런데도 한주호 준위님은 저를 부대장님 하며 깍듯이 대접해주었습니다. 군인 계급상 지시 사항을 하늘의 뜻처럼 여겨주시던 한주호 준위님은 지금은 안 계시네요. 날짜까지는 기억이 없지만 겨울 어느 날 한주호 준위님 댁을 방문했을 때입니다.

장교복 차림의 군인이 제게 다가와 경례를 붙이기에 한주호 준위님의 아드님이라는 것을 직감으로 알기는 했으나 그래도 누구냐고 물었네요.

한주호 준위님 아드님이 학교 교사가 될 거라는 얘기를 해주서서 그런 줄 알고 있었을 뿐 만나보기는 초면이나 사랑해주고 싶은 조카 같다는 느낌도 받았습니다. 그래서인지 병영 생활을 마치고 사회에 나오게 되면 한주호 준위님과는 진정한 친구로 살아가고 싶었는데 그런 기대마저 이제는 없어지고 말았네요.

더 말한다면 군인으로서 말이 안 될지는 몰라도 북한군이 저지른 천안함 폭침이고 아니고는 그렇게 크게 관심이 없고, 다만 그동안 함께했던 전우의 정이 없어졌다는 아쉬움입니다.

한주호 준위님도 저도 직업군인이기는 해도 정년이 기다리고 있지

베트남 전선

않습니까. 제대를 하게 되면 민간인으로서 만나게 될 거고, 아들딸 결혼식 때가 아니어도 자주 만나 연탄불 석쇠에다 잘 구운 돼지 삼겹살로 술 한잔씩도 나누고 그동안의 병영 생활 얘기도 하면서 살아갈 줄 알았는데 한 준위님은 아니게도 떠나시고 지금은 안 계십니다.

생각할수록 많이도 아쉽습니다. 그렇기도 하지만 천안함 폭침 침몰로 인해 목숨을 잃어버린 장병들 부모님들은 본인 생명과 같은 아들들입니다. 그런 아들들이 깊은 바닷물 속에 빠져 구조를 애타게 기다리고 있었을 것입니다.

그렇지만 누구도 바라만 볼 수밖에 없는 상황에서 한주호 준위님은 UDT 정신을 죽음으로까지 쏟아부으셨습니다. 물론 결과야 헛수고가 되고 말았지만 말이요. 결과가 좋았다면 얼마나 좋았겠습니까마는 좋은 결과도 못 보고 한주호 준위님은 사랑하는 가족은 물론, 제 곁을 떠나시고 말았네요. 그래요, 지금에 와서 이런 사설을 늘어놓은들 무슨 소용이 있겠습니까마는 이렇게라도 제 생각을 적어봅니다.

전날 부대장이었던 박대근.

국가통수권자 영혼 편지

오늘은 국가적으로 경축일일 수가 없는 서해수호의 날입니다. 그래서 어떤 경우라도 국민을 보호해야 할 국가통수권자로서 한주호 준위님을 포함해 수많은 병사들을 보호하지 못하고 말았다는데 부끄럽고 한없이 미안합니다. 설명할 것도 없이 우리나라는 호시탐탐 공격을 노리는 북한으로부터의 위협을 안고 살아갑니다. 그렇지만 한주호 준위님 같은 분들이 계시기에 우리 국민은 맘 놓고 생활할 겁니다. 그래서 한주호 준위님은 현재의 법령을 고쳐서라도 특별유공자로 대접해드리고 싶습니다.

그래요, 특별유공자로 대접해드린들 한주호 준위님이 이 세상에 계시지 않는다면 무슨 소용이 있겠습니까마는 일단은 그렇습니다. 아무튼 국민께서는 한주호 준위님의 숭고한 정신을 기리고자 하는가 싶어 다행입니다.

그러니까 젊은이들은 한주호 준위님의 동상은 그냥이 아니라 한주호 준위님의 숭고한 정신을 본받자 도전장을 부여해주신 동상이라는 것입니다. 그래서 한주호 준위님께 영웅 칭호만이라도 붙여드리겠습니다.

목회자 영혼 편지

한주호 준위님, 한 준위님 정신에다 거룩하신 분이다 그런 말을 부여해드리고 싶습니다. 바닷물 속이든 물속을 뛰어들어야 하는 직업인 UDT 출신이기는 하나 사람의 키로 서른 길이나 되는 깊이까지를 한주호 준위님은 내려갔습니다. 한주호 준위님은 그렇게까지 깊은 물 속

베트남 전선

으로 내려가기는 했으나 구해낼 방법도 없을뿐더러 시간상 가라앉은 배만 만져보고 올라온 것입니다. 그러고서 사랑하는 아들에게 아빠는 집에 다시는 못 가고 말 것 같다는 의미의 말이 되고 말았으나 한주호 준위님은 사랑하는 아들과 마지막 통화에서 "힘들고 춥다." "그만하십시오." "바닷물 속 후배들이 구조를 기다린다." 한 준위님은 그렇게 해서 떠나셨지만 남은 가족은 짐작이 필요 없이 억장이 무너지는 심정이었을 겁니다.

어떻든 목회자로서 생각이지만 한주호 준위님의 정신을 떠올리면 예수님께서 예화로 말씀하신 내용이 생각납니다. 그러니까 예수님께서 말씀하신 선한 사마리아인 얘깁니다. 어떤 사람이 예루살렘에서 여리고로 가다가 강도를 만나매 강도들이 그 옷을 벗기고 때려 거의 죽은 것을 버리고 갔더라. 마침 한 제사장이 그 길로 내려가다가 그를 보고 피하여 지나가고, 이와 같이 또 레위인도 그곳에 이르러 그를 보고 피하여 지나가되 어떤 사마리아인은 여행하는 중 거기 이르러 그를 보고 불쌍히 여겨 가까이 가서 기름과 포도주를 그 상처에 붓고 싸매고 자기 짐승에 태워 주막으로 데리고 가서 돌보아주니라.
그 이튿날 그가 주막 주인에게 데나리온 둘을 내어주며 이르되 이 사람을 돌보아주라 비용이 더 들면 내가 돌아올 때 갚으리라 하였으니…. 신약성경 누가복음에 그런 말이 나옵니다. 이것은 예수님의 예화일 수 있습니다. 그렇지만 거룩하게 살라고 가르치는 성직자도 아닌, 사람대접도 못 받고 살아가는 사마리아인이 강도를 만난 사람을 구해주었다는 얘기는 한주호 준위님에게 어울리는 성경 구절인 것 같아 목회자로서도 한주호 준위님께 머리가 숙여집니다.

　한주호 준위님, 저는 한 준위님 앞에서는 부끄러우나 유명 목회자라는 말도 듣는 대형 교회 담임목삽니다. 그래서 진심인지까지는 몰라도 성도들로부터 목사님이라는 대접도 받습니다. 그렇기는 하나 죄송하지만 내가 과연 한주호 준위님의 동상을 한 점 부끄럼 없이 바라볼 자격은 있는지, 솔직히 그런 생각이 듭니다.
　제 이름은 익명으로 하겠습니다.

2

"이 방은 그동안 내가 쓰던 방이야."

아내 윤혜선은 그동안 거처했던 방까지 보여주며 말한다.

"역시 윤혜선 아가씨 때 냄새가 난다."

"아가씨 때가 아니라 학생 때야."

"학생 때이기는 하겠지. 아무튼 총학생회장을 만들기까지 했다는 친구들 소식은 알고 있을까?"

"그거야, 어느 정도는 알고 있지. 서로의 삶들이 도시와 섬인 진도에 살고 있지만 잘들 살고 있을 거야. 내가 그렇게 말하는 건 그러니까 진도군청 과장까지 오른 한명순. 뱃사람의 아내이기는 하나 사실상 사장으로 살아가는 박이순. 당시 담임 선생님을 남편으로 삼았기에 사모님으로 살아가는 최기순. 그중에 좀 선머슴처럼 덜렁대는 박정하. 이렇게 네 명은 우리 집에서 살다시피 했어. 찾아오는 걸 아버지가 좋아하신 이유도 있지만."

"어느 정도는 알고 있다는 말은 내가 만나지 못하게 한 것 같다."

그래, 아내 윤혜선은 전쟁터 월남에서이기는 하나 두 다리가 몽땅 잘려 나간 바람에 나의 수족이나 다름없게 살아가고 있다.

"그건 아니야."

"아니기는, 사실이잖아. 자동차 운전도 나 때문인데."

"나는 오상택을 만난 건 행운이야."

"뭐, 행운…?"

"이건 아부가 아니야. 그러니까 오상택을 만나지 않았다면 자랑스런 녀석들을 둘 수 있었겠어."

"그런 말은 윤혜선이가 할 말이 아니다. 내가 할 말이지."

나이 먹어서의 행복은 누가 뭐래도 자랑스러운 자식 두는 것이다. 그래서든 나는 정말 괜찮은 자식을 두게 되었는데 그렇기까지는 아내 윤혜선 덕이다.

더 말하면 우리 집에 찾아오는 사람들도 인정한다는 태도다.

"이 학교도 내가 다니던 학교야. 이젠 폐교가 되고 말기는 했지만."

"그랬던 학교가 지금은 잡초들 세상이 아니야."

"오상택 마누라가 그동안 다니던 학교를 보면서 어떤 생각을 했을까?"

아내 윤혜선 말이다.

"어떤 생각이라기보다 그동안의 정은 남아 있겠지?"

"정은 이미 없어졌고 추억만은 남아 있어."

"추억이면…?"

"추억은 그러니까 섬 학교라는 특수성이기는 하나 남녀공학일 수 없어."

"그렇기는 하겠네."

"그러니까 여학생이라고는 십분의 일도 안 된 상황에서 내가 남학생을 물리친 학생회장이 된 거여."

"그러면 회장에 도전한 학생은 몇 명이고?"

"나까지 다섯 명."

"회장 도전에 탈락한 남학생들이 네 명인데 애들 말로 쪽팔렸겠다."

"그래서 자기네들끼리 하는 말이, 학생회장을 여학생에게 뺏기다니 그러더라고."

"당신한데 대놓고?"

"나한테 대놓고는 못 하지. 그러니까 가게에서 들리는 소리이기는 해도 말이야. 그래서 나는 이놈들아 이 윤혜선이가 누군지 똑똑히 보여줄 테니 그런 줄이나 알고 있어라, 물론 맘속으로 했지만."

"그래서 당신은 나를 어떻게 해버린 건가?"

"어떻게 해버렸으니까 우리가 4남매까지 둔 거야."

"그거야 고맙지. 그래서든 장인어른도 장모님도 자랑스러워하셨겠다."

장인어른, 장모님, 저는 두 다리가 없어진 심한 장애인이기는 하나 말도 안 되게 윤혜선 지난 추억의 얘기만 들을 뿐입니다. 특히 장모님 생각입니다. 제가 장애인이라는 이유로 침대에만 누워 있을 때 찾아오셔서 제 손을 따뜻하게 붙잡아주신 일 말입니다.

"자랑은 당연하셨지. 동네에서는 경사나 난 것처럼 대접이었어."

"윤혜선이가 학생회장이 되어 대접일 때 나는 무엇을 했을까 모르겠다. 그러니까 배구?"

"배구선수로든 뭔가는 하고 있었겠지."

지금이야 내 남편이지만 부상이 아니었다면 오상택은 누구의 남편일지 모르겠다. 그러니까 괜찮게 생긴 청년이기도 하지만 그만한 돈도 있어서다.

시아버지는 쌀 도매상 사장님으로 화물 트럭만도 두 대라 시아버지를 돕는 일꾼만도 두 명이었다. 쌀밥 먹기가 그리도 어려운 시절에 말이다.

"내가 무엇을 했는지는 모르겠나 다들 그랬듯 우리 부모님도 사주를 무시 안 했을 거야."

"우리가 살아가야 할 얘기하다 말고 무슨 사주야. 말도 안 되게. 그러니까 잘도 생긴 오상택 말이야."

"잘생겼다는 말 고맙기는 하나 윤혜선은 그래서 내게 끈질기게 다가온 건가?"

"그런 얘기까지 하려면 집에도 못 가고 날 새겠는데. 그러니까 내가 비록 인기 없는 딸이기는 해도 기대가 높으신 우리 부모에게 미안하게."

"그러면 딸이 아니라 아들이었으면 해서?"

남편 오상택 말이다.

"그렇지, 오늘날이야 흉이 될 수 있을 것이나 당시로서는 아들이라는 표시를 나타내기 위해 특별 바지도 만들어 입혔다잖아. 그러니까 아들이라야만 했던 부모가 남자임을 당당하게 보여주기 위한 것 말이야."

"부모님에겐 나도 아들이지만 아들이란 뭔지 모르겠다."

"그렇지만 우리는 딸이 더 좋지 않아?"

"우리는 아들보다 딸이 더 좋지. 부르기도 쉽고 말이야."

"사실이겠지만 그렇다고 해도 아이들로서는 많이도 민망했겠다."

"아닐 거야. 그러니까 무엇이 민망인지도 모를 나이였을 테니까."

"그건 그렇고 이제야 생각이지만 장모님이 진도아리랑 보유자이셨어?"

"거기까지는 아니고, 진도 괜찮은 행사 때마다는 나가셨어."

"그러셨으면 장모님처럼 진도아리랑도 부를 줄 알 거잖아."

"그러니까 진도아리랑을 불러보라고?"

"그렇지, 한번 불러봐."

"아니야, 난 못 불러. 그러니까 그냥 따라만 다닌 거야."

"그러면 장인어른께서는 같이 다니셨고?"

"아니야, 아버지는 집안 어른이라는 체면을 무시할 수 없으셨던 거야."

"남자는 상투 틀고 갓을 쓰는 그런 시대이기는 하지."

"옛 남자들은 그런 면도 있지만 우리 아버지는 신앙인이기도 해서 변화된 시대를 아신 분이었어."

"그러니까 고등학교까지도 보내주신 것도 말이야."

"그래?"

"그렇지, 아버지는 말씀까지는 아니었어도 여자도 남자처럼 살라고 고등학교까지 보내주신 거야. 생활 형편이 부족함에도."

"장인어른이 지금도 살아 계시면 좋겠다. 이것저것 여쭤볼 게 많은데…"

"이것저것 여쭤볼 게 많다고 했는데 그러면 그중에 한 가지만 말한다면…?"

"그러니까 장인어른께서는 우리 애들을 많이도 자랑하셔서."

"그거야 손주 자랑은 할아버지로서 당연하지."

"그것도 있지만 윤혜선을 얼마나 사랑하셨는지야."

"그러니까 내가 네 살 때 기억인데 아버지는 감나무 접붙이는 기술자였는지 멀쩡한 감나무를 베어버린 거야."

"그래서 당신은 많이도 속상했겠다."

"속상할 정도가 아니야. 울기까지였어."

"사랑하는 딸 울기까지였으면 장인어른은 무슨 말로 달래셨어?"

"아버지는 더 좋은 감나무로 만들 테니 울지 말라고 하신 거야."

"그러면 장인어른은 더 좋은 감나무로 만들기는 하셨어?"

"자기도 봐서 알겠지만, 우리 집은 오래전부터 감나무 집이야."

"오래전부터면 할아버지가 심으신 감나무?"

"그렇게까지는 잘 모르겠지만 아무튼 젓가락 정도 크기 막가지를 이미 베어버린 나무에다 접붙이려 하시는 거야."

"그러면 장인어른께서 감나무 접붙이기는 누구도 따라올 수 없는 기술자?"

"기술자까지는 모르겠고, 그것도 나중에 알게 됐지만, 아버지는 청년 시절 과수원 관리원으로 근무까지는 하신 것 같아."

"그러니까 장인어른 부상은 군대에서였겠지?"

"아버지는 이름만 거룩한 상이용사이기에 장가도 동갑내기 친구들보다 늦으신 것 같아."

"장인어른 장가는 장모님의 은혜잖아."

"그런 얘기는 뒤에서 하기로 하고, 하던 얘기 계속하면 그러니까 아버지는 젓가락 같은 막대기를 베어버린 원통 나무에다 대고 창호지로 칭칭 감으시는 거야."

"그러면 당신은 장인어른 옆에서 지켜본 거네?"

"신기한 일인데 안 지켜봐. 그런데 깨끗하다 싶은 황토를 바르시더니 빗물도 안 들어가게 헌 옷으로 싸매기까지 하시는 거야."

"당신은 열심히도 봤다."

"아버지는 짚으로도 두툼하게 싸매시더니 감나무가 어떻게 자라는지 지켜보라고 하시는 거야."

"그래서?"

"그래서가 아니라 아버지 말씀이 사실일지 하루에도 몇 번씩 보는 거야. 그런데 며칠 후엔 감나무 잎 순이 나오는 거야."

"감나무 순이 나오는 것만으로도 신기했겠다."

"그거야, 두말이 필요 없지."

"그러면 공부를 잘해 전교 학생회장이 된 것도 장인어른 덕?"

"아버지 덕일 수도 있지만 전교 학생회장 되려면 공부가 아닌 거야."

"그렇겠지, 전교 학생회장이 되려면 똑똑하다는 말 들어야겠지."

"그래서 윤혜선이라는 이름이 널리 알려지기까지였어."

"그런 여자를 나는 모시고 산다."

"모시고 산다가 뭐야. 아무튼 전교 학생회장으로 출마는 했으나 학생회장으로까지는 아닐 줄로 알았는데 내 이름을 부른 거야."

"그런 얘기는 우리가 처음 만났을 때 했잖아."

"내가 그랬었나?"

"본인이 잘한 일이라 잊었겠지만 나는 당신 숨소리까지도 기억해."

"아무튼 친정 부모님 계실 때 왔어야 했는데 그렇지 못해 미안해."

"미안은 무슨 미안까지야."

말이야 무슨 미안이냐고 그랬지만 아내 지금의 말이 사실일 것이다. 나는 베트남에서 두 다리를 잃기는 했으나 그러기 전엔 그만큼의 신장도 된다는 이유로 배구선수로 뽑히기도 했다. 물론 국가대표 선수가 아니라 학교에서뿐이지만. 아무튼 나는 지금의 아내를 만나지 않았다면 어떤 여성과 만나 이처럼 행복한 여행을 할 수 있었을까? 아니, 장가 꿈도 못 꾸었을 게 아닌가. 삶에서 아내를 동반자로 여기고 살아가는 게 얼마나 행복한 일이겠는가. 그래서 내가 할 말은 못 되나 오늘날의 남편들은 아내를 받들어 모시라는 것이다.

"그런데 아버지보다 한 살 위인 이장 김동진 씨 얘긴데 내가 학생회장이 된 게 그리도 좋으셨는지 어쩔 줄 몰라 하신 것 같아."

"이장님이 어쩔 줄 몰라 하셨다면 장가들 아들은…?"

"장가들 아들이 있었으면 오상택 씨는 울 수도 있을 거잖아. 그래서 다행인지 몰라도 이장님은 딸만이야."

"그러시구면. 어쨌거나 당시 이장님 지금도 살아 계시다면 뵙고 싶다."

"이장님은 나를 엄청 예뻐도 해주신 거야. 그러셨던 일들이 이제는 옛날이 되고 말았네."

"이장님이 그리도 예뻐해주시기는 한동네 학생이기도 하지만 아마 몇 명뿐인 여학생이라서일 거야."

"그랬을까 몰라도 내가 전교 학생회장이 된 걸 동네에선 경사로 보셨는지 마을 사람들은 멀리까지 나와 환영해주더라고. 그러니까 엄마와 친절하게 지내시는 해남댁은 끌어안기까지였다는 거야. 그래서 지금도 살아 계시면 이 사람이 제 신랑이어요 그런 말도 할 건데, 그게 아니라 아쉽다."

"그렇게까지 환영이었으면 당시가 좋았겠다."

"아니야. 지금이 더 좋아."

"지금이 더 좋다는 말은 아닌 것 같다. 나 때문에 고생하잖아."

"고생이라니, 그건 아니야. 나로서는 행복 그 자체야. 그러니까 고생은 하기 싫은 일 명령이라 어쩔 수 없이 하게 되는 일을 두고 하는 말일 거잖아."

"그렇기는 하겠지."

이건 남편인 내 생각이 아니라 아내가 생각할 내용이지만 여자에겐 뒤웅박 팔자라는 말도 있다. 그런 말은 남자를 잘 만나면 신세가 펴진다는 말이겠지만, 어디 여자만이겠는가. 남자도 마찬가지, 그러니까 지금의 오상택.

"그런데 자기 수필집도 한번 내보면 어떨까?"

"느닷없이 무슨 수필집이야?"

"내가 수필을 말한 건, 베트남에서 보고 겪었던 일들을 말하는 거야."

"베트남에서 보고 겪었던 일들을 수필로 말하기는 윤혜선에게는 미안한 일도 있는데 그래도 괜찮겠어?"

"미안하다는 말은 그러니까 베트남 아가씨 손도 댔다는 건가?"

"그건 말도 안 돼."

"그러면 자기는 아가씨를 싫어하는 남잔 거야?"

"아가씨를 싫어하다니, 말도 안 되게."

내가 여자를 싫어했으면 어디다 내놔도 자랑스러운 우리 4남매까지를 두었겠어. 그건 말도 안 돼. 그러니까 베트남전에서 두 다리를 잃어버리기는 했으나 아기 만들 생식기만은 살아 있어서 오늘에 이른 거야. 그런 점으로든 아내 윤혜선은 내게 있어 오늘도 천사다. 지금의 전국 일주도 그동안은 맘에 있었으나 간호사 일을 그만둘 수는 없어 퇴직만을 기다린 게 오늘에 이르지 않았겠는가.

"그래, 말이 안 되기는 하지, 간호사이기는 하나 아가씨인 나를 끌어안고 어쩔 줄 몰라 했으니까."

"내가 어쩔 줄 몰라 하기까지?"

"어쩔 줄 몰라 한 건 사실이야. 그런 얘긴 그만하고 내가 그동안 생각한 수필집인데 수필은 나와 관련한 얘길 할 거면 회고록일 수 있잖아. 그래서 하는 말이야."

"그렇기는 해도 지금의 미술은 어떻게 하고?"

"그거야, 그림도 그려야지."

"아무튼 회고록 쓸 재주는 없어. 그렇지만 생각만은 해볼게. 그런데 당신은 운전하기 많이 힘들지?"

"운전은 힘들지 않아. 좋기만 해."

"좋으면 다행이나 환자인 오상택을 일주일 넘게 태우고 다니기는 만만치 않았을 것 같아 하는 말이야."

"그렇지 않아. 그러니까 이런 기회를 얻기는 어느 때고 아닐 거잖아."

부부끼리 어디 전국 일주를 아무나 하겠는가. 그러니까 운전을 남편과 교대하면 더욱 좋겠지만 그게 아니라서 아쉽다면 아쉽기는 해도.

"그러니까 이 오상택이가 듣기 좋으라고 하는 말은 아니겠지?"

"무슨 소리야. 그건 아니야. 생각해봐. 우리끼리만 자동차로 전국 일주를 아무나 하겠어. 안 그래?"

"그렇기는 하지만 운전을 당신 혼자만 해서야."

"나는 최상의 낭만이야. 최상의 낭만이라고 말한 건 하늘나라에 계시는 아버님께 감사드리고 싶기도 해서야."

"그래, 우리 아버지는 당신이라야 하셨을 거야."

"그래서 말인데 아버님은 자동차 운전대 잡기까지 애써주셨어."

"그렇게까지는 아들을 버릴까 봐 당신을 붙잡고 싶어서였을 거야."

"아버님은 그러셨을까는 몰라도 지금은 누구도 아닌 오상택과 윤혜선이잖아."

"오상택과 윤혜선? 그래, 오케이다."

"나도 오케이다."

우리가 전국 일주를 오케이라는 말만이 아니다. 남편이 베트남전에서 이기는 해도 두 다리가 몽땅 잘려 나간 환자라는 이유로 그동안 방에만 가두어둘 정도였기 때문이다. 그러니까 남편을 바깥 구경만이라도 시켜주는 게 아내로서 의무이기도 해서다. 그러니까 세상 것들을 단 몇 분간만이라도 봤으면 했다는 헬렌 켈러처럼 말이다.

"사람들은 우리를 두고 낭만에 산다고 할까?"

남편 오상택 말이다.

"그런 말은 젊은이들에게 해당이 되는 말이야."

"아니야. 우리도 아직 낭만을 즐길 수 있는 나이야."

"환갑 진갑이 지나기는 했어도?"

아내 윤혜선 말이다.

"우리 나이까지 생각은 말자고."

"알았어."

생각해보면 나는 오상택 환자를 좋아만 했을 뿐인데 세상에 더없는 우리 다인이가 태어난 일 등이다. 그러니까 우리 다인 이, 삶에서 부족한 부분을 모자람 없게 채워주려는 딸 말이다.

3

"그건 그렇고, 생각해보면 나는 하마터면 윤혜선이가 아니라 베트남 사위가 되었을지도 몰라."

"하마터면이라는 말은 그러니까 월남 아가씨들 어떻게 해버릴 수도 있었다는 건가?"

"거기까지는 아니야."

"거기까지가 아니면 어디까지?"

그래, 너무 따지는 건 분위기를 흐리게 할 수도 있다. 오상택은 이젠 누구에게도 빼앗길 수 없는, 그러니까 어디나 내놔도 괜찮은 4남매까지 심어준 내 남편이다. 그래서 남편은 두 다리만 잃어버렸을 뿐, 맘씨로도 멋진 남편이다. 멋진 남편이기까지는 물론 어른들 덕분이겠지만.

"당신, 베트남 파병들 대민 지원이라는 말 들어는 봤을까?"

"대민 지원 말 듣기는 했지. 그러나 죽이느냐 죽느냐 전쟁 상황에서 대민 지원까지는 믿기 어렵다."

"그러니까 설명하면 베트남이 전쟁터이기는 해도 한국의 좋은 이미지를 민간인들에게 심어주자는 의도인 거야."

"그거는 당연하겠지만 스스로는 아닐 테고…?"

"그거야 당연히 지시였지. 그러니까 채명신 장군의 지침이었어. 채명신 사령관에 대해 더 말하면 신앙적으로 교회 장로님이기도 하신 분이야. 교회 장로님이라는 말까지는 나중에 듣기도 했지만. 채명신 사령관은 파월 장병에게 풍기는 인상부터도 참 어른이야. 채명신 장군 얘기를 더 하면 6·25 때 어쩌다 보니 적장을 붙잡게 된 거야."

"어쩌다 보니 그런 말은 전투답지 못했다는 거잖아."

"그런가? 아무튼 붙잡은 적장은 남자아이를 데리고 다니는 거야. 그래서 적장은 항복까지는 할 수가 없어 이 아이를 아들로 삼아주면 좋겠다는 말을 하더니 그 자리에서 자살하더라는 거야. 그걸 보면서 채명신 장군은 울었다는 거야."

"그때의 채명신 장군은 일반 병사였겠지?"

"물론이지. 그런데 적장을 부모처럼 따라다니던 남자아이를 아들로 하기는 아직 총각이라 동생으로 삼았고, 서울대학까지도 보내주었다는 거야. 그래서 말인데 채명신 병사에게 돌봐달라고 부탁한 적장도 요즘으로 보면 인간적 금메달감 아니야?"

"금메달감이지. 그건 그렇고 하던 얘기 계속하면 대민 지원까지는 믿기가 어렵다."

"대민 지원은 전투가 날마다가 아니라서야."

"그래?"

"그러니까 전장에 나가라고 지시가 내려질 때만이고 나머지 시간은 베트남 농사일을 돕는 일이야."

"그러면 대민 지원으로 나가게 되면 먹는 건?"

"먹는 건 우리나라처럼이기는 하나. 우리 한국 입맛에 안 맞아서인지 더 달라고는 안 해, 물론 나도 그랬고."

"그래?"

"그러니까 그동안 길들여진 입맛들이라서."

"그러면 베트남 농촌 풍습은 우리나라 농촌과 같아?"

"베트남 농촌 풍습이란 구체적으로 뭔데?"

"그러니까 참거리도 나오냐는 거야."

"그런 건 베트남의 농촌도 우리나라처럼이야. 그러니까 참을 내오는 것도 아가씨들이 대부분이라는 거야."

"아가씨들이 대부분이었으면 오상택 씨는 여간 좋았겠다."

"당연했지."

"그러면 베트남 아가씨는 예뻤어?"

"마누라 앞에서 베트남 여자를 예쁘다고 말해선 안 될 거잖아."

"내 앞에선 괜찮아."

"그렇기는 해도."

"아무튼 베트남 아가씨들은 한국 군인을 좋아들 한다던데 사실인 건가?"

"그런 것도 궁금해?"

"그러니까 한국 군인들마다 오상택 씨처럼 잘생겨서일까야?"

"그러면 내가 괜찮게 생겼다고?"

"자기 입원 첫날 기억이지만 한번 만져보고도 싶더라고."

스무 살 나이들은 다 그럴 것으로는 보나, 당시 남편은 티 하나 없는 환한 얼굴이었다. 그래서 여자로서 어떻게 해버리고 싶기도 했었다. 그러니까 옆 침대 환자가 없다면 둘만의 일도 했을 것이다. 만약이지만 남편이 지금처럼 두 다리가 없는 게 아니라 멀쩡했다면 어디 접근이나 했겠는가. 그래서 하나님은 이 윤혜선을 위해 부산병원에 갈 기회까지도 허락하셨을 거고, 지금의 운전까지일 게다.

"그래서 당신은 시트 속으로 손을 준 건?"

"그랬지, 아가씨 손 만져보라고."

"그랬구먼. 그런데 여자 손들마다는 부드러운 건가?"

"아가씨들마다는 다 그럴 거지만 내 손을 아무나 만져서는 안 되지."

"그러니까 오상택이나 만져야 할 그런 손…?"

"그렇지, 그런데 자기는 내 손을 놓기 싫어했잖아."

"그때는 가림막이 있었던가?"

남편 오상택 말이다.

"가림막 있었지, 가림막까지는 간호장교 의도였을 거야."

"그러니까 간호장교는 우리가 부부까지 되라는 의도…?"

"아마 그랬을 거야."

"듣고 보니 그랬겠네."

"그랬겠네가 아니야. 우리는 간호장교 덕분에 부부가 되어 오늘에 이른 거야."

"그때의 간호장교님 지금도 살아 계시면 좋겠다."

당시를 생각해보면 모두가 감사다. 그러니까 그동안의 대소변 처리는 위생병 또는 경환자들이 처리해주었으나 때로는 새파란 간호사가 처리해주기도 했다. 물론 소변기 비우는 정도의 일이지만.

"나도 뵙고 싶다. 그런데 그때는 자기가 남자로 안 보이고 환자로만 봐진 건 왜였을까 몰라."

"남자로 안 보이고 환자로만 보였다면 봐서는 안 될 곳도 본 건가?"

"안 보려고 할 수도 없었어. 나는 자기를 지켜야 할 특별간호사라."

"내가 그런 줄도 모르는 환자였다고?"

"그때는 오상택 씨 훌륭한 곳 보려고는 아니야. 환자로만 봐진 거야."

"그랬구면, 오, 죽어서도 잊지 못할 옛날이여!"

남편 오상택은 전날에 젖는다.

"자기 오늘은 감격까지다."

"감격까지는 아니야."

"내 남편처럼 잘생긴 남자 있으면 한번 나와보라고 해."

"잘생겼다는 말 고마워. 아무튼 우리가 이래서 잘했군, 잘했어, 노랫말처럼인 것 같다. 남편 오상택 기분은 너무너무 좋다."

"이젠 그런 얘기 말고 월남 아가씨들 얘기나 해."

"한국 군인들은 너나없이 잘도 생겨서 그렇겠지만 베트남 아가씨들은 대민 지원으로든 집에 찾아가기라도 하면 어쩔 줄 몰라 했던 것 같아."

"좋아서?"

"그렇지, 좋아서이겠지."

"그랬으면 오상택 씨는?"

"나도 아니었다고 못 하겠지만 한번은 마당가에 심어진 우람한 나무를 베어버리면 좋겠다는 거야."

"그래서 나무를 베어버렸어?"

"아니야. 나는 학교만 다니느라 톱질할 줄도 모른다고 했더니 시범까지 보이면서 나무 베기는 힘센 남자라야 한다는 거야."

"그래서?"

"그래서가 아니라 나무를 베어버리려다 아무래도 아닌 것 같아 나무 베어버리는 게 부모님도 좋아하실지 모르겠다고 했고 그만두었어."

"그랬더니?"

"오늘은 그런 줄로만 알고 다음에 아버지에게 물어보고 베자고 하더라고."

"그러니까 마당에 심어진 나무를 베고 싶어서가 아니라 오상택 씨 손 한번 만져보겠다는 그런 속셈이었잖아."

"그랬을까 모르겠는데 응우엔티는 멀쩡한 남편이 있음에도 나를 여간 좋아했었던 것 같아."

"결혼한 여자라도 멋진 남자 좋아하는 건 당연하지."

"그러면 윤혜선도?"

"뭔 소리야. 누구든지일 테지."

"그러니까 젊은이로서 예쁜 여자, 오상택처럼 잘도 생긴 남자?"

아내 윤혜선 말이다.

"그런 말에다 나까지 포함은 좀 그렇다."

"난 사실을 말했을 뿐이야."

"그래도, 대놓고까지는 좀 그렇다. 아무튼 여자든 남자든 번성하고 충만하라는 하나님 창조일 거야."

"그런데 응우엔티 집에 혼자만 간 게 아니겠지?"

"그렇지, 응우엔티 집에 혼자만 간 게 아니었어."

"혼자가 아니었으면 여러 명이?"

"대민 지원이기는 해도 그러니까 누가 베트콩인지를 알 수가 없어 항상 세 명 이상인 거야."

"그랬었구면."

"그러니까 나는 군인이기는 해도 안 좋은 소문이 퍼질 수 있는 남자 잖아."

"그러면 베트남도 우리 한국처럼 여자 혼자 있는 집에 가기가 조심 이라고?"

"지금 말한 대로 모든 나라가 다 그럴 거야."

"모든 나라가 아닐 수도 있을 거야. 그러니까 어떤 나라는 귀한 손님 에겐 마누라와 한방을 쓰게 해준다고 해서야. 물론 만든 말이겠지만."

"그건 엉터리 말이고, 베트남전은 전후방이 따로 없어. 그래서 민간 이지만 여차하면 발사도 해야 해서 총 소지까지야."

"총까지면 민간인들은 무서워했겠다."

"무서워할 사람이면 베트콩이겠지. 아무튼 그런 말 앞에서도 했지만, 나는 하마터면 윤혜선이가 아니라 베트남 사위가 될 뻔도 했어."

"그래?"

내가 오상택을 만나게 된 건 결코 우연이 아니다. 그러니까 하나님은 고모를 통해 간호장교를 통해서도지만 대기업 사장님들이나 탈 수 있는 고급 자동차는 물론이고 동내에서는 대궐 같은 집도 가지게 되었으니 말이다.

베트남 전선

4

"그런데 여기가 어디쯤인 거야?"

남편 오상택 물음이다.

"여기가 어디냐면 영동고속도로에서도 문막휴게소 근방인가 봐. 우리 문막휴게소에서 쉬었다 갈까?"

"쉬었다 가자고. 집에 바쁘게 가야만 할 이유 없잖아."

"그래, 바쁘게 가야만 할 이유는 없지."

"그런데, 하던 얘기 계속하면 월남 아가씨들이 나를 여간 좋아했나 봐. 그러니까 귀국하게 되면 좋은 신랑감 소개도 해달라고까지 했으니."

"그 아가씨들 손은 안 대고?"

"뭔 소리야. 그런 거 없어."

"아닐 수도 있는데."

"아닐 수도 있다는 말은 이 오상택을 몰라서야. 그러니까 아가씨가 너무도 예쁘다는 이유로 손을 잡았다가는 우리 엄마는 넘어지실 거야."

"그러면 내 남편이 되려고 참은 건가?"

"참은 그것도 아니야. 아무튼 나는 이보다 더 좋을 수는 없어. 그렇게 말하는 건 당신은 내가 바라던 이상의 예쁜 딸도 낳아주었어. 어디 우리 다인이뿐이겠는가. 용감하고 멋진 걸로도 치면 세상에 우리 세 아들처럼 잘난 녀석은 없을 거야."

"우리 애들의 엄마인 나도 그래."

"이런 말은 남 앞에서는 못하겠지만 말이야."

"그러면 우리 집에 오시는 전우들에게 자식 자랑은 안 한 거지?"

"안 한 게 아니라 못 했지. 자식 자랑했다가는 팔불출이라는 말 듣게 될 거잖아."

"어쨌든 지금은 떠나고 안 계시지만 병상에 누워만 계시던 친정아버지가 생각난다. 그러니까 잘도 생긴 외손주를 보시면서 많이도 행복해하셨을 건데 지금은 안 계신다. 그러니까 처음에야 죽느니 사느니 그러셨지만 손주들 앞에선 아니셨던 거야."

"그런데 첫딸을 낳았을 때 자기 기분은 어느 만큼이었을까?"

아내 윤혜선 말이다.

"우리 다인이가 태어나는 걸 보고 나는 울었는데 당신은 그걸 못 봤을까?"

물론 전쟁터인 베트남에서이기는 하나 두 다리가 몽땅 잘려 나간 내 몸에서 두 다리가 멀쩡한 딸아이가 태어나 감격 그 자체였다. 때문이라고 해야겠지만 멀쩡한 우리 다인이 두 다리를 만지고 또 만지곤 했다.

"우는 건 봤지."

"아무튼 우리에게 다인이가 태어나지 않았다면 기다려줄 사람이 있을까 몰라. 그러니까 며느리들은 하는 일들이 너무도 바빠 기다리기는 아닐 테고."

"그러네. 어렵게 만든 막내며느리는 근무 땜에 아닐 테고, 둘째 며느리는 대형 슈퍼 사장이라는 이유로 어려울 테고, 큰며느리는 대학교수이기도 하지만 너무 먼 곳에 산다는 이유로든 어려울 테니."

"그렇지만 탈 없이 잘살아주고 있는 것만도 다행이야."

"그런 얘긴 그만하고 당신은 운전을 금방 하게 된 게 궁금하다."

"그런 얘기 내가 안 했던가?"

"했지만 자세히는 안 했어."

"내가 임신이 된 것을 아버님은 어머님을 통해 아시게 되셨는지 자동차 사러 가자고 하시더니 자동차 골라보라고 하시더라고."

"그러면 당신은 뭐라고 했고?"

"뭐라고 하긴, 자동차 말씀은 상상도 못 할 일이라 어리둥절했지."

"어리둥절했지만 감사하다고는 했을 건데?"

"감사가 아니야. 그러니까 운전면허증도 없잖아."

"그렇기는 해도 내 차가 생겼다면 좋아했을 것 같은데 아니었을까?"

"좋아할 일이 따로 있지, 자동차로 어떻게 좋아해. 말도 안 되게. 그러니까 운전면허증도 없을뿐더러 시대적으로 자동차 운전을 여자가 못 할 거잖아."

"그렇기는 해도 아버지는 당신을 놓치면 안 된다는 생각에, 그러니까 도망 못 가게 붙들어 매놓자는 그런 생각이셨을 거야."

"내가 도망가? 그건 말도 안 돼. 나는 임신까지 해버렸잖아."

"그렇기는 하네. 그렇기도 하지만 자동차 운전은 무섭기도 했겠다."

새파란 며느리에게 고급 자동차까지는 짐작이 필요 없이 아버지로서는 손주를 보고 싶은 맘에 임신을 너무도 좋아하셨을 테고, 장애인이 되어버린 아들을 내버리고 도망이라도 갈까 봐 도망 못 가게 하려고 그러셨을 거다.

"자동차 운전이 안 무서웠어. 내 차는 아버님이 사주신 자동차잖아. 그것도 혼자만 타고 다닐 수 있는 도로이기도 하고."

"그랬었구면."

"아무튼 나는 지금도 특별 대접만 받고 살아가는 여자다."

"당신은 특별 대접 받을 만하지."

"그건 그렇고, 나는 오상택 씨가 좋아서 멀리 부산에서까지 찾아온 사람을 곁에도 못 오게 문고리까지 잠갔을까 몰라."

"내가 그렇게까지 했다고? 난 안 그런 것 같은데…"

"안 그러기는, 찾아간 지 세 번째 만에서야 비로소 만나게 해줬는데."

"그래서 당신은 나를 어떻게 해버린 건가?"

"내가 그러기까지는 했어도 문은 곧 열어주었잖아."

"그러기는 했지."

"그런데 당신은 내 허락도 없이 어떻게 해버리데."

"어떻게 해버린 건 오상택을 만나야만 해서였어. 그러니까 부산에서 서울까지 왜 왔겠냐는 거여."

"그렇기는 하네. 윤혜선 간호사 용감이 오늘이기도 하다."

"그건 그렇고, 말 붙이기조차 어려울 아들을 보신 어머니는?"

"어머니는 나를 보시자마자 곧 쓰러지셨어. 형들은 어머니가 쓰러지실 줄 미리 알고 있었겠지만."

"아이고…"

"그러셨으나 이젠 하늘나라 가시고 안 계시만 엄마로서의 아들이란 누구야."

"그거야 말해 뭘 해."

나는 엄마에게 있어 삼 형제 중 막내로서 국내 여행 모습도 보여드리고 싶다. 이렇게 된 건 물론 아내 덕분이기는 해도.

"다 지난 일이 되고 말았지만, 생각해보면 부산병원 간호장교가 자기와 만나 결혼까지 하라고 보내주어 찾아가 어머님께 말씀드리니 그냥 가라고 하시는 거야."

"아마 그러셨을 거야. 나는 어머니가 차려주시는 밥그릇도 내 던질 정도였으니까."

"오상택이야 그랬겠지만 나는 첫날은 하는 수 없이 되돌아가고 말았지만 자기가 없으면 못살 것 같더라고."

"나를 그렇게까지?"

"그렇게까지라니, 못 오게까지 해도 맘은 그렇지 않을 거다 싶어 다음 날에도 다음 날에도 간 거야."

"그러니까 아침도 안 먹고?"

"아침은 어머님이 차려주셔서 먹었어. 더 달라고까지."

"그러면 우리 엄마는 당신이 찾아오는 게 싫지 않으셨다는 건가?"

"뭔 소리야. 어머님이 싫어하실 이유 있겠어."

"그렇기는 하지, 그런데 내가 가라고 소리까지 지를 때 생각은 어땠어?"

"가라고 소리 지를 건 당연할 것으로 알고 있었어."

"그랬었구먼."

"그러니까 나를 내쫓지 않을 거라는 그런 생각?"

"나는 당신을 먹여 살릴 만큼 자신이 없을뿐더러 고생만 시키겠다 싶어 오지 말라고 한 거야."

"처음에는 그랬다가 나를 만나니 생각이 달라진 건가?"

"달라진 건 당신이 나를 양해도 없이 덮쳤기 때문이지."

아내는 나를 확실히 해두기 위해 그랬으리라 싶지만, 아내는 내게 있어 사람의 옷을 입은 천사다. 이 같은 여행도 나를 위함을 물론이고.

"말하지만 남녀가 만나는데 양해가 필요할까?"

아내 윤혜선 말이다.

"그건 그렇고 여행을 한꺼번에 많이 하는 건 무리일 수도 있어."

"그래? 그러면 그만 집으로 갈까?"

"그러자고."

"그런데 처음 근무 부대 가보자고 한 것 같은데 이젠 아닌 건가?"

"아니야, 갈 필요도 없어. 그동안 알던 누구도 없을 거잖아."

그래, 당시를 생각해보면 혹독한 7주의 해병대 훈련을 마치고 강원도 삼척시 삼척항 인근 부대에 배치되었다. 그렇게 부대 배치받아 근무하다가 부대가 파월되게 되는 바람에 베트남 파병을 안 갈 수가 없었다. 그러나 가정적으로 피치 못할 사정으로든 베트남 파병이 어렵다면 빼주겠다는 부대장 말에 응할까도 했었다. 그렇나 고생은 되겠으나 죽기까지야 하겠는가. 말도 안 될 엉터리 생각을 했던 게 두 다리를 잃어버린 지금이다. 두 다리를 잃기는 했으나 아내를 만나고 보니 그게 다 나쁜 것만 아니다. 그것은 여성으로써의 아름다움은 물론이려니와 맘 씀씀이도 천사이기 때문이다. 그래서든 아내는 우리 집에 빠짐없이 오게 되는 원상길 중사 등 모두에게 편안하게도 해준다. 그러니까 일반적 반찬도 아내가 만들어주는 게 아니라 남자들이 재미로 만들어먹게 해주어 모두가 좋아들 한다. 누구는 싱싱한 상추를 다듬고 누구는 삼겹살 노릇노릇하게 굽고. 특히 아내를 형수님이라고 말하는 민성호는 설거지 담당이다.

"애들이 걱정할지도 모르니 그만 가자고?"

아내 윤혜선 말이다.

"그러자고, 딴 데 또 갈 곳도 없잖아. 그런데 운전만 하기는 힘들지?"

"운전은 괜찮아. 힘 안 들어."

여행 중에도 딸에게는 이상 없다는 전화 통화도 했다. 그러니까 날마다 그렇기는 했어도 애들로서는 두 다리가 몽땅 없어진 제 아빠가 건강치 못해 집으로 가야 맘이 놓일 게 아닌가. 그렇기도 하지만 집을 너무 오래 비워놓는 것도 안 좋다.

그래, 부모가 자식 걱정해주고 자식이 부모 걱정하는 건 사랑의 증표이기도 할 것이기 때문일 것이나 애들아, 사랑한다. 아빠 엄마 여행은 그만하겠다. 한 이 주간을 여행할 거라고 말은 그래놔서 너희들은 그런 줄 알고 있겠으나 남이면 어디 걱정이나 하겠냐. 자식이니까 걱정하는 거겠지. 그래, 집에 도착은 몇 시쯤에 할 것 같다고 했으니 딸은 이미 나와 기다리고 있을지도 모른다.

"운전이 힘 안 든다고?"

"운전은 걱정 안 해도 돼. 운전을 쉬지 않고 계속하는 것도 아니잖아."

"그렇기는 해도."

맘뿐이지만 이럴 때 운전도 교대로 하면 얼마나 좋을까. 아내는 나를 위한 운전이라 맘이 좀 그래서다. 부부는 몸과 맘이 하나가 되어야 한다고 주례자가 말했지만 말이다. 물론 주례자가 말해서 알게 된 건 아니지만.

"심심한데 우리 친정엄마 얘기 좀 할게."

"장모님 얘기?"

"그러니까 사위 흉 얘기는 아니니 그런 걱정은 안 해도 돼."

"사위 흉 얘기가 아니라니, 그게 무슨 소리야."

"그러니까 우리 엄마는 참 재미있는 분이었던 같아."

남편 오상택은 아내의 얘기를 듣다 말고 코까지 곤다. 그래, 잠은 자라고 그냥 두고 운전만 하다 보니 벌써인가 싶게 용인휴게소까지 와진 것이다. 점심시간이 좀 이르기는 하나 점심을 돼지국밥으로 때운 후 집으로 온다.

베트남 전선

5

"천천히 와도 될 건데 벌써 와 있었냐."

엄마 윤혜선 말이다.

"아니야, 조금 전에 왔어. 그런데 우리 엄마 대단하다."

"엄마가 대단은 아니나 무사히는 온 것 같다."

말이야 무사히 온 것 같다고 했지만 딸 다인이는 미리 기다리고 있었을 것이다. 물론 몇 시쯤에 도착할 것 같다는 말은 했지만 말이다. 아무튼 운전하는 엄마 입장이야 그게 아니겠지만 나이 많은 부모가 차를 가지고 전국 나들이를 하겠다고 나갔다면 자식으로서는 얼마나 조마조마하겠는가. 아무튼 전국 나들이 잘하고 왔다. 만약 너희들이 안 된다고 가로막았다면 그만두었을 것이지만 말이다. 집에 들어와 보니 애들이 집 안 청소도 깔끔하게 해놔서 옷만 갈아입으면 되게 방 온도도 잘 맞춰놨기에 딸을 보내놓고 밤을 곱게 보내고 났더니 이게 어떻게 된 거야. 남편 오상택은 일어날 생각도 안 하는 게 아닌가.

"여보! 오상택 씨! 날이 밝았어요!"

"날이 밝았다고?"

"그래요, 날이 밝았어요."

"난 더 좀 눕고 싶은데…."

"더 눕고 싶으면 아침이나 먹고 누워요."

"알았어요. 이런 것을 두고 여독이라고 하는 건가?"

"그러면 몸이 안 좋으면 병원에 갈까요?"

"병원은 무슨 병원이야, 좀 있으면 괜찮아질 거야."

"힘들어하는 걸 보니 무리한 여독이네. 여독을 풀려면 간단한 수액 주사라도 맞자고."

"수액은 무슨 수액주사까지야. 암튼 알았어."

그렇게 해서 남편 오상택과 아내 윤혜선은 일주일 입원 예상으로 수액주사도 맞는다.

아내 윤혜선은 수액주사 영향으로 몸 상태는 정상으로 회복했지만 남편 오상택은 여독이 풀리지 않는다. 그래서 아내 윤혜선은 겁이 덜컥 나 회복이 빠를 수도 있는 수액주사를 하나 더 맞게 한다. 그런데도 별 효험이 없다.

그러니까 몸에 이상이 생겨 그러는가 싶어 진찰해본다. 진찰로는 이상이 없게 나온다. 그렇다면 무슨 이유일까? 진단 결과는 이상이 없어 병원에 더 이상 있을 필요가 없게 된 것이다. 남편 오상택 몸 진단 결과로는 아무 이상이 나타나지 않아 한의원도 가본다. 한의원이라고 별 다른 치료법이 있겠는가.

남편은 오로지 상체뿐이나 언제 앓아누워본 일 없이 건강했던 남편이었는데 이게 어찌 된 일인 건가. 음식도 없어서 못 먹을 정도로 건강했는데 그건 옛말이 되고 만다. 그러니까 남편 오상택은 한 달도 안 되어 아내 윤혜선이가 잠든 사이 숨을 거둔다. 몸부림도 없이 말이다.

아내 윤혜선은 남편이 숨을 거두고 나서야 아! 내가 간호사였는데⋯. 아내 윤혜선은 후회다. 다 끝난 담에 후회한들 무슨 소용이 있겠는가마는. 아내 윤혜선은 후회한다. 그런 후회는 무리한 전국 나들이 때문이다.

나는 환자 건강을 지켜주는 간호사로 평생을 살았다고 말할 수도 있는데 남편에게만은 아니었다니⋯. 이제야 생각이지만 나는 의학 상식으로는 강의도 할 수 있는 간호사였음에도 이게 뭐야. 그동안 멀쩡했던 남편을 죽게 하다니⋯. 그러면 아내로서 그동안 잘한 것이 아무것도 아니게 된 게 아닌가. 그래서 남편에겐 가치 없는 아내로 살아온 것이다. 생각할수록 미안하기만 하다.

아내 윤혜선은 남편 오상택 씨가 그렇게 쉽게 떠난 건 남편을 혹사시킨 탓이라고 하지 않을 수 없다. 그러니까 피로감에 있어 는 조수석에 자리한 사람이 훨씬 크다는 것이다. 그래서 말이나 몸 혹사가 건강에 얼마나 위협적인지 사람들은 알아야 할 게다. 그리고 조심해야 할 건 피로도가 높을 때 샤워는 위험하다는 것을 알아둘 필요도 있다.

그러니까 샤워를 갑자기 찬물로 하듯 말이다.

아무튼 남편 오상택 씨는 이제 옛날 사람이 되고 말았다. 그러기까지는 착각이었지만 활동이 전혀 없던 사람을 전국 나들이라는 이유로 열흘이 넘게 몸을 혹사시켰으니 몸이 무쇠인들 남아나겠는가.

그러니까 아내 윤혜선은 남편 오상택 씨의 생활 습관을 잊은 데서 벌어진 사고라고 해야겠다. 그렇다는 점에서 생각해보면 오상택 씨가 장애인이 아니어서 운전을 교대로 했었다면 잘못되기까지는 아니었을 것이다.

어쨌든 남편 오상택은 유서도 없이 급작스럽게 떠나고 말았으니 장례는 모양새를 갖추어 치러야만 해서 장례식도 섬기는 교회 담임목사님 주관하에 치러진다.

"자, 먼저 찬송가 239장부터 부릅시다.

저 뵈는 본향 집 날마다 가까워
내 갈 길 멀지 않으니 전보다 가깝다.
더 가깝고 더 가깝다.
하룻길 되는 내 본향 가까운 곳일세
내 주의 집에는 거할 곳 많도다.
그 보좌 있는 곳으로 가까이 갑니다.
더 가깝고 더 가깝다.
하룻길 되는 내 본향 가까운 곳일세

베트남 전선

내 생명 끝 날에 십자가 벗고서
나 면류관 쓸 때가 가깝게 되었네
더 가깝고 더 가깝다.
하룻길 되는 내 본향 가까운 곳일세
내 삶의 끝 날을 분명히 모르니
내 주여 길 다 가도록 늘 함께하소서
더 가깝고 더 가깝다.
하룻길 되는 내 본향 가까운 곳일세.

예, 인간의 생명은 설명할 필요도 없이 유한합니다. 그것을 인정한다 해도 오상택 집사님 소천은 가정적으로 슬픔이 아닐 수 없습니다. 그것은 그동안 병을 앓아누워본 일도 없던 분에게 급작스럽게 발생한 일이기 때문입니다.

목사인 저야 듣기만 했으나 오상택 집사님은 일어날 시간이 지났음에도 일어날 생각도 안 해 살펴보니 이미 소천하신 겁니다. 그러니까 사회적 말로 임종도 못 한 겁니다. 그래요, 나이 육십 중반에서 소천은 억울하지는 않을 겁니다.

그렇다고 해도 나 먼저 갈게, 잘 있다가 와요 그런 정도의 말이라도 했으면 아내로서 덜 서운할 건데 윤 권사님은 그러실 겁니다. 이같이 슬픈 일이 비단 윤 권사님만이 아닐 겁니다. 이건 만든 얘기겠지만 육십갑자 살았다는 동방삭이가 지금에 없다면 죽은 것만은 분명합니다.

그것은 인간만이 아닌 모든 생명체는 하나님 창조로 이루어져 태어나고 죽곤 합니다. 그렇지만 인간은 다른 생물체와는 달리 영혼이 있습니다. 그런 영혼이 신앙생활을 잘했느냐, 안 했느냐에 따라 천국에 가느냐가 갈리게 됩니다. 그런 점에서 생각해보면 오상택 집사님은 천국에 가신 겁니다.

제가 그리 말한 건 오 집사님도 항상 밝으시지만 오 집사님 동반자로 그동안 살아오신 윤 권사님이 계셨기 때문입니다.

아무튼 우리는 천국을 향한 그리스도인입니다. 그러면 천국이 있다는 거냐고 누가 묻기라도 한다면 나는 히브리서 9장 27절에서 말하는, '한번 죽는 건 하나님이 정하신 일이요 심판이 있으리니'를 보라고 말할 겁니다.

그래서 예수를 모르고 죽은 사람의 시신 모습은 몸부림이나, 우리 신앙인들은 숨만 거둡니다. 그러니까 시신이 뻣뻣하고, 부드럽고가 바로 그거라는 겁니다. 다시 말해 신앙생활을 잘했다면 천군 천사가 모셔가는 형태이고, 아니게 살았던 사람은 악마들이 질질 끌고 간다는 겁니다.

그래요, 신앙인이 아닌 입장에서는 엉터리 생각일 수도 있을 겁니다. 그러면 이제 기도로 오 집사님 장례를 모두 마칠까 합니다.

하나님 아버지, 오늘은 오상택 집사님 장례를 치렀습니다. 오상택 집사님 장례는 인간적으로 슬픈 일이 아닐 수 없으나 우리에겐 천국 시민이 되리라는 믿음입니다. 그런 믿음이 굳건토록 지켜주세요. 예수님 이름으로 기도합니다."

6

내 남편 오상택 얼굴을 입관하면서 마지막으로 보기는 했으나 아쉬움이 많다. 그것은 더 잘해줄 걸 그렇지 못해서다. 그러니까 남편 오상택은 한국군에 의해 아니게 된 베트남 하미마을 말을 하곤 했었다. 그래서 나는 오상택 씨 아내로서 베트남으로 달려가 사죄라도 표했어야 했는데 생각에서 그치고 말았다. 미안하다.

그러나 이제 오상택 집사와는 옛날이 되고 말았으나 남편과 그동안을 더듬어본다.

"오상택 씨!"

"예."

"저는 오늘부터 오상택 씨를 간호해드릴 건데 괜찮겠어요?"

"괜찮지만 어려우실 텐데요."

"어려울 게 뭐가 있겠어요. 간호 중에 화라도 낼까 봐 그런 점은 있지요."

"내가 왜 화내요? 그런데 간호장교님이 말하던가요?"

"예, 출근해서 퇴근 때까지라고 하시데요."

"그렇게까지 안 해도 돼요. 그러니까 건강상 문제가 있으면 담당 위생병을 부르면 돼요."

"그러면 간호가 필요 없다는 건가요?"

"필요 없다는 게 아니라 그렇다는 거요."

"그래서 말이지만 저는 오 상병님이 퇴원하실 때까지 지켜드릴 건데 저한테 하고 싶은 얘기가 있으면 얘기하세요. 그러니까 무슨 얘기든 말이요."

"그렇기는 해도 저는 부담이네요."

"부담이라니요. 저는 오 상병님만 지켜줄 특별간호사이니 하실 얘기가 있으시면 다 하세요."

"감사하지만 할 얘기 별로 없어요."

"해야 할 얘기가 없기는요. 말을 만들면 되지요. 그러니까 월남에서 겪고 봤던 일들이지요."

"아무튼 알았어요."

그랬던 일이 이젠 과거가 되고 말았지만, 지나간 일들을 생각해보면 오상택 집을 찾아갔을 때 오지 말라고 소리를 고래고래 질렀다. 그러나 결국 부부가 되었고, 시부모님은 나 때문에 한시름 놨다는 생각으로 사셨고, 시부모님 재산분배 과정에서 맏동서가 내 몫을 따로 하시면 합니다 했고, 시아버지께서는 다른 집 자식들은 더 달라고 한다는데 너희들은 그게 아니라니… 너희들은 별나다고 하셨던 기억, 평택항에 거치된 천안함을 보고서는 정말 아까운 젊은이들을 수장시킨 배라고 안타까워했고, UDT 출신 한주호 준위를 떠올리던 표정과 부안 모텔에서 하루를 묵으며 나눴던 얘기들, 광주 5·18묘지도 둘러봤고, 부모님이 안 계시니 빈집으로 남을 수밖에 없었다는 얘기가 기억으로 남아 있다. 친정아버지는 나를 자랑으로 알고 있었는데 그런 딸이 느닷없는 행동을 해버린 통에 많이도 우셨다는 얘기, 그런 얘기를 남편 오상택 씨에게 했다.

거제 포로수용소에 가서는,

포성이 멈추고 한 송이 꽃이 피었네 평화의 화신처럼
나는 꽃을 보았네 거치른 이 들판에 용사들의 넋처럼
오 나의 전우여,
오 나의 전우여
이 전쟁이 끝나고 평화가 오면 내 너를 찾으리
오 나의 전우여,
오 나의 전우여
이 전쟁이 끝나고 평화가 오면 내 너를 찾으리

평화의 화신으로 산화한 전우여 너를 위해 꽃은 피고
먼 훗날 이 땅에 포성이 멈추면 이 꽃을 바치리

오 나의 전우여,

오 나의 전우여

이 전쟁이 끝나고 평화가 오면 내 너를 찾으리

오 나의 전우여,

오 나의 전우여

이 전쟁이 끝나고 평화가 오면 내 너를 찾으리

'전장에 피는 꽃' 이 노래를 부르기도 했던 오상택 씨.

어머님, 어머님이 그동안 걱정하셨던 막내아들 오상택 씨가 며칠 전 천국으로 떠났어요. 그러니까 먼저 갈 테니 효도를 받으며 천천히 오라는 말도 없이 떠나고 말았어요. 그래서인지 많이 서운해요. 어머님께서 돌봐주시던 손주들은 시집 장가들을 가서 나름 잘살고 있어요. 그렇지만 오래오래 같이했어야 할 오상택 씨가 떠나고 보니 당신의 며느리 윤혜선 혼자만 남게 되었네요. 그러니까 오상택 씨가 없는 텅 빈 집이라 방문을 열기도 무서워요. 짐승이라도 불쑥 튀어나오지 않을까 해서요. 그래요, 세상에 태어나 오래오래 산들 백여 년이나 살겠어요.

그래봤자 제 나이도 이젠 내년이면 예순셋이네요. 그래서인지 오상택 씨도 없는 날들을 어떻게 보내게 될지 걱정입니다. 물론 4남매라는 귀한 애들이 있기는 해도 외로움을 해소해주지는 못할 겁니다. 그래, 나는 시댁이 물려준 그만한 돈도 있겠다, 나이 예순셋이면 괜찮은 남자를 만나면 되지 않겠는가. 누구는 그렇게 말할지는 모르겠으나 저는 아닙니다.

그러니까 저는 신앙심이 아니어도 상상도 못 할 일입니다. 그것은 오상택 씨가 세상을 떠나기는 했어도 내 곁에 있는 정겨운 사람으로만 있기도 해서입니다.

남편 오상택을 급작스럽게 떠나보낸 윤혜선은 그런 생각에 빠진다.

윤혜선은 지금도 그런 생각이겠지만 남편 오상택을 부산 국군병원 환자, 나는 임시 간호사라는 이름으로 만났다가 결국은 부부까지 되었다는 정겨운 얘기.

시아버지께서는 기업을 하는 사장들도 갖기 어려운 고급 승용차도 사주시고, 손위 동서들은 내가 도망이라도 갈까 봐 그랬음인지 친절 공세를 아낌없이 퍼부어주셨다는 사실, 아무튼 남편 오상택 씨가 장애인이기는 해도 그렇게 멀쩡했던 남편이 말도 안 되게 전국 일주 며칠 만에 세상을 떠나가고 나니 허전한 빈집뿐이다.

그동안 열심히 찾아주었던 사람들 한 사람도 없는, 그러니까 남편이 떠나고 보니 우리 집이 절간처럼 조용해져버렸다. 누구 한 사람 안부 전화도 없다. 그러니까 신앙인이 아니면 귀신이 나올 집이 되어버렸다.

윤혜선은 막내아들까지 제 갈 길로들 살아갔기에 그런 점으로는 걱정은 없으나 그러나 홀로라는 외로움이 밀물처럼 밀려오는 걸 막을 수는 없다. 그동안은 홀로 살 거라는 생각도 못 했는데 말이다. 물론 착각에서 일어난 일이지만 오상택 씨 아내로서 잘한다고 한 게 주인 잃은 휠체어다.

그런 휠체어를 윤혜선은 바라보면서 그동안 잘못했다는 죄책감과 홀로라는 외로움이 한꺼번에 밀려온다. 부부로서 그동안 좋기만 했던 일도 언젠가는 죽음으로 헤어지게 될 거지만 말이다. 그렇다고 해도 남편의 죽음은 느닷없는 일이라 너무도 당황스럽다. 생활 형편으로야 걱정 안 해도 되고, 자랑할 만한 4남매도 있지만 말이다.

아무튼 나는 한 침대에서 잔소리하며 살아야 할 상대가 없어진 것이다. 그러면 남편의 빈자리를 나 혼자 어떻게 감당할 건가? 윤혜선의 머릿속은 암담할 뿐이다. 때문은 아니겠으나 윤혜선은 뒷동산에 올라 한가하지만 않게 살아들 가는 동내를 내려다본다.

"아이고, 힘들다. 안녕하세요?"

나이 60대 중반쯤으로 보이는 여자가 숨차게 다가오면서 말을 건다.

"어서 오세요. 힘들지요."

"동네에서는 뵌 것 같은데 등산길에서는 처음 뵙는 것 같습니다."

국판금 집사 말이다.

"그러실 겁니다. 저도 처음입니다. 이쪽으로 와 앉으세요."

윤혜선은 앉아 있던 자리를 양보까지 하면서 말한다. 그러나 날씬해야만 한다는 현대 여성들 감각으로서는 다이어트가 필요한 분이기는 해도 밉지 않게 보이는 자태와 나이에 비해 호감이 가는 맑은 목소리, 그래, 자태와 맘씨는 불가분의 관계로 봐도 될지 모르겠지만 말이다.

"고맙습니다."

베트남 전선

"이렇게는 매일 오르십니까?"

윤혜선 말이다.

"매일은 아니고, 휴일에나 와져요."

"매일은 아니고, 휴일에만이라고요?"

"그래요."

"저는 처음인데 이렇게 올라와보니 많이들 오르네요. 그래요, 등산은 건강 차원에서도 좋겠지만 이렇게 만나는 것은 더 좋을 것 같습니다. 아무튼 반갑습니다."

"예, 저도 반갑습니다."

"그런데 사시기는 어디에 사세요?"

"저의 집이요?"

"그렇지요."

"저의 집은 여기가 아니에요. 저의 딸이 아이를 출산했어요. 며칠 전에요."

"그렇군요, 축하드립니다."

"감사합니다. 그런데 저는 막내딸 어미라서 아기 좀 봐주어야만 할 것 같아 임시로 와 있어요."

"그러시군요. 따님 아기 돌봐주러 오시기는 했어도 아시는 분은요?"

"막내딸 집에 온 지 몇 날이 안 돼 누가 누군지 아직 몰라요."

"그러시겠지요. 보시다시피 도시는 농촌과 달리 옆집 사람도 모르고 살지요."

"그런데 여기에서 사시기는 오랜가요?"

"예, 저는 결혼 전부터 살고 있어요. 결혼도 여기서 했어요."

"그러시군요."

막내딸 아기 돌봐주려고 온 국판금 집사 말이다.

"그러니까 저는 여기 토박이나 다름이 아니어요."

"그러시면 진짜 고향은요?"

"제 고향은 전라남도에서도 진도라는 섬이어요."

"그러시군요. 저는 가평이 고향인데 어데 갈 줄도 모르고 그대로만 살고 있어요."

"고향이 아니, 지금 사시는 집이 가평이시면 교회는요?"

"교회는 아직 서리 집삽니다."

"그러시군요. 반갑습니다."

"그러시면 권사님이신가요?"

"예, 권사이기는 합니다."

"아 예, 그런데 저는 돌봐주어야 할 아기 땜에 밖에 나오기도 생각처럼 쉽지는 않네요."

"그러시겠지요."

그래, 손주를 돌봐주는 것이 힘은 들 것이다. 친구들과의 만남도 그렇지만 활동하고 싶은 시간도 빼앗기는 일도 될 거다. 그렇지만 "할머니" 하면서 다가오는 행복은 그 무엇에 비교하리. 그런데도 시간이 없어, 힘들어 손주를 돌봐줄 수가 없다고 딱 잡아떼려는 태도여서야 말이나 되는가. 나는 직업상 간호사라는 이유도 있지만 옆에서 지켜주어야 할 남편이 떠나버렸으니 더 이상 할 말은 없지만 말이다.

"예, 그래서 저는 오늘이 토요일이라 제 딸에게 맡기고 와진 겁니다."

"그러시면 등산은 여기서 끝내고 제가 한번 모시고 싶은데 괜찮겠어요?"

"괜찮은 게 아니라 저야 좋지요. 그런데 무슨 일이 있으세요?"

"제가 말을 잘못했는데 괜찮은 일이 아니라 국 집사님이 저를 도와주면 하는 일입니다."

"제가 윤 권사님을 도와드릴 일이라고요?"

"그러니까 국 집사님께 말씀드리기는 염치없으나 남편이 없는 밤은 너무도 적적해서요."

"그러시면 생각해볼게요. 생각해본다는 말은 우리 막내에게 물어도 봐야 해서요."

"그러시겠지요. 그렇지만 부탁합니다."

"노력해볼게요."

"그래요, 세상을 살다 보면 뜻하지 못한 일도 얼마든지 있겠지마는 제 남편은 아직 죽을 나이가 아닌데 자고 일어나 보니 이미 죽어 있는 거요."

"아저씨 그러셨다면 놀라셨겠는데요."

"놀랐지요. 어제까지도 멀쩡했던 남편인데요."

"그러면 집에는 아무도 없이 권사님과 남편분만 계셨던가요?"

"그렇지요. 집에서야 아무도 없었지요. 부를 사람이야 가까운 곳에 사는 맏딸이 있기는 해요."

"그러셨군요."

"아무튼 남편의 죽음은 느닷없는 일이라 어찌할지를 모르겠더라고요."

"그러셨겠네요."

"그래서 말이나 다른 바쁜 일이 없으시면 부탁합니다."

그렇다. 남편 오상택 씨가 세상을 느닷없이 세상을 떠나고 나니 그동안 찾아오던 사람들 어느 한 사람도 없다. 전화조차도 말이다. 물론 남자들이라서 그렇기는 하겠지만 남편은 해병대 출신이라는 이유로든 열명이 넘는 남자들이 하루가 멀다 할 정도로 찾아오곤 했는데 말이다.

그렇게 많이들 찾아와도 밥상을 차리거나 그런 수고는 없었다. 그것은 출근해야 할 간호사라서 음식 재료만 준비해놓으면 음식은 찾아온 남자들이 만들어 먹곤 했는데 말이다. 그러니까 우리 집은 어느 집과는 달리 사람들로 북적였다. 그동안 그랬으나 남편이 죽고 나니 적막강산이다. 그러기를 언제까지일지도 모르지 않는가.

아무튼 나도 나이를 먹었으니 이젠 사실상 젊은 노인이다. 그렇기는 해도 공개된 자리에서 말고는 다른 남자와 만나는 건 흉이 되지 않겠나. 그렇더라도 대화할 사람이 있으면 좋겠다. 그러나 와달라고 부를 사람도 없다. 그래서든 빈방에 혼자 있기는 아닌 것 같아 일단은 나와 본 건데. 다행이라고 해야 할지, 윤혜선은 얘기를 나눌 만한 상대를 만나게 된 것이다.

"말씀은 고맙습니다만 오늘은 안 될 것 같네요."

"그러시면 다음 날은요?"

"다음 날은… 잘 모르겠네요."

"아무튼 시간이 되는 날 한번 만나주시면 합니다."

윤혜선 말이다.

"그러시면 이 자리에서요?"

"아니요, 장소도 연락으로 약속하고요."

"그러시면 연락 번호를 주실래요?"

윤혜선은 그렇게 해서 등산길에서 만난 국판금 집사와 전국 나들이를 했던 그동안의 승용차로 강화도로 달린다.

"아니, 그러니까 운전을 많이 하셨나 봐요?"

"예, 많이 했지요. 운전하기는 40년이 넘지요."

"운전하신 지가 40년이 넘는다면 아주 오랜데요. 그러니까 한국에 굴러다니는 차도 몇 대 없을 때잖아요."

"그렇지요. 저는 어쩌다 보니 그렇게 됐네요."

"그러시면 저는 고등학생 때인 것 같은데요?"

"국 집사님 고등학생 때라고요."

"예. 제가 고등학생 때인 것 같아요."

"아무튼 그때는 형편이 괜찮은 사람도 차를 못 가졌지요."

"그러기도 했지만, 자동차 운전을 여자가 하는 것도 저는 못 봤어요."

"못 보셨을 겁니다. 그러니까 칠십년대 초 자동차는 국내 생산도 없어 수입차였으니까요."

"오늘날에서야 운전 못하는 여자가 없을 것이나 칠십년대 중반까지도 여자가 자동차 운전한다는 건 말도 안 된다며 손가락질도 당했지요. 그래서 생각이지만 나는 이십 대 초반 나이로 기억이지만 시아버지께서는 어느 날 저를 부르시더니 '애야!' '예, 아버님.' '너 자동차 운전 면허증 당장 따야겠다.' '아니, 자동차 운전면허증이요?' '다른 이유는 묻지 말고.' '아버님 그런데 말씀은 감사한 일이나 새파란 젊은 여자가 자동차 운전을 한다는 건 사회로부터 곱지 않은 시선이 따가울 텐데 요.' '그럴 수도 있겠으나 너는 아주 특별한 여자인 거야. 무슨 말인지 알겠느냐.' '제가 특별한 여자요?' '너에게 운전면허증을 따라는 건 그러 니까 집에만 있게 된 네 남편도 태우고 다니라는 거야.' '그렇기는 해도 요.' 저는 그랬던 기억이요. 저는 운전면허증을 따기 위해 노력했고 학 과 시험은 두 번 만에, 실기 시험은 세 번 만에 합격하고 운전면허증을 보여드리자 다음 날부터 운전하라는 거요. 그러니까 차는 미리 사다 놨으니까요."

"그때의 프린스 자동차는 수입차였지요?"

"그렇지요, 수입차였지요. 사장들이나 타고 다니는 그런 프린스 자 동차."

"그러시면 생활 형편이 부족함이 없으셨다는 거네요."

"생활 형편이야 괜찮았으나 시아버지가 그렇게 하시기까지는 그럴 만한 이유가 있었어요."

"그래요?"

그럴 만한 이유가 뭘까. 국판금 집사는 궁금하다는 표정이다. 윤혜 선도 알아볼 수 있었다.

"그러니까 이건 제일이라 자랑할 건 못 되지만 두 다리가 몽땅 잘려 나간 장애인을 데리고 살아가야 할 처지인 거요. 물론 다리를 베트남

전에서 잃어버리기는 했지만요."

"권사님은 어마어마한 삶을 사신 거네요."

"칭찬까지는 아니어요."

"칭찬이 아니라니요. 이렇게 고우신 분이면 돈 많은 재벌 집 신랑감을 골라도 될 텐데요."

"말씀하시니 생각이지만 저는 고향에서는 이쁘게들 봤나 봐요. 더 말하면 학생회장까지도 해봤으니까요."

"학생회장은 남자라 할 건데요?"

"그러니까 남녀공학 학교에서 남학생들을 제치고요."

"그러면 지금은 안 계시지만 아저씨도 멋있었지요?"

"다리만 없을 뿐 멋있던 사람이었어요. 저는 그런 사람으로부터 4남매까지 두었으니 고마운 사람이지요. 아무튼 자동차 운전은 그때부터 했고, 오늘까지네요."

"생각해보면 그때는 현대가 만들어낸 포니였지요?"

"그랬지요, 포니였지요."

"그런데도 윤 권사님은 외제차까지 가지셨네요."

"제가 그러기까지는 손위 동서들까지도, 그러니까 시댁으로부터 분에 넘치는 혜택을 받으면서 살아온 거요."

"시댁으로부터의 사랑은 권사님이 그만큼 하신 이유이지요."

"제가 그랬을까는 몰라도 저는 요즘 말로 금수저 출신이라고 할까. 아무튼 저는 그랬습니다."

"국 집사님?"

"예."

"이런 말은 산에서도 했으나 국 집사님의 도움이 필요할 것 같아 말씀드리는데 나 좀 도와주면 합니다."

"그러면 제가 권사님을 어떻게 도와드려요."

"아니, 국 집사님은 손주를 돌봐주신다고 하셔서 말인데 돌봐줄 손주를 우리 집에 와서 돌봐주시면 해서요."

"그거야 어렵지 않겠지만… 일단은 알겠습니다."

"억지를 부리는 것 같아 죄송합니다."

"억지가 다 뭡니까. 아닙니다. 그런데 우리 애들에게 물어라도 볼게요."

"그래요, 제가 편리하자고 그런 말씀을 다 드리게 되네요."

남편이 있을 때는 많은 사람이 와주어 좋았는데 이제는 그게 아니라 너무도 적적해서다. 국판금 집사와의 얘기가 가치 있는 얘기는 아니나 그런 얘기 하는 동안 자동차는 강화읍 시장에 도착한다. 강화도는 집에서 그리 멀지도 않고 길도 좋아서 쉽게 올 줄 알았는데 차들을 너나없이 끌고 나온 바람에 한 시간여 가까이 만에 도착한다.

"국 집사님은 강화읍 시장에 와보셨어요?"

"아니요. 저는 처음이어요."

"저도 처음인데 여기 강화읍 시장도 꽤 큰 시장이네요. 없는 것 없이 다 있는 걸 보니."

강화도에서만 생산된다는 농산물들이 죄다 나온 것 같아서다.

"오늘 점심은 제가 살게요."

국판금 집사는 부자인 윤혜선을 의식해서 끌고 간다.

"그럽시다. 점심은 제가 사야 할 건데."

"아이고, 잘 먹었습니다."

윤혜선은 점심을 해물탕으로 먹고 나오면서 말한다.

"커피도 뽑아 올까요?"

"커피 좋지요."

"저는 생각지도 않게 강화읍 시장 구경도 하고, 윤 권사님 덕에 이 렇게 기분 좋은 날을 보내게 되는데 감사해요."

"감사는 제가 해야지요. 저를 위해선데요."

그렇게 둘은 '강화 해물탕'에서 점심을 해결하고 강화도 해안도로 한 바퀴를 돌고 귀가하다가 차는 안전한 곳에 세우고 윤혜선은 좀 도와 달라는 말을 또다시 꺼내기 시작한다.

"저는 커피를 아침 먹고 한 잔, 점심 먹고 한 잔, 그럽니다."

국판금 집사 말이다.

"저도, 남편과는 그랬지요."

"그러시군요."

"그런데 국 집사님께 한 가지 더 부탁을 드려도 될까요?"

"한 가지 더 부탁이요?"

국판금 집사 말이다.

"그러니까 또 부탁 말은 다름이 아니라 제가 너무도 쓸쓸해서 그런 데 사람이 많이 와주었으면 해서입니다."

"그러면 제가 어떻게요."

"그러니까 아시는 분 오게 하는 일입니다."

"저는 아는 사람이 없어요."

"아는 사람이 없으면 소문이라도요."

"그러면 좋겠지만 저는 딸네 아기를 돌봐주러 임시로 와 있기에 아는 사람이 없어요. 없지만 한번 찾아는 볼게요."

"그리고, 따님도 한번 데리고 오시면 합니다."

"한번 물어나 볼게요."

그렇게 해서 국판금 집사 딸도 오게 된다.

"안녕하세요?"

국판금 집사 딸 인사말이다.

"아이고… 어서 와요. 바쁠 텐데 이렇게 오게 해서 미안해요."

"아니요. 괜찮아요."

"괜찮다면 다행이나 이렇게 와주어 고마워요. 따님도 한번 오게 어머님께 부탁드리기는 했으나 이렇게 와주었네요, 고마워요."

"아니에요, 반갑게 맞아주시니 제가 감사하지요."

"따님을 오시게 한 건 어머님께도 말씀드렸지만, 어머님이 늘 오시게 하면 해요."

"그런 문제는 엄마에게 말씀하세요."

국판금 집사 딸은 엄마를 보면서다.

"그렇기도 하지만 어머님이 우리 집에서 주무시게 하면 어떨까 합니다."

"엄마와 주무시는 문제까지요?"

"그렇지요, 그러니까 당장은 어머님만이지만 생각이 같은 분들을 더 오시게 할 생각으로 있어요."

"그런 문제는 우리 엄마가 대답하셔야 할 것 같은데요."

"내가?"

"그렇지, 엄마가…."

"당장은 어떻다고 말하기는 아닌 것 같다. 일단은 윤 권사님 뜻을 존중하는 것으로 하고 의논은 집에 가서 하자."

"제가 편리하자고 드리는 말씀이라 죄송합니다."

윤혜선 권사 말이다.

"아니에요, 그러니까 단 하루만이 아닐 것 같아서입니다."

"그러시면 일단은 일어나서서 우리 집 구조부터 한번 보십시오."

윤혜선은 이층 방까지도 다 보여준다.

"아니, 이 방은 넓기도 하지만 방이 아니라 화실이네요?"

"예, 화실입니다."

"그러면 윤 권사님이…."

"아니에요, 우리 남편이 화가였어요."

1백 점이 넘는 그림들로 채우진 그동안 남편의 화실, 세상을 떠나게 되면 어떻게 하라는 말도 없이 훌쩍 떠나버리고 나니 그동안의 그림도 외롭다. 그래, 언제 어느 날 떠나게 될 것이라는 생각이나 했겠는가마는 십여 일간이지만 전국 나들이를 처음이자 마지막으로 기분 좋게 하고, 그림 작업을 새롭게 할 참이었는데 말이다.

남편 화실을 보니 홀로 남게 된 나도 허망하다. 화실의 주인이 다시 못 올 먼 곳으로 가버린 바람에 그동안의 그림들만 화실을 지키고 있지 않은가. 그러니까 하늘나라로 떠나 버린 남편 오상택만이 아니라 누구든 사람으로 세상에 태어날 때는 자기에게 주어진 몫을 완성시킬 맘이었을 것이다. 그렇지만 대부분은 미완성으로 떠나게 될 게 아닌가. 이것이 인생이기도 할 것이지만 말이다.

"구경 잘했습니다. 다음에 또 뵐게요. 안녕히 계세요."
국판금 집사 딸 말이다.
"시간까지 내주셔서 고맙습니다. 안녕히 가세요."
이렇게 만난 김에 오늘 밤만이라도 함께 지내주면 좋겠는데 그렇게 하기는 어려운가 보다. 홀로라는 것이 얼마나 외롭고 고독한가. 고독이라는 말을 그동안 들어는 봤지만 내게까지일 줄은 몰랐다. 불을 켜기는 아직이지만 등마다 다 켜서 방 안이 환한데도 무섭기까지 하다. 현관문도 화장실 문도 활짝 열어두었음에도 말이다. '여보, 나 물 좀 줘요.' 화실에서 남편 오상택이 말하는 것 같다. 이럴 때 써먹으라고 딸이 있는 건가.

"다인아!"
윤혜선은 엄마로서도 그렇지만 어렵지 않게 전화한다.
"엄마, 왜?"
"너 안 바쁘면 일찍 좀 와줄래?"

중학교 교사라 학교가 끝나자마자 달려왔는데 오늘은 그렇지 않아서다.

"지금 엄마한테 갈 참이었는데 엄마는 전화네. 알았어, 곧 갈게."

윤혜선 딸 다인이는 엄마의 전화를 받자 곧 자동차로 홀로 계실 친정집으로 냅다 달린다. 그래, 곧 올 줄 알면서도 엄마가 전화까지 한건 집에 아무도 없어서일 게다.

"엄마는 길에까지 나와 있어?"

엄마가 집 안에서 기다리는 게 아니라 아예 길에까지 나와 계시는게 안타깝다는 생각에서 하게 되는 말이다.

"아니야. 그냥이야."

그냥이겠냐. 네 아빠가 세상을 떠나고 없는 빈방이라 들어갈 수가 없어서다. 그래, 이 어미 일에 대해 딸인 너에게 어렵지 않게 부탁해도 될 엄마이기는 하다. 그러나 급한 일도 아니면서 바쁜 일손까지 빌려달라는 건 무리일 수 있다. 무리인 줄 알면서도 그래지는 걸 어쩌랴. 아무튼 이런 짓을 언제까지 할 건가 걱정이다. 딸인 다인이도 할 일 많을 텐데…. 나 없이는 살아갈 수 없다시피 했던 남편의 빈자리가 이리도 클 줄 그동안은 상상도 못 했던 일이다.

그래서인지 삶에서 짝이란 무엇이며 설명은 어떻게 되는 건가? 그런 문제에 있어 설명까지 필요하겠는가마는 내게 있어 너무도 소중한 오상택 씨였는데 지금은 아니게 되고 말았다니….

전국 나들이에서 남편은 환자로 나는 간호사로 만나게 됐던 얘기, 부드러운 내 손 만지면서 너무도 좋아했던 남편, 결국에는 4남매까지 두게 됐으나 그러기 전에는 오지 말라고 문고리까지 잠그며 가라고 고함도 지른 얘기. 베트남 아가씨가 자기를 좋아한 것 같더라는 말도 했던 오상택 씨, 그래서인지 내 방이지만 나 혼자라는 외로움…. 내 곁에 아무도 없다는 고독함, 이것들을 혼자 다 어떻게 감당할 건가. 물론 급할 때 부를 수 있는 너희들이라도 있어서 다행이기는 하다. 엄마 윤혜선은 그런 맘으로 달려온 딸을 처다본다.

"윤 권사님, 저 또 왔어요."

딸이 오자마자 국판금 집사가 곧 들어오면서 말한다.

"아니, 못 오실 줄 알았는데 또 오셨어요. 감사합니다. 여기는 제 딸 애입니다."

"안녕하세요."

윤혜선 딸 다인 인사말이다.

"아이고, 반가워요. 내가 이렇게 오기는 어머니와 한 얘기가 있어서요."

"국 집사님이 이렇게 오셨으니 다인이 너는 집에 가도 되겠다. 바쁘면 가거라."

"알겠어요, 엄마."

딸은 그러고서 나가더니 잠잘 자리에 부담이 덜 될 야식을 사 온다.

"뭘 이렇게 많이도 사 올까요? 고마워요. 잘 먹을게요."

"고맙기는요, 아무튼 이렇게 오셨으니 우리 어머니 집에서 주무셔야겠네요."

"그렇게 할게요."

국판금 집사 말이다.

"사 온 것이니 먹읍시다."

"예, 먹읍시다. 그런데 권사님, 휠체어가 있네요?"

윤혜선 딸을 그렇게 해서 보낸 후 현관에 놓인 휠체어가 별세했다는 남편용이겠지만 치우지 않고 그대로 두고 있는 게 궁금해서 국판금 집사는 묻는 것이다.

"아 예, 남편의 휠체어예요."

"그렇군요. 그렇기는 해도…?"

"아 예, 휠체어 주인이 세상을 떠나버렸으니 치워도 되겠으나 그렇다고 쉽게 치울 수가 없어 두고만 있네요. 그러니까 그동안의 정이라고 할까? 아무튼 그래서요."

그래, 휠체어를 사용할 주인은 세상을 떠나가버렸다. 그렇다고 쉽게 치울 수가 없어 그대로 둔 것이다. 그러니까 휠체어가 있어도 생활에 지장도 없다는 것이다. 그렇기는 세상 떠날 나이가 아니기는 해도 남편이 많은 날을 앓다가 떠난 것도 아니다. 전국 나들이를 마친 후 어느 날 갑자기 숨을 거둔 것이지. 때문인지 '여보, 나 물 한 컵 주어.' 그런 말이 내 귀엔 환청으로 들리기도 한다. 그래서인지는 몰라도 생각해보면 자연사일 때는 그리도 곱던 모습이 흉하게 죽는다. 그러니까 흉하게 죽는 건 사랑하는 가족과의 정을 떼라는 것은 아닐까? 그렇지만 남편 오상택은 그렇지도 않고 곱게도 죽었다. 그러니까 잠에서 깨어나지 않았을 뿐이다.

"그러시군요."

"누구든 내일 일을 모르고 살아들 가지만 제 남편은 여간 건강했는데 어느 날은 잠에서 깨어나질 않아서 흔들어보니 죽은 거요."

"그러셨으면 너무도 놀라셨겠는데요."

"놀랐지요, 저는 남편이 그렇게 죽은 줄도 모르고 잠만 퍼질러 잔 거요."

"권사님 잠은 일부러가 아니잖아요."

"그렇기는 해도 미안하기 그지없네요. 그건 그렇고, 국 집사님 아저씨 나이는 얼마인가요?"

"제 남편 나이는 저하고는 동갑인데 예순둘이어요."

"아직 한참 일할 나이인데 같이 오셨나요?"

"아니요. 그렇지만 이곳으로 이사를 해야 할지도 모르겠네요."

"그러니까 손주들을 키워주어야 해서요?"

"꼭 그래서만은 아니나 가평 집에서 살아야만 할 이유도 없을 것 같아서요. 그러니까 현재의 사업 때문이라고 할까, 아무튼 그래서요."

"그러시군요. 그러면 사업은 무슨 사업인데요?"

"그러니까 집 짓는 일이요."

"그러시군요. 얘기만 하다 보니 잘 시간이 된 것 같은데 남은 얘기는 다음 날 하기로 하고 이제 잡시다."

"그럽시다."

"그리고 주무실 침대는 우리 딸이 잠시 썼던 침대인데 치우지 않고 그대로 두고 있네요. 그래서 먼지가 끼지 않도록 잘 보관해둔 침대니 그리 아시고 주무세요."

"감사합니다."

"국 집사님이 감사가 아니라 저를 위해 이렇게까지 와주셨으니 제가 고맙지요. 주무실 곳이 없다면 또 모를까. 그렇지도 않은데 말이요."

윤혜선은 그렇게 해서 낮에는 국판금 집사가 한 주간 내내 있기로 하고 얘기를 나누게 되고, 토요일에는 또 차를 타고 안면도까지 가서 "우리 이렇게 나왔으니 제 얘기 좀 해도 될까요? 40년 가까이에서 있었던 친정어머니 얘기까지 하게 됩니다만 한번 해볼게요."

윤혜선 얘기가 시작된다.

"그러니까 친정엄마는 진도아리랑을 잘도 부르세요. 그래서 진도에서는 흥거운 행사가 있기라도 하면 엄마는 진도아리랑을 부르곤 했어요. 그런 이유인지는 몰라도 침대에만 누워 계시는 아버지가 변비가 너무도 심해 고생 중일 때 엄마는 '아빠 똥구멍에서 똥이 나오신다 아아…' 아리랑 노래처럼 하니 병원 환자들은 웃음 폭발까지였어요."

"직접 보신 거요?"

"직접은 아니고, 간호사들이 그러데요."

"그러셨군요. 아무튼 윤 권사님도 친정어머님 유전자를 이어받은 게 아니요?"

"무얼 보고요?"

"그러니까 활발하심이라든지 말이요."

"그랬을까는 몰라도 남편에게 불편이 없게는 했던 것 같아요."

"그건 그렇고 윤 권사님 집도 크지만 대지도 엄청 넓네요. 이런 집을 언제 어떻게 구하셨나요?"

"언제 구하기는요. 시부모님의 집인데 두 분 다 돌아가시고 나니 자동으로 제집이 된 거요."

"권사님이 혼자 지내시기는 너무 큰 집 아니요?"

"그렇지요, 너무 크지요. 그래서 애들과 의논해서든 다른 방법을 취할까 합니다."

"위치로는 부동산업자들 말로 노른자 땅인 것 같은데 이 대지를 쳐다보는 사람들도 있을 것 같은데요."

"모르기는 해도 팔겠다고만 하면 괜찮은 값으로 팔리지 않을까 싶네요."

"이 대지가 얼마나 되지요?"

"집을 깔고 앉는 미곡상 포함 대지가 11,550여 평, 연결된 밭이 4천여 평, 이어진 산이 9천여 평 그래서 만여 평이 넘는가 싶습니다."

우람한 나무만 없애버리면 될 평평한 그런 땅이라 건축업자는 관심있게 봤을 테고 침도 삼켰을 것이다. 그래서 드는 생각이지만 건축법상 하자만 없다면 높은 바위산도 평지로 만들기도 해서다.

"그러니까 집터도 밭도 산도 지목만 다를 뿐 아닌가요?"

"그렇지요."

"그래요. 건축업자들에겐 욕심이 날 대지네요."

"그렇기는 해도 저는 부동산이 돈이라는 생각을 한 번도 해본 일이 없었어요. 남편이 세상을 떠나고 보니 생각이지요."

"그러시군요. 그런데 이렇게 넓은 땅을 시부모님께서는 무슨 방법으로 마련하셨을까요?"

"시부모님은 그동안 가진 것 모든 걸 팔고 미국으로 이민 갈 사람을 돕자는 차원에서 마련하게 된 토지라네요. 이건 제가 직접 들은 게 아니라 남편이 그러데요."

"최근에요?"

"최근이 아니라 부동산이라는 말도 없던 때였나 봐요. 그러니까 해방이 되자마자이지요."

"그러면 집 지을 만한 산도요?"

천기철 목사 말씀이다.

"그렇지요. 산도 시아버지가 매입한 건데, 그렇게는 우리 밭과 연결된 산이라 다른 사람이 살 수도 없는 거지요."

"그렇기는 하겠네요."

자리를 같이한 천기철 목사 아내 말이다.

"그래서 말이나 지금의 집까지도 팔게 될 겁니다. 물론 당장 팔아야 할 일은 아니어도요."

"그러시면 제 남편을 한번 만나 얘기도 들어보실래요?"

윤혜선 권사 소개로 자리를 같이하게 된 국판금 집사 말이다.

"당장은 아닙니다. 아무튼 국 집사님 남편분의 조언이 필요할지도 모르겠습니다."

국판금 집사로부터 시작한 일이지만 어린아이들을 돌봐주는 게 지금의 집으로까지 발전하게 되었다. 그것이 교인들만이 아니라 멀지 않은 거리가 있는 동네까지도 알려지게 되어 매일 이십여 명의 어린이가 오게 된 것이다. 물론 국판금 집사가 돌봐주는 손주도 말이다. 그러니까 손주를 돌봐준 경험이 있는 할머니들은 잘 알 것으로, 집에서 혼자 돌보기는 너무도 힘들다. 뿐만이 아니다. 얘기할 사람도 없어 심심도 할 게다. 그래서인지 많이 오게 되는데 때문에 무허가라서 위생 관리는 괜찮은지 보건소에선 와보곤 한다.

베트남 전선

7

"목사님, 안녕하세요. 저 윤혜선 권삽니다."

"아이고, 윤 권사님이시군요."

"그런데 목사님 오늘 시간이 되실까요?"

전화 상대는 섬기는 천국문교회 권상범 부목사다. 권상범 목사는 막내아들 나이뻘 되는 젊은 목사로 우리 집에 여러 차례 와본 목사다. 그렇지만 직접 만나 그동안의 생각과 자초지종을 말하고 담임목사를 만나게 해달라는 의미의 전화다.

개인적 생각이기는 하나 결코 작은 얘기가 아니기 때문이다. 그래, 생각하고 있는 얘기를 담임목사에게 직접 해도 잘못은 아닐 것이나 시급한 일도 아니고 교회가 움직이는 질서상이기도 해서다. 그걸 모르는 성도는 거의 없으리라 싶지만 천국문교회 담임목사는 설교 준비 등 늘 바쁘기도 하실 것이기 때문이다. 어느 교회든 담임목사는 누구와 만나 장시간 얘기할 시간 여유가 많지 않다고 보면 될 것이다. 그래서든 담임목사와 만나게 역할을 해달라는 내 생각을 우선 부목사에게 말하고 싶어서다.

"권사님, 오늘은 어딜 가야만 해서 시간이 없을 것 같습니다. 그런데 무슨 급한 일이 있으세요?"

"급한 일이 있기는요. 급한 일은 아닙니다."

"급한 일이 아니면 제가 전화를 드리고 찾아가도 되겠습니까?"

"급할 건 없지만 일단은 알겠습니다. 시간이 되실 때 전화 한번 주십시오. 기다리겠습니다."

윤혜선 권사는 그렇게 해서 다음날 부목사를 만나 생각의 자초지종을 말하고. 담임목사를 만나게 된다.

"권사님의 얘기를 권상범 목사가 하데요. 그런 일은 대단한 일로 먼저 감사 말씀부터 드리겠습니다."

"대단한 일까지는 아니어요."

"권사님, 우선 차부터 드십시오."

천기철 목사 아내 말이다.

"아 예, 감사합니다."

"이런 자리는 윤 권사님 혼자가 아니라 오 집사님과 함께면 더 좋을 건데 아쉽습니다."

천기철 목사 말씀이다.

"그러게요. 그건 그렇고 목사님, 제 생각이 옳을지는 모르겠으나 그동안의 생각을 말씀드리겠습니다."

베트남 전선

윤혜선은 그동안 생각해두었던 얘기를 풀어놓고자 따뜻한 차를 마시기는 했으나 물 한 모금을 더 마신다.

"그래요?"

"예, 저의 가정 사정을 목사님께서도 잘 아시겠지만 베풀 만한 재정 능력이 된다고 할까요. 아무튼 그래서 가진 재산을 어떻게 할 것인지 우리 애들과 의논도 해봤습니다."

"권사님 재산 문제를 권사님 자녀분들과요?"

"예, 그러니까 제 남편이 받았던 보훈연금도…."

"그러시군요."

"물론 부동산 처리 문제도 말했더니 그런 문제는 자기네들은 상관 안 할 거랍니다. 그러니까 엄마가 알아서 하라는 거지요. 그래서 생각인데 지금의 재산 모두를 사회에 환원해야 할 것 같아 나름의 생각을 해봤습니다."

"지금의 재산 모두를 사회에 환원해요?"

"예."

"돈을 절대로 해야 하는 오늘날에서 자녀분들도 대단합니다."

"저는 대단하다고 생각지는 않습니다. 그것은 자기네들도 살 만하니까요."

"살 만해도 그렇지요. 돈 욕심은 하늘을 찌르는데요."

천기철 목사 아내 말이다.

"제 남편이 그동안 받은 연금을 단 얼마도 쓰질 않아 많다면 많아요. 그래서 그 돈은 베트남에다 쓰면 하고, 부동산은 돈으로 만들어 미혼모들을 위해 쓰고 싶어요. 제가 그래도 될까요?"

그렇다. 남편은 1급 보훈대상자라 연 6천여만 원이나 타는데 40년이 넘도록 단 얼마도 안 쓰고 저축만 해서 많다. 그래서 그 많은 돈, 그동안 말했던 남편 말대로 베트남에다 다 쓸 생각이고, 현재의 부동산도 돈으로 만들어 사회 사업을 할 생각이다.

그렇게는 맘이 선해서가 아니다. 나중에 돌아올 비난을 피하자는 뜻도 포함한다. 그러니까 태어날 땐 맨몸으로 왔다면 떠날 때도 맨몸으로 떠나는 게 옳지 않겠는가.

"잘 생각한 일이지요. 저는 권사님이 혹 교회 헌금으로 하겠다고 하실까 봐 걱정도 했어요."

"그래요, 제 재산을 교회 헌금 식으로 할까도 했어요."

그렇다. 다는 아니겠지만 교회에다 많은 헌금을 하게 되면 어깨에 힘이 들어가고, 그것을 바라보는 성도들은 기가 눌리기도 한다. 그래서 목회자는 성도들 간 어느 편으로 기울지 않게 중심을 잡아주어야 하지 않겠는가.

그렇다는 점에서 세계적 부호인 록펠러의 얘기다. 록펠러는 교회 건물을 정말 멋들어지게 지어놓고 목회자를 청빙하게 되는데, 청빙을 요청받은 목회자는 "록펠러 님이 교회를 떠나시면 청빙에 응할게요." 생각 밖의 말을 들은 록펠러는 당황했다는 것이다. 그래, 교회가 움직이려면 어쩌면 돈이 절대적일 수도 있다. 그렇지만 목회자는 모두가 인정하는 크리스천으로 만들겠다는 각오여야 할 것이다. 그것을 탓할 수는 없겠지만 교회적 물질 봉사는 최소한에 그치고, 개인 신앙심을 심어주어야 할 것이다.

그러니까 십자가는 상대를 위해 나를 버리는 표상이다. 기독교는 세상 복 누림과는 반대 개념이다. 그래서 목회자는 십자가에 서 있는 것이다.

윤혜선 권사가 거기까지의 생각은 아닐 것이나 천국문교회의 자랑이고 담임목사로서도 어깨에 힘이 들어갈 것이다. 정말 감사한 일로 윤혜선 권사님의 일은 가슴 뿌듯할 일이 아닐 수 있겠는가.

"그렇게까지는 주님이 바라실 것입니다."

"목사님, 감사합니다."

"감사는 무슨 감삽니까. 윤 권사님 땜에 제가 감사할 일이지요."

"사실은 가진 게 얼마쯤은 교회 헌금으로 생각도 했습니다."

그래, 천국문교회에다 많은 헌금을 해도 잘못이라고 말할 성도는 누구도 없을 것이다. 그렇지만 칭찬보다는 반대의 말이 나올 수도 있어 그만두기로 한 것이다. 그러니까 나도 이젠 할머니라는 말을 들을 나이다. 그래서인지 지금까지의 삶은 칭찬뿐이었다. 그걸 자랑으로 말할 수는 없겠으나 가정에서의 시부모님은 물론이지만 손위 동서들조차도 내가 있어주어야만 해서다. 그러니까 오씨 집안에 내가 없어서는 안 될 정도였다.

아무튼 세상을 떠난 다음에 좋은 평가여야 한다는 것이다. 물론 그런 평가를 의식해서 남은 생애를 아름답게 갖자는 것은 아니지만 말이다.

"베트남에다 돈 쓰실 생각이라고 하셨는데 그럴 만한 이유가 있는가요?"

"예, 있어요."

"그것은 물론 오 집사님 부상은 월남전에서이기는 해도요."

남편이 말했던 그동안의 얘기를 들으면 앞장서지는 않았어도 한 마을을 없애다시피 해버린 건 인간으로서는 상상도 못 할 잘못을 저지른 것이다. 물론 베트콩으로부터 입은 피해가 너무도 커 베트콩을 소탕하고자 하기는 했어도. 그러니까 여자들 강간만으로도 모자라 죽이기까지는 뭐며, 어린이 살상까지가 뭔가. 남편이 비행기를 탈 수만 있었어도 피해 입힌 베트남으로 달려가 잘못에 대한 사죄의 말을 했을 것이다. 그러나 건강상 그렇지를 못했으니 이젠 아내인 내가 대신할 생각이다.

"그랬군요."

"그런데 목사님?"

"예."

"제 남편이 근무했던 지역을 찾아가고 싶은데 혼자는 어려울 것 같아 교회 몇 분과 동행하면 안 될까요?"

"되고 안 되고가 있겠습니까. 동행은 당연하지요. 그러시면 동행하고 싶은 분은 있나요?"

"딱 누구라고 생각은 안 했으나 여행가는 일도 아니라 목사님께서 시간 내주시면 해요. 물론 권사님 몇 분, 장로님도 몇 분, 집사님도 몇 분 이렇게요."

"그래요? 아무튼 개인적으로 시간과 비용이 문제일 수는 있겠으나 많이들 가주시면 좋겠지요. 여행가는 게 아니기 때문에요."

천기철 목사 말씀이다.

"비용 문제는 걱정 안 하셔도 돼요. 제가 다 알아서 할 테니까요. 그러니까 제 남편이 말한 사죄의 의미로 돈도 줄 생각으로 가는 겁니다. 그러니 비행기 표 등 비용 문제는 생각지 마시고 열 분 이상 동행했으면 좋겠습니다."

"그러시면 날짜는 언제쯤이요?"

"저야 아무 때고 괜찮습니다."

"그러시면 이번 주 교회 어린이날 행사를 마치고 장로님들과 의논도 해보고 말씀드리겠습니다."

"저는 목사님만 믿습니다. 그리고 비용이 얼마일지는 모르겠으나 우선 1억 원을 교회 계좌로 입금해놓겠습니다."

"1억 원까지나요? 그렇게는 너무 많지 않아요. 그것의 반도 충분할 것 같은데요."

"많지 않아요. 될 수 있으면 많이 동행했으면 좋겠어요. 그것도 있지만 베트남에서 쓰게 될 비용이 얼마일지는 모르겠으나 베트남에서 발생하는 비용은 제 카드로 결재하겠습니다. 그러니 비용에 있어서만은 자유하시면 합니다."

"일단은 알겠습니다."

"그런데 권사님 자제분들도 동행하실 겁니까?"

천기철 목사 아내 말이다.

"그래야겠지요. 그런데 사모님도 저를 도와주시면 하는데 가능하실까요?"

"가능이야 하겠지만 저까지요?"

"그러니까 사모님은 목사님을 보필해드릴 자격으로요."

남편이 그동안 노래처럼 말했던 베트남 하미마을 방문은 설명까지 필요할까마는 목사님을 모시려는 데 있어 어려움이 덜할 것 같아서다.

"그러면 윤 권사님 말씀대로는 할게요."

"감사합니다."

"그렇지만 생각해보니 베트남 여행은 아닐지 해서 부담이네요."

"어디 여행일 수가 있겠어요. 그건 아니에요. 아무튼 그래서 말이지만 사모님만 말고 여러분들이 동참해주시면 좋겠네요. 그러니까 베트남 하미마을 사람들을 만나기는 남자들만으로 곤란할 수도 있어서요."

"베트남 하미마을이라면 한국군으로부터, 그러니까 인간으로서 말도 안 될 일을 당한 마을이라서요?"

"그렇지요. 우리 오 집사 말을 들으면 놀랄 일이어요. 그러니까 베트남에 파병된 우리 한국군들은 하미마을 사람들에게 도저히 씻을 수 없는 잘못을 다 저질렀나 봐요. 물론 해병대원들 모두가 아니기는 해도요."

"하미마을 사람들에게 씻을 수 없는 잘못이요?"

"그런 얘기는 베트남에 가게 되면 하미마을 현지인들이 사실을 말할지 모르겠지만 일단은 그래요."

생각보다는 많지 않은 인원이지만 열여섯 명이 베트남 현지로 가는데 우선 금철원 장로와 박기준 장로고, 권사들로는 임상순 권사, 소정희 권사, 김말례 권사, 김순희 권사, 최순자 권사 그리고 담임목사 부부, 지역 목사 권상범 목사, 그리고 윤혜선 4남매와 손주들 이렇다. 박기준 장로는 월남전에 참가한 이력이 있는 분이기는 하나 베트남전 말미에 파병되었기에 베트남전쟁에서 철수를 앞둔 시점이었으므로 부상이라는 피해도 없이 건강한 몸으로 귀국했다. 그래서 이젠 건강한 민간인 신분으로 베트남을 다시 찾게 되지만 베트남전쟁이 치열했던 당시 얘기를 들으면 미안하기 그지없단다. 말하기 쉽지 않은 얘기이지만 우리 한국군이 저지른 베트남 민간인 학살 사건은 너무도 크다 하겠다. 그러니까 베트남 민간인 피해자 수는 무려 9천여 명으로 추산된다고 보도해서다.

그래, 전쟁을 일으킨 입장에서는 평화를 위한다지만 민간인 피해가 없다고는 말 못 할 것이다. 그러니까 베트남 파병은 우리 대한민국 국가를 지키자는 전쟁이 아니었지 않은가 말이다. 그러함에도 월남전쟁 덕에 국가 경제가 이만큼이라는 말을 쉽게 해서는 안 될 건데 누구는 미안한 마음도 없이 한다.

아무튼 이웃 사랑을 그리도 강조하는 그리스도인들로서는 더더욱 조심이다. 이런 문제에 있어 남편 오상택 씨는 해병부대원이었다는 이유뿐이었으나 베트남 민간인들에게 빚을 갚아야만 한다고 입버릇처럼 말했다.

그래서 나는 남편 오상택 씨의 아내로서 사과 말이라도 해야 할 것 같아 섬기는 교회 담임목사님 내외분과 두 분의 장로님과 다섯 분의 권사님과 지역 목사님, 그리고 우리 가족 열두 명 이렇게 동행하지만 말이다.

"좋은 일로 가야 하는 건데 저는 그렇지 못해 맘이 좀 무겁습니다."

윤혜선 권사 말이다.

"그렇기는 해도 오 집사님이 갚아야 할 빚 권사님이 대신 갚으러 가시는 겁니다. 베트남 하미마을 주민들은 생각지도 못한 일을…."

금철원 장로 말이다.

"그런데 베트남 하미마을 선교사(조형국)님께 언제 갈 거라는 연락은 되어 있나요?"

박기준 장로 말이다.

"예, 편지도 발송했고 지난주 월요일에 통화도 했습니다."

천기철 목사 말씀이다.

"그러면 조형국 선교사님 베트남 선교 사역은 언제부터이지요?"

임상순 권사 말이다.

"언제부터까지인지는 잘 모르겠고 올해로 13년째라는 것 같습니다."

"제가 언제부터냐고 묻는 건, 베트남 말 동시통역이 가능할지입니다."

"13년째 사역이면 동시통역은 충분할 겁니다."

8

"예, 안녕하세요. 저는 이곳 베트남에서 살아가는 안병무입니다. 그러니까 저는 고향이 대전이기도 하지만 자식을 둘이나 둔 한국 사람입니다. 그래서 말이나 여러분들을 귀국 비행기에 오르실 때까지 모셔야 할 관광버스 기사기도 합니다. 그래서 우선 반갑다는 말씀부터 드리겠습니다.

아무튼 저는 베트남에서 관광버스 기사로 살아갑니다. 그러니까 올해로 4년째, 그래서 베트남전쟁 때 하미마을에서 있었다는 슬픈 얘기도 좀 해보겠습니다. 그러니까 저 앞에 보이는 산이 하미마을을 초토화시켜버린 산이라고 해도 되겠는데 인간으로서는 말도 안 될 엄청난 일이 벌어지기도 했다는 거지요.

구체적으로 말하면 이렇습니다. 나이가 오십 대 초반인 시어머니와 이십 대 중반인 며느리가 산나물 뜯으러 산에 오르게 됩니다. 그런데 느닷없이 두 군인이 나타나더니 다가와 하는 말이 '당신들 어딜 가는 거야!' 두 군인이 그러는 겁니다. 그러니까 총까지 겨누면서이지요. 그래서 두렵기는 하나 그동안 대민 지원에서 봤던 군인이라는 생각이라 차마 해치기까지야 하겠는가 싶어 나름 설명하니 두 군인은 알아들을 수도 없는 말로 무어라고 하더니 젊은 며느리는 한 군인이 어디론가 끌고 갑니다.

그러니까 끌고 가는 건 겁탈 목적인 겁니다. 그래서 시어머니는 벌어지고 있는 지금의 정말 아닌 상황에 대처를 어떻게 할지 생각 끝에 겁탈할 테면 하라는 생각으로 대체로 평평하다 싶은 풀밭에 벌러덩 눕습니다.

그것을 본 군인은 좋아라 겁탈을 시작합니다. 그러나 시어머니는 군인의 고환을 꽉 쥡니다. 꽉 쥐니 겁탈하던 군인은 바들바들 떨더니 곧 죽습니다. 그러니까 아프다는 소리도 못 지르고 죽은 겁니다.

시어머니는 남자의 급소가 어딘지 알고 있었기에 그런 방법으로 죽였겠지만 죽었음을 확인하고 시신을 감출 만한 곳으로 끌어다 가랑잎으로 감춰두고 다른 군인에 의해 끌려간 며느리는 어떻게 됐을까 싶어 관망하기 쉬운 곳에까지 가서 상황을 살피니 몇 놈들이 며느리를 맘껏 겁탈하고 무전으로 하는 말이 '너희들 맛있는 떡 먹고 싶으면 5초소로 와라!'

그래서들 군인 모두가 내려와 겁탈하고는 며느리를 총으로 쏴 죽여 묻어버리고는 시어머니를 가지고 놀라고 두고 갔던 군인이 돌아오질 않아 궁금한 나머지 찾아보나 아무도 없음을 보고 이상하다 싶었는지 여기저기를 찾아보더니 베트콩이 죽었음인지 죽어 있는 겁니다.

그래서 해병대는 비상까지인데 그것은 베트콩들을 소탕해버리겠다는 명분이겠지만 하미마을 주민을 모두 죽이고 하미마을 자체를 없애기까지입니다. 이건 말도 안 될 소설이 아니라서 당시의 군인들도 인정한다는 이유겠지만 돈을 십시일반으로 모아 세울 필요도 없는 위령비도 세웠나 봅니다. 그러나 당시 군인들이 그것만으로 하미마을을 달래기는 어림도 없을 겁니다. 아무튼 저는 슬픈 얘기만 하다가 왔는데 다 왔으니 내리실 때 급하게 내리지는 마시고 천천히들 내리십시오."

아무튼 한 주간 동안을 운행해줄 관광버스 기사는 그렇게 말하고 윤혜선 권사는 목적한 대로 베트남 하미마을을 찾아갈 거라고 베트남 현지 조형국 선교사에게 연락도 미리 했음인지 하미마을 주민 대표와도 만나게 된다.

"안녕들 하세요."

하미마을 주민 삼십여 명까지 모인 자리에서 천국문교회 천기철 목사 인사 말씀이다.

"아 예, 안녕하세요."

하미마을 대표 대답 인사말이다.

"대표님은 이렇게까지 환영해주고 계십니다. 정말 감사합니다."

"아닙니다. 어렵게 오신 분들을 우리가 모시게 돼 영광입니다."

"안녕하세요, 저는 이 근방 군부대에서 군인으로 근무했던 남편의 아내이고, 이쪽 편에는 제 아들딸이고 손주들입니다."

"아 예, 그러시군요."

"이분은 하미마을 대표님이시다. 인사드려라."

윤혜선의 가족 모두는 일어서서까지 인사다.

"아이고, 반갑습니다. 보시는 대로 자리가 누추합니다. 그렇지만 편히들 앉으세요."

"예, 그리고, 저는 가족이 인사드린 분이 섬기는 천국문교회 담임목사입니다. 그래서 동행해주신 분들을 일일이 소개해드린다면 이쪽은 우리 교회 장로님이시고, 이쪽 여자분들은 우리 교회 권사님이시고, 부목사님입니다. 그리고 제 아내입니다."

윤혜선 권사 가족이 일어서서 인사를 드렸듯 동행자 모두도 일어나 인사를 드리면서 권사들은 당사자는 아니어도 미안하다는 의미로 주민들 손을 붙들기까지다.

"많이들 바쁘실 텐데 이렇게들 찾아주시네요. 저는 감사 인사부터 드립니다."

하미마을 주민 대표 말이다.

"저희가 이렇게 찾아오게 된 건 그동안 듣기만 했던, 베트남전쟁 때 주민분들에게 피해 입힌 일은 말로 다 할 수 없이 크다는 생각에서입니다."

"그렇기는 하시겠지요."

"그래서 하미마을 주민분들의 아픔을 다소나마 위로해드리고 싶은 맘에 이렇게나마 찾아온 겁니다."

"아 예."

그거는 당연하지요. 좀 더 일찍이라도 와야지요. 아무튼 이제라도 온 건 다행입니다. 하미마을 대표는 그러는 건지 곱지만은 않은 표정이다.

"그래요. 잘못을 저지른 당사자가 찾아오는 게 맞겠으나 당시 한국군이었던 당사자는 지뢰 폭발로 인해 하체를 의족도 못 할 정도로 몽땅 잃어버린 바람에 못 왔습니다. 못 오게 된 건 몇 달 전에 세상을 떠나버렸기 때문입니다. 그러기에 아내이신 윤혜선 권사님과 저희만이라도 사과드리러 이렇게 온 겁니다."

천기철 목사 말씀이다.

"세상을 떠나셨다면 슬픈 일이네요. 위로해드립니다."

하미마을 이장 말이다.

"감사합니다. 그래요. 저희가 이렇게 찾아오게 된 건 다름이 아니라 맘이 넉넉하신 주민분들의 용서를 바라서입니다."

천기철 목사 말씀이다.

"용서가 다 뭡니까. 좀 늦었다 싶기는 합니다. 그렇다고 쉽지만은 않으실 발걸음까진데요."

하미마을 주민 대표 말이다.

"그렇습니다. 사과할 맘이면 당시를 살았던 하미마을 분들이 세상 떠나시기 전에 왔어야 했는데 이제야 왔습니다. 이제야 온건 핑계일지는 모르겠으나 제 남편은 하체를 통째로 잃어버려 못 온 겁니다. 그래서 아내인 저라도 벌써 왔어야 할 건데 그렇지도 못하고 이제야 온 겁니다."

"아니어요."

"그러니까 제가 이제야 오게 된 건 하체를 통째로 잃어버린 남편을 곁에서 지켜주어야만 해서요. 그런 점 여러분들께서는 이해해주시면 합니다."

윤혜선은 자세를 한참 낮추어 말한다.

"괜찮습니다. 이렇게만이라도 찾아주시니 감사할 뿐이지요."

"그래요, 이런 말은 찾아온 저희가 해야 할 말은 아니나 전쟁이란 패한 측도 승리한 측도 피해는 엇비슷할 겁니다."

"그렇겠지요."

하미마을 대표 말이다.

"그래서 하는 말이나 전쟁은 사람을 죽이고 죽고 하는 슬픈 문제여요."

"그렇기는 하나 우리 하미마을 피해는 누구를 탓하기보다 시대가 그렇게 만든 것이라고 저희는 그렇게 생각하니 너무 미안해하시지는 마십시오."

하미마을 주민 대표는 어쩌면 목회자 설교 같은 말이다.

"감사합니다. 저희는 되레 위로받게 됩니다."

천기철 목사 말씀이다.

"그건 그렇고 제가 이렇게 찾아온 건 위로의 표시라도 해드릴까 합니다. 그렇지만 그런 표시를 이 자리에서 다 말씀드리기는 아닌 것 같아 하미마을을 대표하실 몇 분과 따로 만나 의논도 할까 하는데 그래도 괜찮겠습니까?"

윤혜선 권사 말이다.

"괜찮지요."

아니, 위로 표시라도 해드릴 작정이라니, 그렇기는 하겠지. 한국에서까지 찾아왔다면 빈손으로 고개만 끄덕이고 가지는 않겠지. 하미마을 분들은 그런 맘일 것이다.

"그러니까 위로의 표시라는 게 다름이 아니라, 조그마한 지갑입니다."

"아 예."

아니, 지갑? 그러면 지갑이라는 게 무엇인지는 몰라도 세월이 흘러 이제는 과거 일이 되고 말기는 했으나 하미마을을 아예 불태워 없애버리기까지의 만행이 아니었던가. 그러니까 당시를 생각도 하기 싫은 악마 같은 일 말이다. 그때를 되돌려 생각하면 하미마을을 불태워 없앨 당시 나는 대대를 움직이는 군인이기도 했고 영외근무였기에 가족의 피해는 없어 다행이지만 나는 하미마을이 잘못됐다는 소식을 듣고 달려와 보니 말로는 다 할 수 없는 피해였다.

그러니까 남녀노소 할 것 없이 죽임을 당한 것만이 아니라 아예 집까지 없앤 것이다. 나도 적을 물리쳐야 할 군인으로서 생각이지만 사령관으로서야 민간인에겐 어떤 경우라도 피해는 주지 말라 했겠지만 군인들 총구가 그런 지침에 순종했겠는가. 전쟁은 말할 것도 없이 죽이고 죽는 잔인한 문제이지 않은가.

다시 말해 전쟁은 무자비할 수밖에 없다는 게 우리 하미마을까지다. 그렇다고 해도 젖먹이 어린아이까지 살해한 건 사과로 그칠 수가 있겠는가. 그렇기는 하나 내가 그게 아니라고 반박의 말을 하겠는가.

말이라도 듣기 좋게 해야지. 나는 하미마을 주민 대표로 선임 받게된 입장이기도 해서다. 그러니까 하미마을은 인척 가정도 여럿인데 모두가 피해자들이지만 말이다.

아무튼 나는 하미마을 주민 대표로 선임받은 자니 살아남은 주민들 일이라면 무슨 일이든 앞장서는 것이 옳을 것이나 오늘 같은 일에서는 신중할 필요도 있겠다. 나는 군대 생활만 하다 제대하고 동네에와 보니 말로는 표현 못 할 만큼이다.

9

"다른 말씀이 있다면 잠시 참았다가 하기로 하고 내일은 날씨가 도와줄지는 몰라도 우선 역사적 상징물로 볼 수도 있는 위령비로 가서 하나님 앞에 예배부터 드립시다."

조형국 선교사 말이다.

그렇게 해서 예배에 참석한 사람 수는 하미마을 주민들 포함 150여 명. 그런 자리에 면장도 참석했다. 참석은 물론 미리 말해두었겠지만 말이다.

더 오실 분이 안 계시면 먼저 사도신경부터입니다.

전능하사 천지를 만드신 하나님 아버지를 내가 믿사오며 그 외아들 우리 주 예수 그리스도를 믿사오니 이는 성령으로 잉태하사 동정녀 마리아에게 나시고 본디오 빌라도에게 고난을 받으사 십자가에 못 박혀

죽으시고, 장사한 지 사흘 만에 죽은 자 가운데서 다시 살아나시며 하늘에 오르사 전능하신 하나님 우편에 앉아 계시다가 저리로서 산 자와 죽은 자를 심판하러 오시리라. 성령을 믿사오며 거룩한 공회와 성도가 서로 교통하는 것과 죄 사하여주시는 것과 몸이 다시 사는 것과 영원히 것을 믿사옵나이다.

예, 감사합니다. 그러면 성경 말씀 마태복음 18장 21절부터 22절까지를 봉독하겠습니다. 베드로가 나아와 이르되 주여, 형제가 내게 죄를 범하면 몇 번이나 용서하여주리이까. 일곱 번까지 하오리까. 예수께서 이르시되 네게 이르노니 일곱 번만이 아니라 일곱 번씩 일흔 번이라도 할지니라. 그런 말씀 가지고 용서와 사랑이라는 제목으로 한국천국문교회 천기철 목사님께서 말씀을 주시겠는데 단에 오르실 때 큰 박수 부탁합니다.

조형국 선교사 말이다.

예. 큰 박수 감사합니다. 저는 조형국 선교사님께서 소개해주신 천국문교회 천기철 목삽니다.

아무튼 저는 목회자이기는 하나 하미마을 여러분들에게 무슨 말을 해야 할지가 걱정입니다. 그러나 저는 말씀을 드릴 건데, 하미마을에 오면서 주변을 보니 지난날 어두웠던 그런 시대가 아니라 활기찬 시대로 변모하고 있음을 보면서 저는 위로를 받습니다.

그래서 저는 우선 축하는 물론이고 응원도 보내드립니다. 그리고 제가 해드리고 싶은 말씀은 인간적 말이 아니라 전능하신 하나님의

베트남 전선

말씀이니 자리하신 여러분은 그리 알고 들으시길 바랍니다.

그렇습니다. 조금 전 봉독한 성경 말씀을 부정하는 성도가 아마 없으실 것이나 용서와 사랑, 이 두 단어를 빼고는 기독교인이라 말할 수도 없다는 겁니다. 그렇다는 점에서 오늘의 세상을 살피면 전쟁은 늘 있었는데 그건 하나님 말씀과는 정면으로 배치되는 일이라 아니 할 수 없습니다.

그래서 말이나 하나님의 피조물인 우리 인간은 그걸 잘 알면서도 기독교 국가라고 칭하는 미국이 베트남전쟁을 일으켰다는데 할 말을 잃습니다.

그렇습니다. 전쟁을 치른 국가들마다 고난이었지만 베트남이라고 해서 예외는 아니었던 것 같습니다. 그러니까 가깝게는 미국이 베트남전쟁을 일으킨 일입니다. 그러기까지는 동남아 국가들이 소련과 중국을 기반으로 공산주의 세력이 커져서는 세계질서가 무너질 수도 있다는 미국 나름의 이유가 있어서였나 싶고, 베트남 지도자 호찌민은 그게 아닌 겁니다.

그게 아닌 건, 오늘 설교를 위해 호찌민 전기를 저는 읽어보기도 했는데 설명하자면 다음과 같습니다.

그러니까 베트남전쟁은 어쩌면 내전과 같아 우리 한국군이 참여했다는 건 잘못일 수도 있어 미안도 합니다. 그러나 한국군이 베트남전쟁에 참여하기까지는 그만한 곡절이 있습니다. 베트남전쟁 동기는 제가 말 안 해도 여러분은 더 잘 아시겠지만 흐루쇼프 소련 서기장이 쿠

바를 통해 미국을 침공하려 합니다. 그래서 미국 케네디 대통령은 스물네 시간 안에 쿠바에서 철수하지 않으면 쿠바는 지구상에서 없애버릴 거라고 엄포를 내립니다. 케네디 대통령의 경고에 흐루쇼프 소련 서기장은 케네디가 쿠바를 지구상에서 없애버릴 거라고 엄포한 것은 엄포만이 아닐 것으로 보고 곧 꼬리를 내리게 됩니다.

그러고서 얼마 지나지 않아 미국 케네디 대통령이 암살당합니다. 미국 케네디 대통령이 암살당하자 미국법상 부통령인 존슨이 대통령이 됩니다. 그런데 존슨이 대통령 자리에 앉자마자 통킹만에서 운행 중이던 미국 배가 공산군 어뢰에 의해 침공당합니다. 그러니까 통킹만 사건이 되겠습니다.

그러기 전 얘기로 돌아가 한국은 박정희가 쿠데타로 정권을 잡았다고 해서 케네디는 그동안의 미국 원조 모두를 끊어버립니다. 그래서 박정희 대통령으로서는 대통령을 그만둬야 할 위기에 내몰리게 되자, 박정희 대통령은 한국 대통령이라는 자존심까지도 내려놓고 미국 케네디 대통령을 만납니다. 그러나 박정희는 빈손으로 돌아옵니다. 그것을 존슨 부통령은 옆에서 지켜본 겁니다.

그랬는데 베트남전쟁이 발발하게 되자 박정희 대통령은 존슨 미국 대통령으로부터 느닷없는 제안을 받게 됩니다. 그러니까 한국에 있는 미군을 베트남전쟁에 투입하는 방안과 한국군 30만 명을 보내주는 방안인 겁니다.

그래서 박정희 대통령은 존슨 미국 대통령의 제안에 어떻게 해야 할지가 고민입니다. 그러니까 존슨 말대로 한국에 주둔한 미군을 떠나보내면 북한군으로부터 침략당할 건 분명합니다. 그렇다고 해서 한국군을 베트남 전쟁터에 보내서는 수만 명이 전사하거나 부상일 건데… 고민에 빠집니다. 그러나 가부간 결단을 내려야 할 대통령으로서 걱정만 하고 있을 수는 없어 한국군을 파병키로 합니다. 박정희 대통령이 그런 결단을 내리기까지는 삼 일간을 밥도 안 먹고 담배만 피워댑니다.

그러면 이젠 호찌민 얘깁니다.

호찌민은 베트남이 하나의 국가여야 함에도 깃발만 베트남이지 공산주의 국가, 민주주의 국가 이렇게 두 국가로 갈라져 있는 겁니다. 그래서 호찌민은 하나의 베트남을 만들기 위해 자신을 버리기까지로 맘먹습니다. 그건 베트남으로서는 공산주의가 정의일 수는 없는데도 말입니다. 아무튼 베트남도 이젠 가난한 나라를 돕기도 해야 할 부자 나라가 되어야만 해서입니다. 그래서 말이나 베트남은 공산주의 국가와 함께해서는 안 됩니다.

그것은 공산주의 국가는 한국처럼 '우리도 한번 잘살아보세!'가 아니라 전쟁 일으킬 준비만 하기 때문입니다. 그래서 베트남이 공산주의 국가와 결별한 건 정말 잘한 일입니다. 여러분도 알고 계시겠지만 공산주의 국가마다 날로 가난해집니다. 날로 가난해질 것은 유종국 선교사님처럼 선교 활동도 할 수 없기 때문입니다. 선교 활동은 개인 자유이기도 해서입니다.

그렇다는 점에서 한국 국민 헌장을 보면 이렇습니다.

우리는 민족 중흥의 역사적 사명을 띠고 이 땅에 태어났다. 조상의 빛난 얼을 오늘에 되살려 안으로 자주독립의 자세를 확립하고, 밖으로 인류 공영에 이바지할 때다. 이에, 우리의 나아갈 바를 밝혀 교육의 지표로 삼는다.

성실한 마음과 튼튼한 몸으로 학문과 기술을 배우고 익히며, 타고난 저마다의 소질을 계발하고, 우리의 처지를 약진의 발판으로 삼아, 창조의 힘과 개척의 정신을 기른다.

공익과 질서를 앞세우며 능률과 실질을 숭상하고, 경애와 신의에 뿌리박은 상부상조의 전통을 이어받아, 명랑하고 따뜻한 협동 정신을 북돋운다.

우리의 창의와 협력을 바탕으로 나라가 발전하며, 나라의 융성이 나의 발전의 근본임을 깨달아, 자유와 권리에 따르는 책임과 의무를 다하며, 스스로 국가 건설에 참여하고 봉사하는 국민정신을 드높인다. 반공정신에 투철한 애국 애족이 우리의 삶의 길이며, 자유세계의 이상을 실현하는 기반이다. 길이 후손에 물려줄 영광된 통일 조국의 앞날을 내다보며, 신념과 긍지를 지닌 근면한 국민으로서, 민족의 슬기를 모아 줄기찬 노력으로 새 역사를 창조하자.

이렇게 되어 있는데 특히 강조되어야 할 내용은 '반공정신에 투철한 자유세계의 이상을 실현하는 기반이다'입니다.

베트남 전선

이런 말까지는 저는 목회자라서가 아닙니다. 그러니까 공산주의는 인간으로서 당연히 누려야 할 인류 보편적 가치인 평화라는 단어조차도 없고 오로지 자본주의 파괴에 있습니다. 더 말하면 이웃이란 말도 없습니다. 있다면 통치자말고는 누구도 싫어할 조직뿐입니다.

통치자 말고는 누구도 싫어할 조직이나 호찌민은 프랑스 대학에서 공부하길 공산주의를 가슴 깊이 새깁니다. 호찌민이가 공산주의를 가슴속 깊이 새기기까지는 베트남의 지도자가 되기 위함이지요.

호찌민이가 베트남의 지도자가 되기까지를 살펴보면, 베트남전쟁 발발 그러니까 1964년 8월 2일은 일요일이었습니다. 그런데 미국 언론들은 베트남 통킹만 해상에서 정찰 중이던 미국 구축함 매덕스가 북베트남의 어뢰로부터 공격받았다고 보도합니다. 그런 보도는 잘못된 보도인 거지요.

미 해군은 매덕스와 함께 작전하고 있던 동급의 구축함 USS 터너 조이로 반격을 가해 북베트남 함정 1척을 격침하고 2척을 파손시킵니다. 그래서 북베트남군에서는 10여 명의 사상자가 나온 겁니다. 그러나 보도를 믿어도 될지 몰라도 선제공격을 당했다는 미군은 한 명의 부상자도 없었다고 보도합니다.

그 이틀 뒤인 8월 4일, 미국의 존슨 행정부는 매덕스와 터너 조이 구축함이 또 한 차례 공격받았다고 발표하였습니다. 두 함정은 북베트남 연안으로부터 12해리 안에까지 들어와 활동하고 있었는데 주위에는 북베트남의 함정이 한 척도 없었다고 합니다. 그래서 실질적인 공격은 없었는데도 구축함들은 자신들을 공격하기 위한 수중음파탐지기와 무선 신호기를 발견했다는 겁니다.

두 번째 공격에 관한 전문을 받은 존슨 대통령은 즉각 전면적인 보복 공격을 지시했고, 존슨은 그날 저녁엔 다음과 같은 '대국민 선언문'을 발표합니다.

당시 미국의 함정들은 공해상에 있었습니다. 그러니까 미국의 함정들은 방어적 태세만 갖추고 있는 겁니다. 존슨 미국 대통령은 우리는 전쟁을 하고 싶지 않으나 북베트남의 이러한 불법행위로 인하여 남베트남 국민과 정부에 대한 총체적인 지원은 더욱 배가될 것이다, 인터넷엔 그리 되어 있네요.

아무튼 호찌민이가 국가를 위하자는 데 있어서는 칭찬일지 모르겠으나 현대화가 된 지금의 시대로 보면 아주 잘못이라 아니할 수 없습니다. 그것은 달나라에 미국 성조기가 나붙기까지인 시대에서 정반합을 말한 헤겔의 이론을 마르크스, 엥겔스가 주장한 엉터리 내용을 호찌민은 진리로 알고 공산주의 국가와 손잡았기 때문입니다.

이런 문제에 있어 아니라고 말할 사람도 있을지 몰라도 공산주의 사상은 무슨 일이든 국가를 위하라는 강제성인 거고, 민주주의는 강제성이 아닌 겁니다.

그래서 저는 옳은 말만 해야 할 목회자이기는 하나 베트남 영웅까지인 호찌민의 착각에 한국 군대까지였습니다. 그래서 말이나 지도자는 국가를 살릴 실질적 선구자여야 함에도 호찌민은 선구자와는 거리가 먼 인물이었습니다.

호찌민이 선구자가 못 되기까지는 철학자인 엥겔스 영향을 받아서라고 하겠는데, 그러면 엥겔스는 누구인지 한번 살펴보겠습니다. 그러니까 엥겔스 아버지는 교회를 이끌 분이면서 괜찮은 회사 사장이랍시고 고기반찬을 늘 먹으면서도 노동자들에겐 밥도 모자라게 먹게 하는 겁니다. 그래서 엥겔스는 사장 아들로서 노동자들에게 너무도 미안해 합니다.

그런 말을 소설처럼 말한다면 다음과 같습니다.

"아버지께 드릴 말씀이 있어요."

아들 엥겔스가 그리 말한 건 노동자라고 해서 천대당하고 있어서다.

"아버지께 할 말이 뭔데?"

아들인 엥겔스가 다른 집 애들처럼 친구도 없는 건 아버지로서 걱정도 돼서다.

"할 말이 있어서라기보다, 그러니까 우리 집은 고기반찬까지 먹어서요."

"엥겔스, 너는 그게 불만인 거야…?"

엥겔스 이 녀석이 머리가 점점 커지더니 엉뚱한 말까지 하다니…. 그렇지 않아도 엥겔스 너를 회사 후계자로 세우고자 하는 맘인데 아들 엥겔스는 그게 아닌 듯해 걱정이다. 물론 아버지라고 해서 자식의 맘까지 어쩌지 못하겠지만 말이다.

"불만이라기보다 넉넉한 밥은커녕 죽도 부족하게 먹는 노동자들이라서요."

"엥겔스 너 엉뚱한 생각은 하지 말아야 한다."

엉뚱한 생각 말라는 건 이 녀석이 철학 공부한다더니 헤겔의 이론인 공산주의 사상에 심취하려는 건 아닌가 싶어서다.

"엉뚱한 생각이 아니어요."

"엉뚱한 생각이 아니라니 다행이기는 하다만 엥겔스 너도 알고 있을지 몰라도 아버지는 이 회사를 세우기 위해 빚까지 낸 거다."

"빚까지 내신 건 저도 알지요. 그러나 서로가 싸우지 말자는 거지요."

"그래, 사회가 서로 싸우지 말자는 거야 누가 싫다고 하겠냐. 그렇지만 인간 사회는 엥겔스 네가 생각하는 대로 움직일 수 없을 거라는 점은 알아야 한다."

"그래요, 사회가 제가 생각하는 대로 움직일 수는 없겠지요. 그러나 살아볼 만한 사회로 바꾸자는 거예요."

"살아볼 만한 사회로 바꾸자는 것은 공산주의인 거야?"

"그렇지요. 아직 이론뿐이나 공산주의가 답이라고 저는 생각해요."

"그런 이론은 아닌 거다. 그러니까 우리 집은 공산주의와 반대일 수도 있는 기독교 집이라는 점을 알아라."

"그렇지만 서로 다투지 않고 살려면 공산주의 제도로 바꾸어야만 해요."

"그러나 공산주의는 국민을 위하자는 것이 아니라 통치자만 살아남자는 제도인 거야."

"공산주의는 국민을 위하자는 것이 아니고 통치자만 살아남자는 제도요?"

"그런 제도는 아버지 걱정만이 아니라 지식인들 걱정이기도 해."

베트남 전선

"지식인들 걱정일지 몰라도 제가 말하는 건 그게 아니라 우리가 아버지 말씀대로 살고 있느냐는 거지요."

"지금은 아니나 곧 그렇게 살 거다. 그러니까 은행 빚 갚으면…"

"그래요. 이 회사를 세우기 위해 빚까지 내신 건 저도 잘 알지요."

"잘 알면서까지 그런 말 하는 건 아니다."

"그렇지만 생산성을 높이려면 우선 노동자들에게 밥만은 부족하지 않게 먹여야 할 게 아닌가 해서요."

"그런 점 나도 안다. 알지만 당분간은 어쩔 수 없을 것 같다. 그러니 너는 그리 알거라."

"당분간이면 언제까지요?"

"언제까지는, 은행 빚 갚을 때까지."

"아버지, 감사해요."

"아버지에게 감사는 맘속으로만 해라."

"예, 아버지."

"그래서 말인데 우리 회사는 자선단체 회사가 아니라는 점도 엥겔스 너는 이해해라."

"예, 이해해야지요."

"잔소리 같다만 우리 회사는 자선단체 회사로 세운 게 아니라 돈 벌자고 세운 회사야."

"그거는 저도 알지요."

"알고 있다니 다행이기는 하다만 엥겔스 네가 우리 회사를 어떻게 이끌지 몰라도 우리 회사는 잘살아보자고 세운 회사인 거야. 그러니까 엥겔스 장가 문제까지도 있는 거야."

"제 장가 문제까지요?"

"그래, 이 녀석아."

"그거야 저도 알지요."

"알면서 그런 말까지 하냐?"

"그러니까 제 생각은 엉뚱한 생각일지 몰라도 제품 생산을 공동으로 하면 어떨까 하는 거요."

"제품 생산을 공동으로…?"

"예, 공동으로요."

"그러니까 공동이라는 말은 다른 말로 하면 공산?"

"생각해보니 그러네요. 공산이네요."

"아버지가 어렵게 어렵게 세운 회사를 네 생각대로 노동자들 편에 서게 할 수는 없으니 그리 알거라."

"아버지는 사장님이라 아니실지 몰라도 제 생각은 인간 사회가 평등 해야 한다고 봐요. 제 공부도 그래서요."

"인간 사회에서의 평등은 예수님이나 주장하실 일이야."

"그렇기는 하지요. 예수님이나 주장하실 일이지요."

그거야 예수님 주장이지요, 그리 말한 엥겔스는 독일 태생으로, 당시에도 독일은 기독교 국가였습니다. 그래서 공산주의의 탄생은 기독교 때문이라고 보시면 됩니다.

"그래, 예수님의 말씀대로 해버리면 우리는 뭘 먹고 살게."

"그거야 먹는 것도 공동으로 먹으면 되지 않을까요?"

"뭐, 먹는 것도 공동으로…?"

"그렇지요. 그렇게만 되면 노동자의 불만이 근본적으로 없을 겁니다."

"그래, 모든 게 공동이면 너에게 들어가는 학비는 어떻게 하고?"

"그렇기는 하네요. 그러나 조용해야 할 인간 사회에서 가진 자와 못 가진 자 사이에 다툼이 없게 하기 위한 것이지요."

"그런 생각 언제부터냐?"

"그런 건 묻지 마세요. 저도 이젠 그런 생각할 만큼 컸으니까요."

"그래, 항상 어린이일 수는 없지. 그렇지만 너무 나간 생각까지는 하지 마라."

"너무 나간 생각까지는 하지 말라는 아버지 말씀은, 그러니까 아버지는 저를 지금의 회사 후계자로 삼겠다는 생각이신 거지요?"

"그러면 엥겔스 너는 아닌 거냐?"

"회사 후계자로 삼으시겠다는 아버지 생각은 이해합니다. 그러나 저는 회사 후계자로까지는 더 생각해봐야겠네요."

"엥겔스 너는 못 하겠다 그런 생각은 하지 마라. 그러니까 지금의 회사로 해서 대재벌 회사를 거느리는 회장이 되라는 거야."

"제가 대재벌 회장까지요?"

"그러면 엥겔스 너는 대재벌 회장이 싫다는 거냐?"

"아니, 제가 대재벌 회장까지는 말도 안 돼요."

"말도 안 되다니. 내가 보기엔 되고도 남는다. 그러니까 꿈이라도 꾸어보라는 거야. 이 녀석아!"

"아버지야 그러시지만 저는 생각이 달라요."

"생각이 다르다는 게 뭔데?"

"그러니까 저는 공부도 경영학이 아니라 철학이잖아요."

"회사 경영은 철학이라서 안 된다고?"

엥겔스 아버지가 그러는 것은 짐작까지 할 필요도 없이 지금의 회사를 아들에게 물려줄 생각으로 있건만, 아들은 철학 교수가 되려 해서일 겁니다.

"그래서가 아니라 아버지가 물려주실 회사 경영자가 못 될 것 같아서요."

"아버지가 처음부터 말리지 못한 게 잘못이나 철학은 멋지게 죽자는 그런 학문이 아니야?"

"철학이 멋지게 죽자는 학문이라니요. 아버지는 별말씀을 다 하시네요."

"멋지게 죽는 사람이 있다면 그건 정신이 나간 사람이겠지만."

"멋지게 죽자가 아니어요."

"아니면?"

"그러니까 돈 많은 사람이나 대접받는 그런 사회를 바꾸자는 거예요."

"아니, 멀쩡하게 굴러가는 자본주의 사회를 바꿔?"

"그래요, 자본주의로 바꾸려면 생각만으로는 안 되겠지요."

"그래서?"

"그래서가 아니어요. 그러니까 인간 사회를 확 바꿔야 한다는 거요."

"엥겔스 너 점점 무서운 말만 한다."

"무서운 말이 아니어요. 그러니까 인간 사회가 밝으려면 노동자 편에 서는 게 맞을 것 같아 하는 말이어요."

"우리가 노동자 편에 서려면 지금의 회사도 노동자들에게 내주는 형태라야 할 거잖아."

"따지고 보면 그렇지요. 그렇기는 하나 우리도 해당이 될 십자군전쟁처럼 되는 것만은 막아야 한다는 게, 제가 공부하고 있는 이론이고 생각이어요."

"십자군처럼… 그게 뭔 소리야. 십자군 얘기는 한참 지난 얘긴데."

"한참 지난 얘기가 아니어요, 그러니까 오늘의 사회는 십자군이라는 말만 없어졌을 뿐이어요."

"아무튼 우리는 자본주의 사회에서 맞나게까지는 아니어도 회사를 운영하고 있으니 대학을 나오게 되면 회사 경영자 수업도 받아야겠다."

"제가 회사 경영자 수업받을 만큼의 시간 여유가 있을지 모르겠습니다."

"그건 왜?"

"그러니까 방금까지 얘기한 논문도 세상에 내놔야 해서요."

"그러니까 엥겔스 너는 지금의 회사 문제와는 상관없다는 거냐?"

"아버지, 죄송합니다."

엥겔스가 죄송하다는 말을 하기까지는 회사를 운영하는 사장들마다 자기 배만 불리자는 데 있는 겁니다. 그래서 결과적으로 자유 민주 사회를 힘들게 하는 공산주의가 생긴 겁니다. 그걸 증명이라도 하듯 공산주의 국가였던 동독이 자유 국가인 서독으로 흡수 통일됩니다. 그동안 공산주의 국가였던 동독이 서독으로 흡수 통일된 것은 설명이 더 필요 없이 자유입니다.

자유는 하찮은 짐승들에게조차도 있을 겁니다. 짐승들도 그럴 진대, 하물며 인간이 누구에 의해 통제받으며 살아서는 안 될 건데 공산주의자들은 아직도 잘못된 사상에서 벗어나지 않으려는 태도입니다.

이런 얘기에서 생각되기는, 기독교가 들어오지 못하도록 가로막는 국가들은 곧 망할 것임을 명심해야 할 겁니다. 그러니까 견고할 줄로만 알았던 소비에트연방이 백 년도 못 버티고 69년 만에 무너진 이유를 보더라도 그렇습니다.

아무튼 저는 목회자로서 평온한 말만 해야 할 것이나 솔직히 말하면 베트남 영웅으로까지 대접인 호찌민은 아니었습니다. 그러므로 도저히 그럴 수는 없겠으나 무덤에서 나와 베트남 국민에게 사과해야 해야 할 겁니다. 공산주의를 만든 마르크스나 엥겔스에게 속았다고 말입니다.

인간의 삶은 구구한 설명까지 필요도 없이 날로 발전해야 합니다. 그러니까 베트남이 발전하려면 단잠도 포기할 정도로 애를 써야 한다는 겁니다. 그래서 말이지만 오늘의 공산주의는 그게 아니라 명령에 따라야 함은 물론입니다. 명령을 따른다는 건 죽을 맛에 가까울 겁니다. 뿐만이 아니라 일의 능률이나 나겠습니까.

그래서인지 베트남전쟁에서 우리 한국군이 입은 피해만도 어마어마합니다. 어마어마한 피해까지는 국가를, 백성을 살리자는 데 있는 게 아니라 오로지 전쟁뿐인 공산주의 사상에 호찌민은 아니게도 생명을 걸기까지였습니다,

그래서 하는 말이나 공산주의 국가들마다는 한결같이 가난합니다. 그러나 자본주의 국가들은 반대로 부유함을 우리는 두 눈으로 똑똑히 봅니다. 물론 자본주의 국가라고 해서 다 좋을 수는 없을 겁니다. 그러니까 내 앞에 큰 감 놓으라는 식인 다툼도 있을 것이기에요.

그런 문제에 있어 생각해볼 수 있기는 오늘의 미국입니다.

오늘의 미국이 되기까지는 링컨 대통령 때로 5년간을 치른 남북전쟁이었습니다. 남북전쟁의 발단은 사상이라는 주의를 말하는 이데올로기 전쟁이 아니라 국내 노예제도를 폐지하느냐에 있는 전쟁이었던 것 같습니다.

오늘의 미국이 되기까지는 기독교 자유 문제로 영국으로부터 쫓겨난 이민자들이 세우게 된 국가입니다. 그래서 미국은 인간 시장 국가라고도 말하는데 여기에는 베트남분들도 계시지 않을까 싶습니다. 물론 모르기는 해도요, 아무튼 미국은 흑인 백인 구분 없이 잘들 살아갑니다.

그러니까 세계인들이 모여 사는 국가라는 거지요. 그런 사람들 가

운데 돈놀이로만 먹고 살아가는 유태인들도 있었나 본데 유태인들은 밉게도 돈놀이로만 먹고 사는 사람들이라서 유태인들을 두고 돈벌레들이라고 천시도 했나 봅니다. 돈을 제일로 여기는 오늘날로선 말도 안 되는데 말이요.

어쨌든 호찌민 얘기로 다시 돌아가, 호찌민은 평소에 지녔던 심장병 치료도 제대로 못 받은 탓인지 급작스럽게 사망하고 맙니다. 그래서인지 호찌민은 베트남의 영웅 대접까지 받았으나 죽음에서는 누구도 지켜봐줄 이 없이 쓸쓸하게 사망하고 맙니다. 그러니까 호찌민은 일생을 독신으로 살았을 뿐만이 아니라 아무것도 남기지 않았다고 합니다. 다만 사망 당시까지 입었던 옷 몇 벌과 낡은 구두가 전부였나 봅니다. 그러나 베트남전쟁은 그가 사망한 뒤에도 6년이나 지속이 됩니다.

아무튼 성경에서 말하는 전쟁 얘기는 기독교밖에 없다는데 목회자로서 안타깝기도 합니다. 그러기는 하나 기독인일지라도 살아남으려면 우선 잡아먹으려는 공격자로부터 피해야 하는 건 당연할 겁니다. 상황 조짐이 좀 위험스럽다고 생각이 되면 싹을 미리 제거해야 한다는 게 바로 오늘의 미국입니다. 그러니까 미국은 세계 전쟁이 일어나지 않게 방지 차원의 역할을 하는 경찰 국가라고 말하기도 해서입니다.

경찰국이든 아니든 그런 문제에 있어 미국은 48개국을 안보적 동맹국으로 하고 있는데 그러니까 미 주둔군 국가 순위별로 보면 1위 독일은 174개 기지, 2위 일본은 113개 기지, 3위 한국에는 83개 기지 이런 것 같습니다. 그러니까 2015년 미 국방부 백서에 따르면 미국은 이들

세 나라에 있는 기지를 포함해 해외에 686개 기지를 두고 있는데 비공식 기지까지는 무려 800여 개에 달할 거라고도 합니다.

『미국의 실태를 고발한다』, 저는 그런 책도 봤는데 2차 대전 이후 본격적으로 등장한 해외의 미군기지는 냉전이 종식된 후에도 줄어들기는커녕 오히려 늘어납니다. 그러니까 미군기지가 늘어나는 건 사회적 갈등의 온상이 되고 있다, 그래서 미군기지는 막대한 경제적 비용을 초래할 것이며 미국을 영구적인 군사 국가로 몰아넣고 있다고 책에서는 말하고 있습니다.

그래서 제가 알고 있는 베트남의 아픈 역사는 아주 오래전부터라고 하네요. 그런 얘기는 이쯤에서 멈추고 우리를 위해 수고하시는 버스 기사님이 들려주신 얘기도 좀 하겠습니다. 그러니까 어느 따뜻한 어느 봄날 시어미와 며느리가 산나물 뜯으러 산에 오르게 됩니다. 그런데 난데없이 두 군인이 불쑥 나타납니다. 그러더니 어딜 가냐면서 가로막습니다. 그러니까 겁탈까지였던 겁니다. 그래요, 더 이상의 얘기는 적절치 않아 여러분 상상에 맡기겠지만 그 군인들은 모양만 사람일 뿐 사람인 겁니다.

그랬다는 당시 상황을 여러분도 들어서 이미 알고 계시겠지만 말이요. 그러니까 그동안 삶은 평온하기만 했던 하미마을처럼 그렇게까지 수난만 당했던 베트남이 이제는 어떻습니까. 앞에서도 말했지만 베트남 국민은 공산주의든 자본주의든 '우리도 한번 잘살자!' 그런 정신으로 뭉치신 것 같아 다행으로 응원도 합니다.

그래요, 그동안 밉기만 했던 미국의 손을 잡게 된 것도 정말 잘한 일입니다. 그러니까 과거에 있었던 쓰리고 아팠던 일들을 없었던 일로 할 수는 없겠으나 과거는 과거고 앞으로 나아가자 그런 각오일 것이기 때문입니다.

그래서 말이지만 국가가 발전하려면 변함없는 평온만이 아니라 무시무시한 전쟁도 겪어본 국가라야 하지 않을까, 저는 그런 엉뚱한 생각도 하게 됩니다.

그런 얘기를 더 하면, 우리 한국도 일본으로부터 받게 된 핍박인데 설명하자면 일본 순사들은 제암리교회 성도들을 교회를 평온하게 해주겠다는 말로 꼬드겨 예배당으로 모이게 합니다.

그래서 성도들은 일본 순사들 말이 거짓이 아닐 것으로 믿고 다들 모입니다. 일본 순사들은 다 모였다 싶은 순간 휘발유를 뿌리더니 불을 확 지릅니다. 그래서 성도들은 그대로 죽을 수는 없어 창문으로들 빠져나옵니다. 그러나 일본 순사들은 교회를 아예 없애버리기 위함이었겠지만 창문으로들 빠져나오려는 성도 모두를 쏴 죽입니다.

아무튼 일본이 한국을 그렇게 괴롭힌 걸 잊을 수는 없으나 일본을 우방으로 삼으려고 합니다. 이 부분에서 한국 대통령이 일본을 우방으로 만드는 일입니다. 한국 대통령이 그러기까지는 쿠데타로든 대통령이 되기는 했으나 국가를 운영할 돈이 없어 창피를 무릅쓰고 부자 나라인 독일로 달려갑니다.

어쨌든 잘살게 된 독일 국민은 고급 일이 아니면 안 하려고 들 해서 하는 수 없이 외국 인력을 쓰기로 합니다. 그래서 한국은 독일 광부

베트남 전선

와 간호사로 보낼 인원을 모집합니다. 그런데 놀랍게도 모집 인원 열 배 이상이 몰려드는 겁니다. 이처럼 많은 인원이 몰려들기는, 한국에는 기업이 없다시피해서이기도 하지만 독일 광부로, 간호사로 가게 되면 한국 기업에서 받게 될 월급 열 배 가까이나 되기에 맘먹고 한 해만 고생해도 괜찮은 집채 살 수도 있었기 때문입니다.

그래서 광부로 보낼 인원은 튼튼한 사람이라야겠지만 간호사로 보낼 인원은 미모를 보게 되는데 고등학교 갓 졸업한 여성들은 얼마나 예쁩니까. 그런 간호사들을 정부는 소양 교육으로 가르치기를 "독일 간호사로 가실 여러분은 부모가 주신 미모가 아니라 한국이 낳은 미모들이니 그런 줄 알고 간호사 일이 아무리 어려워도 지금의 미모는 절대로 잃지 말아야 합니다." 독일 간호사로 파견이 될 간호사는 그런 교육이 아니어도 환자들에게 잘할 건 물론이지만 한국 간호사는 독일 병원에서 천사 간호사라는 말도 들어 상당수 간호사는 독일 남자와 결혼도 해서 맛나게 살아간답니다.

아무튼 하고자 한 얘기를 그대로 하면 독일 대통령은 속도 제한이 없는 아우토반을 달리면서 하는 말이 "박 각하는 우리 독일에서 돈 빌리기는 아무래도 어려울 테니 일본에다 말해보시는 게 어떨까 합니다." "그런 생각도 안 한 건 아닙니다. 그러나 일본은 침략국인데 국민이 용납 안 할 겁니다." "그렇기는 해도 돈 빌리기는 일본밖에 없음을 각하께서는 참고로 하십시오." "그렇게까지는 혁명이라는 이름으로 세운 나라가 뒤집힐 수도 있어요." "그래요, 제 맘 같아서는 한국에 돈 좀 발러드리자고 정부에다 말하고 싶지만 그럴 수 없다는 게 한이어요. 그러니까 독일 대통령은 국정 운영에 아무런 권한이 없어요." 독일 대통령의 말을 들은 한국 대통령은 결국 한일 협정이라는 명분을 내세워 일본 돈을 빌렸고, 돈 빌리는 과정에서 수많은 학생이 투옥되기도 했는데 이것이 오늘의 한국입니다.

제가 한국 자랑만 했나 싶어 미안은 하나 베트남은 이제부터 앞으로 나아가는 발전만 있게 될 겁니다. 그래서 말이나 호찌민이 사망하지 않고 지금도 살아 있어서 힘찬 목소리로 "예, 그동안의 착각을 사실대로 말한다면 이렇습니다. 그러니까 유럽 전체가 말도 안 될 십자군이라는 명분을 내세운 전쟁에서도 없던 피해를 우리 베트남은 겪은 겁니다. 전쟁을 겪기까지는 이른바 정반합이라는 이론을 말한 헤겔입니다. 헤겔의 이론과 엥겔스의 생각을 봤고, 그로 인해 결과적으로는 우리 베트남전쟁까지였습니다. 아무튼 그런 이론은 절대로 평화를 가져올 수는 없으니 이제부터는 성경에서도 말하고 있는 종의 멍에를 메지 말 것이며 따라서 희망의 나라로 가자고 할 겁니다. 아무든 그동안의 잘못을 국민 여러분께 사과드리면서 존경하고 사랑합니다."

호찌민이 이런 정도의 말을 했다면 하미마을 여러분들께서는 얼마나 신나실까 싶습니다.

이와 같은 말에서 여러분도 모르지는 않으리라 싶지만, 형제 같은 우방국가라도 자국의 이익을 절대로 해야 할 건 상식입니다. 그러니까 남의 나라가 도와주겠다는 호의적 국가는 없다는 겁니다.

그래서 말이나 국력은 스스로 길러야 한다는 겁니다. 베트남이 그동안은 남의 나라 지배받기까지는 국력이 그만큼 모자라 그리된 건 어쩔 수 없으나 이제부터는 안보적 차원에서라도 국가끼리 뭉쳐진 북대서양 조약기구를 베트남 편으로 끌어들이는 겁니다.

오늘의 국제정세를 살피면 미국을 중심으로 조직된 북대서양 조약기구에 가입한 국가가 32개 국가, 구소련을 중심으로 조직된 바르샤바 조약기구에 가입한 국가는 7개 국가입니다. 그렇다면 베트남이 어느 조약기구에 속해야 할지 답은 이미 나와 있는 겁니다.

미국은 말할 필요도 없이 자본주의 국가입니다. 미국은 그것만이 아닙니다. 미국은 안보 차원이기는 하나 세계 미군기지만도 무려 59개 국가나 된다는 겁니다. 이 부분에서 생각해볼 수 있기는, 기독교를 배척하는 공산주의 국가마다 가난을 숙명처럼 살아가나 자본주의를 표방하는 기독교 국가마다 그게 아니라 부족함 없이 살아갑니다.

그렇게 말하는 건 하나님이 부어주시는 축복이 아닙니다. 성경에서도 말하고 있는 '시작은 미약하나 나중은 창대하리라'입니다. 부자 나라들은 그런 생각으로 살아들 가기 때문이라고 말할 수 있습니다. 이런 얘기까지는 목회자로서 조심하게 되나, 기독교가 아닌 불교 국가나 이슬람 국가는 잘살아보자 그런 희망의 말이 없음을 베트남 국민은 참고로 하시면 합니다.

그렇다는 점에서 미국에 대해 더 말하면 우리 한국도 한때는 사농공상을 그리도 따졌는데 미국도 초창기에서는 그랬나 봅니다. 그러니까 앞에서도 말했듯 오늘의 금융계 인사들은 천시 대접이었나 봐요. 유태인들은 돈놀이나 해 먹고 사는 천한 사람들처럼 말이요. 그러나 오늘의 유태인들은 금융계 주인 대접까지 받고 있음을 우리는 인정 안 할 수 없다는 겁니다.

그래서 말이지만 베트남이 그동안 피해만 봤던 과거가 아니라 앞으로는 무슨 일이든 잘살아보겠다는 야무진 생각만으로 임하시길 바랍니다.

여기서 빼놓을 수 없는 얘기 내용 한 가지 말씀드린다면 남베트남 군부는 생각하길 전쟁을 일으킨 미국이 하는 거지, 그런 생각이라 모양만 군부였던 겁니다. 그래서 군부는 생각하길 내 나라 국민을 죽이는 건 두고두고 씻을 수 없는 죄악이라는 생각만인 겁니다.

그러니까 남베트남 군부는 정치인들 부정부패를 당연시했고, 여기에 군부들까지도 편승했던 겁니다. 그러나 북베트남 군부는 부패한 남베트남과는 달리 하나의 베트남을 만들고자 했고, 그 중심엔 공산주의자이면서 북베트남의 지도자인 호찌민이 있었습니다.

지금까지 말한 내용은 다들 알고 계실 것이나 인간 사회에는 정의만 있는 게 아니라는 겁니다. 성경에서도 말하는 사탄, 그러니까 악도 있음을 우리는 몰라서는 안 된다는 겁니다. 그러니까 행복의 나라를 만들려 애쓰는 인간 세계를 어지럽히려 드는 공산주의자도 있다는 겁니다.

아무튼 제가 목회자이기는 해도 이런 말까지는 조심해야 하나 베트남도 이젠 과거에서 벗어나고자 몸부림 치는 중에 있음을 제 눈으로 직접 보면서 도로에는 아직 오토바이들만 가득하나 얼마 지나지 않아 오토바이는 안 보이고 고급 자동차들만 보일 겁니다.

이런 말은 한국에서 자주 써먹는 말이지만 '이 사과나무를 심는 건 아빠가 따먹으려고 심는 사과나무가 아닌 거야. 순희 네가 커서 따먹으라고 심는 사과나무인 거야.' 아버지는 그리 말했다는 얘기가 생각납니다.

이건 얘기뿐이나, 국가는 상대 국가를 위하자 그런 국가는 없음을 베트남 국민은 아시고 잘사는 국가를 만들겠다는 생각으로 임하시길 바랍니다.

그건 그렇고, 여기서 하미마을 성도들에게 해두고 싶은 말이지만 하미마을 성도 여러분은 신앙생활을 하시되 유종국 선교사님을 돕겠다는 맘으로 하시라는 겁니다. 유종국 선교사님은 제가 천국문교회 담임목사로 부임하기 전이기는 하나 우리 천국문교회에서 파송되신 선교사님이기 때문이기도 해서입니다. 유종국 선교사님의 말씀을 들으면 지나가는 나그네처럼 선교하는 것이 아니라 하미마을 성도들과 함께하고 계십니다.

유종국 선교사님 말이 나와 생각이지만 한국은 이제 선교 국가라고 말할 수 있습니다. 선교 국가라는 말을 듣기까지는 왕조시대 때 아펜젤러 선교사가 배재학당을 세우게 됩니다. 그런데 이승만 청년은 벼슬자리에 올라설 기회인 과거시험 날짜를 기다리고 있는데 느닷없이 과거시험 제도가 폐지됩니다.

그래서 이승만은 살아갈 가치가 없어진 겁니다. 그것을 잘 아는 이승만의 친구는 이승만에게 배재학당에 가자고 해서 따라가 결국은 배재학당 학생이 됐고, 공부 머리가 뛰어난 이승만은 영어를 금방 배워 예수를 진실로 믿게도 되고 발전된 선진국 국정운영 체계도 배우게 되어 희망이 없는 조선왕조 국가를 없애고자 소란까지 피우게 됩니다.

그러니까 아펜젤러 선교사로부터 배운 신식 교육은 국가 제도를 바꿀 필요가 있다는 겁니다. 그래서 이승만은 젊음을 감추지 않고 소란까지 피우게 됩니다. 이승만의 그런 행위를 고종황제는 그냥 두고 볼 수만 없어 사형 집행이 곧 있을 즈음에 외교적으로 영어를 잘할 사람이 필요해서 아펜젤러로부터 배운 이승만을 사실상 외교관으로 세우게 됩니다. 그러니까 과거시험 제도 폐지는 이승만을 국가지도자로 세우기 위한 하나님의 섭리가 아닐까 합니다.

그러면 아펜젤러 선교사는 어떤 사람인지 한번 보겠습니다. 아펜젤러 가족 모두는 나고 자란 고국이 아니라 한국 땅 양화진에 잠들어 있습니다.

여기서 연세대학을 세우기까지의 공을 남기신 언더우드의 기도문을 한번 읽어보겠습니다.

"주여! 제가 조선에 왔으나 아직은 아무것도 보이지 않습니다. 주님, 메마르고 가난한 땅 나무 한 그루 시원하게 자라 오르지도 못하고 있는 이 땅에 저희를 옮겨놓으셨습니다. 그 넓고 넓은 태평양을 어찌 건너왔는지 그 사실이 기적입니다.

주께서 붙잡아 뚝 떨어뜨려놓으신 듯한 이곳, 지금은 아무것도 보이지 않습니다. 보이는 것은 고집스럽게 얼룩진 어둠뿐입니다. 어둠과 가난과 인습에 묶여 있는 조선 사람들뿐입니다. 그들은 왜 묶여 있는지도 모르고 살아갑니다.

그래서 조선 백성들은 의심하고, 화부터 냅니다. 조선 남자들 속셈이 보이질 않습니다. 이 나라 조정의 내심도 보이지 않습니다. 그러나 주님의 말씀 순종하겠습니다. 겸손하게 순종할 때 주께서 일을 시작되게 하시고 그들의 영적인 눈이 트일 날이 속히 있을 줄 믿나이다.

'믿음은 바라는 것들의 실상이요, 보지 못하는 것들의 증거'라고 하신 말씀을 따라 조선도 믿음의 앞날을 볼 수 있게 될 것을 믿습니다.

지금은 우리가 황무지 위에 맨손으로 서 있는 것 같사오나 우리가 서양 귀신, 양귀자라고 손가락질도 받고 있사오나 저들이 우리의 영혼과 하나인 것을 깨닫고, 하늘나라의 백성 한 자녀임을 알고 눈물로 기뻐할 날이 있음을 믿나이다.

그러나 지금은 예배드릴 장소도 학교도 없습니다. 오직 코쟁이라는 비아냥만 가득합니다. 그렇지만 조선도 머지않아 은총의 나라가 되리라고 믿습니다. 그런 제 믿음이 약해지거나 흐트러지지 않게 꼭 붙잡아주소서."

언더우드는 그런 기도였고, 이화여자대학을 세우기까지 한 스크랜턴의 기도문은 없어 아쉬우나 당시 여자들은 할머니나 되어서야 비로소 인간 대접을 받을 때 스크랜턴 선교사는 전혀 새로운 조선을 만든 선구자입니다.

스크랜턴 선교사가 본 조선의 소녀들은 담장 너머 세상조차도 아예 못 보게 하고, 죽어서 불려야 할 이름조차도 임시로 불러주고, 여자가 공부해서는 하늘처럼 여겨야 할 남편에게 대들 수도 있다는 이유로 글방 근처도 못 가게 하고, 나이 열 살이 되면 밥만 먹어 치운다고 해서 혼인시켜버리고, 혼인은 했으나 아기가 생기지 않으면 그 죄는 여자에게 씌워버립니다. 그러나 곧 모셔야 할 어머니가 될 건데 남편에게는 우리 집 양반이라고 올려 불러주지만 아내에게는 집사라고 하대의 말을 합니다. 생과부로 죽는 게 가문의 영광이라도 되는 듯 열녀비도 세워주는 그런 조선입니다.

시대적으로 남자라야 했던 시대이지만 신분의 때라 이름을 개똥이라고도 했습니다. 그러니까 양반이라고 하는 사람들이 상놈임을 확실히 해두기 위함인데도 할머니들은 귀여운 아들 손주에게는 우리 강아지라고 합니다.

그리고 조선은 발전된 현대 문명을 멀리하려 합니다. 그렇기는 왕의 권위가 추락할 것은 분명하기에 조선은 쇄국정책을 씁니다.

거대 중국으로서는 변방인 조선이 그러기까지는 우리나라가 중국 지배 아래에 있다는 이유이기는 하지만 조선 왕이 되려면 중국 황제의 허락이라야 할 영은문입니다. 그런 영은문이 시대변천에 따라 지금은 역사로만 남았으나 중국 사신을 환영한다는 영은문도 있었습니다. 그런 영은문은 중국 사신을 환영한다는 단순 영은문이 아닙니다. 그러니까 중국 황제를 위해 조선 물품인 도자기 같은 그런 물건이 아니라, 어린 소녀들을 보내주기도 하는 슬픈 영은문인 겁니다.

그런 슬픈 영은문 사정을 직접 못 봐서 짐작뿐이나 중국 사신들은 대국임을 과시하려고 덩치가 우람한 말을 타고 왔을 테고, 조선으로서는 새로운 왕을 세우는 대관식이라 수만 명의 백성이 며칠부터 몰려들었을 테고, 조선 왕은 중국 사신에게 큰절까지도 했을 겁니다.

구체적으로 말하면 조선 왕에게 입혀주고 씌워질 의관입니다. 그런 의관은 중국 황제가 직접 입혀주고 씌워주는 게 맞겠으나 중국 사신들이 중국 황제 대신 입혀주고 씌워줍니다. 그러니까 중국 사신들 복장은 모자까지도 중국식으로 말 곁에 보무도 당당하게 서고, 백마 탄 사신은 급이 높다는 이유겠지만 조선 왕 의관을 영의정, 좌의정, 우의정 도움을 받아 입혀주고 씌워줍니다. 그것을 지켜본 백성들은 '임금님이시여! 백성들에게 복 내려주소서!' 하면서 큰절하고, 나팔수들은 나팔을 불고, 조선 백성들은 춤을 추었을 겁니다.

그것을 재미있게 본 중국 사신들은 이제 할 일 했다는 맘이었을 겁니다. 그렇기도 하지만 중국 사신들은 조선에 며칠간 머물면서 중국에서도 없는 특별 대접도 받았을 것이고, 중국 황제에게 조공 명목으로 보내질 여자아이들을 태워 보내기 위해 수레를 만드는 것도 봤을 겁니다.

그래서 중국 황제에게 보낸 여자아이가 한 번에 2백여 명 정도였다면 수백 년 동안 중국으로 보내진 여자아이는 몇 명이나 되며, 끌려간 여자아이들 혼인만은 허락했을 것이며, 그 후손은 두었는지입니다.

아무튼 그런 잘못된 조선 풍습을 없애기 위해 스크랜턴 선교사는 의사인 아들에게 말하길 "아들아, 너도 짐작하겠지만 엄마 선교는 잠깐이 아니라 아예 조선 사람으로 살기로 마음먹었다. 그러니 아들 너의 협조가 있어야겠다. 엄마가 그리 말하는 건, 조선 여자아이들에게 생활 형편이 어려워 글공부는 못 시킨다 해도 인간 대접만이라도 받게 해주어야 할 게 아니냐. 그래서 말이나 사람대접도 못 받는 아이들을 엄마가 데려다가 발전된 미국식 교육을 시키고 싶다는 거야." 스크랜턴 선교사는 그렇게 해서 조선 임금의 선한 맘을 얻기 위해 의사인 아들을 데리고 조선 임금을 늘 찾아가 환심을 샀고, 결국은 이화학당이라는 학교를 세우게 됩니다.

그런 얘기를 더 하면, 스크랜턴 선교사는 조선인들에게 선진화된 미국 문화를 심어줄 필요가 있겠다 싶어 먼저 만나기 쉬울 수도 있는 학생을 모으려 하나 아이들마다 서양 귀신이라면서 도망쳐버려 일 년 내내 헛수고입니다. 그러나 스크랜턴 선교사는 포기는 신앙인으로서 죄짓는 일이라는 생각에 골목골목을 다니니 아마 친구도 없지 싶은 한 여자아이가 담벼락에 기대고 있는 겁니다. 그래서 스크랜턴 선교사는 그 아이를 데려다가 밥까지 먹이면서 영어 공부를 일 년 정도를 시키니 언어 소통은 물론이고, 영어책도 봅니다.

그것을 본 동네 아이들은 몰려들기 시작합니다. 그래서 스크랜턴

베트남 전선

선교사는 조선의 현실을 알리며 고향 친구들에게 도와달라는 소식을 전했고 친구들이 보내준 돈으로 공부방을 넓히게 되고, 따라서 고종으로부터는 이화학당이라는 이름도 하사받게 됩니다.

아무튼 저는 베트남전쟁 때 죽음이라는 피해까지 당한 하미마을 위령비 앞에서 용서와 사랑이라는 제목으로 말씀을 드렸습니다. 그래서 다른 말은 다 잊어버릴지라도 용서와 사랑이라는 말만은 여러분 마음속에 깊이 심어지길 바랍니다.

10

"목사님 말씀 감사합니다. 그리고 윤 권사님께서도 하실 말씀이 있으면 앞으로 나오셔서 하세요."

유종국 선교사 말이다.

예, 저는 유종국 선교사님께서 소개해주신 대로 오상택 상병 아내 윤혜선 권삽니다. 아무튼 제가 이렇게라도 여러분을 찾아뵈니 다행입니다. 제가 여러분 앞에 서기까지는 이런저런 핑계로 이제야 찾아오게 돼 우선 죄송하다는 말씀부터 드립니다.

그래요. 제가 이제야 찾아오게 된 사정의 이유를 말씀드리려면 당시를 근무했던 오상택 상병이 찾아와 잘못에 대한 사죄 말씀을 드리는 것이 옳겠으나 그렇기는 두 다리가 몽땅 잘려 나간 이유이기도 하지만 며칠 전에 세상을 떠나버린 탓에 제가 대신 사과드림을 이해해주시면 합니다.

그러니까 하체만 없어졌을 뿐 건강 이상은 없었던 것 같은데 아니게 되고 말았습니다. 그래서 남편이 미처 못한 일 하자고 저는 가족회의를 가졌고, 날짜를 맞춰 이렇게 왔습니다.

제 가족을 소개하자면 보시는 왼쪽부터 제 맏딸 내외, 둘째 아들 내외, 막내아들 내외, 그리고 손주들입니다. 그래서 생각해보니 여러분들에게 이렇게만이라도 인사를 드리게 돼 다행입니다. 그래서 저는 베트남전쟁 참전 때라는 말만 들었을 뿐이지만 오상택 상병의 아내라서 맘은 편치 못했습니다. 그런 얘기를 소설처럼 하면 다음과 같습니다.

"그러면 물은 항상 물지게로 져다 먹어요?"

오상택 상병이 그렇게 응우엔티 토아에게 묻습니다.

"그렇지요, 군인 아저씨도 보다시피 우리 마을은 수도가 없어요."

아이를 두 명이나 둔 응우엔티 토아가 말합니다.

"그렇군요. 그러면 물지게 이리 한번 줘봐요."

"뭐 하게요?"

"뭐 하기는요. 나도 한번 져보게요."

오상택 상병은 물지게 멜빵을 붙들면서 말합니다.

"그만둬요. 물지게 지는 게 보기는 쉬워 보여도, 어려워요."

"그래도 저는 힘 쓰는 남잔데 왜 못 져요."

"물지게가 힘만으로는 안 되니 그만둬요."

"안 되기는 왜 안 돼요. 한번 져볼게요."

오상택 상병은 그러면서 물지게를 지려고 합니다.

"물지게는 그만두고 담에 시간이 되면 우리 집에 한번 다녀가기나 하세요."

"그러면 언제요?"

"내일이요."

"아니, 당장 내일이요?"

"예, 내일이요. 기다릴 테니 꼭 오세요."

응우엔티 토아는 오라는 것도 꼭이라는 말까지입니다.

"내일이라고 해서 잘될지는 몰라도 제가 응우엔티 토아 씨 집에 가게 되면 도와드릴 일이라도 있을까요?"

"예, 있어요."

"도와드릴 일이 뭔데요?"

"그러니까 필요 없는 나무 하나 베어버리고 싶어서요."

"필요 없는 나무요?"

오상택 상병은 집 안에 필요 없는 나무를 베어버리고 싶어서가 아닐 거라는 생각에서입니다.

"그렇지요. 그러니까 저는 여자라서 톱질 잘 못할 것 같아서요."

"그러면 생각해볼게요."

"생각할 필요도 없어요. 그냥 오시면 돼요."

"그래도 같이 와야만 될 군인도 있어요."

대민 지원이기는 해도 누가 적인지 몰라 오상택 상병은 그래서입니다.

"그렇기는 해도 오 상병님 혼자 올 수는 없어요?"

"혼자는 어려워요. 응우엔티 토아 씨가 지켜주면 또 모를까."

"그런 염려는 말아요. 우리 집은 아무도 없고 저와 애들뿐이니까요."

"내일은 말고 시간이 되면 갈게요."

"시간이 되면이라니요, 말은 못 믿겠는데요."

"갈 거니 믿어도 돼요. 그러나 크게 자란 나무는 안 베어봐서 모르겠네요."

"군인 아저씨는 군인뿐이지 톱질은 안 해봤을 것 같은데 응우엔티 토아 언니는 그런다."

오상택 상병과 응우엔티 토아가 그런 얘기를 나누고 있는데 응우엔 노아가 끼어들면서 말합니다.

"톱질이야 안 해봤어도 저는 남잔데 톱질 왜 못해요. 저는 잘할 수 있어요."

"남자이기는 해도 톱질은 어려울 건데요. 그래서 말인데 제가 우선 시범을 보여드릴까요?"

"아니요. 다음에 오면 요령만 보여주세요."

쉬는 날이든 집에 한번 와달라는 응우엔티 토아는 그렇게 말합니다.

"그런데 이렇게 큰 나무를 베어버려도 될까 모르겠네요. 그러니까 쉽게 베어버릴 수 없는 게 나무라서요."

오상택 상병은 가겠다는 약속만은 어기지 않기 위해 다음 날 가서 말합니다.

"그래요. 오 상병님 얘기를 듣고 보니 베어버려도 될지 우선 우리 아버지께 물어라도 봐야겠네요."

"그렇게 하세요."

"그럴게요."

"다시 말이지만 큰 나무를 쉽게 없애는 것 아니라서요."

"생각해보니 그렇겠네요."

"그건 그렇고, 제가 궁금한 거 있는데 군인 아저씨는 애인이 있어요?"

응우옌 노아는 느닷없이 오상택 상병에게 애인이 있냐고 묻습니다. 그러니까 응우옌 노아가 애인이 있냐고 묻는 건 오상택 상병이 잘생긴 탓일 겁니다.

"애인은 아직이어요. 그런데 왜요?"

"아니에요. 그냥이어요."

"그냥이라니요, 말도 안 되게."

"그건 그렇고, 군인 아저씨 이름은 누구예요?"

"제 이름은 오상택이어요. 그런데 제 이름이 한국 이름이라 외우기가 어려울지도 몰라요."

"오상택, 오상택 어렵지 않네요."

"그런데 제 이름을 외워두고 싶은 이유라도 있어요?"

"있어요."

"제 이름을 외워둘 필요가 있다면 이유는요?"

"그건 묻지 마시고, 오상택 상병님은 애인을 언제 둘 거예요?"

응우옌 노아가 오상택 상병에게 애인은 언제 둘 거냐고 묻습니다.

"예, 저는 대학교 다니다 말고 군대에 왔기에 애인 만들기는 아직은 아니어요."

"아직 아니라는 말은 장가들기는 어리다는 얘긴데 지금 몇 살인데요?"

"그러니까 이제 갓 스무 살인데 나이는 왜요?"

"아니어요, 오 상병님은 멋지게도 생기셔서 그냥 물어본 거요."

응우엔 노아는 오상택 상병이 잘도 생겨 사랑하고 싶어서일 겁니다.

"아이고, 제가 멋지게 생겼다는 말 응우엔 노아 씨에게서 듣네요."

"그러니까 멋지게 생겼다는 말 처음 들어요?"

"처음 듣지요. 어쨌든 저는 생각지도 않게 되는 말이라 기분이 좋네요. 고마워요."

"고맙기는요, 아무튼 오 상병님은 우리 하미마을에서의 근무는 언제까지예요?"

"언제까지는 모르겠으나 근무는 한 1년 정도는 까지 않을까 싶네요."

"근무가 1년 정도면 너무 짧은 거 아니요?"

"그런데 응우엔티 토아 아저씨는 무슨 일을 하시는 분인가요?"

오상택 상병은 얘기를 응우엔 노아와 하다가 응우엔티 토아에게 묻습니다.

"제 남편이요?"

"예, 남편분이요."

"제 남편도 오 상병님처럼 군인이어요."

"군인이라고요?"

"그런데 근무지는 북쪽 근방에서 하는가 봐요. 보내온 편지를 보면요."

"그리시군요. 그러면 남편분의 나이는요?"

"제 남편 나이는 저보다 네 살이나 아래예요."

"네 살이나 아래면 결혼은 언제 했고요?"

"결혼은 남편 나이 18세 때 했어요. 그러니까 저와는 네 살 차이어요."

"그렇군요. 응우엔티 토아 씨로서는 좋기도 할 연하 남편이잖아요."

"좋고 안 좋고가 없어요. 군인으로만 나가 있으니까요."

"그러면 응우엔 노아 아저씨도요?"

"저는 아직도 아가씨예요."

"아직 아가씨요?"

"그래서 하는 말이나 한국 사람과 살면 좋겠네요."

"한국 사람과 살면 좋겠다고요?"

"그래요."

응우엔 노아 아가씨는 한국 사람과 살면 좋겠다는 말을 스스럼없이
합니다.

"그렇기는 해도 돈도 많은 사람이어야 할 건데요."

오상택 상병이 보기엔 응우엔 노아가 베트남 여성이기는 하나 베트
남 여성으로 안 볼 수 있는 미모도 갖췄다는 생각에서 하는 말입니다.

"남자니까 돈도 많으면 좋겠지요."

"그러시면 응우엔 노아 나이는요?"

"제 나이는 그러니까 결혼 적령기로 보면 돼요."

"결혼 적령기 나이는 얼만데요?"

"결혼 적령기는 스무 살 넘으면 돼요."

"우리 한국도 그런 편이에요. 오늘날은 학교 땜에 아니지만."

"그래요. 저도 부모님이 공부를 계속 시켜주셨으면 아니겠지요."

"아무튼 응우엔 노아 가족관계는요?"

"가족관계는 우리 부모님은 바라던 아들은 못 낳고 딸만 여섯이나 낳았는데, 그런 딸 중에 제가 네 번째로 태어난 이유라서인지 저는 귀여움도 못 받고 컸어요."

"그러니까 응우엔 노아 씨 부모님은 아들을 그리도 바라셨는데 딸들만이라서요?"

"태어나기를 맘대로는 안 되겠지만 아들을 바라시는 아버지를 위해서라도 여자로 태어나지 말았어야 했는데 말이요."

"그렇기는 해도 응우엔 노아 씨는 미인으로 태어나게 해주신 부모님께 감사해야겠네요."

"그러면 오 상병님은 저를 미인으로 보시는 거요?"

"그렇지요. 응우엔 노아 씨는 누가 봐도 미인이지요."

"저를 미인으로 보시는 거는요?"

"이유까지 필요하겠어요. 응우엔 노아 아가씨는 그냥 미인인데요."

"고마워요, 저는 밉게 큰 대신 아프거나 그러지도 않고 잘 자랐어요. 그렇게 잘 자라기는 했으나 생활 형편이 너무도 부족해 중학교밖에 못 다녔어요."

응우엔 노아는 높은 학교를 못 다닌 게 부모님 무관심 탓이라는 말투일 겁니다.

"응우엔 노아 씨가 높은 학교를 못 다닌 건 생활 형편이 부족해서이지 않겠어요. 그러니 응우엔 노아 씨는 부모님 원망은 마세요. 제가 그리 말한 건 다름이 아니라 여자가 너무 똑똑해서는 사랑을 못 받을 수도 있다는 거요."

"사랑받기는 그러니까 신랑에게서요?"

"그렇지요. 그래서 말이지만 여자가 응우엔 노아처럼 미모만이어야 한다는 거요."

"오 상병님은 저를 너무 띄우시는 거 아니요?"

"응우엔 노아 씨를 띄우는 게 아니에요. 아무튼 그러니 학교를 안 보내준 부모님 원망은 말라는 거요."

"아이고, 오 상병님은 꿈보다 해몽이네요."

"그래서 말인데 여자는 학벌보다는 미모가 우선일 건데 응우엔 노아 씨는 그런 미모를 가지고 있으니 행복해하세요."

"그러니까 오 상병님은 저를 진짜 미인으로 보시는 거요?"

"응우엔 노아 씨 미인으로 봐지기는 어디 저만은 아닐 거요."

"말만이라도 고마워요."

"말만이 아니어요. 응우엔 노아 씨는 엄청 예쁘기도 해서 괜찮은 신랑감 만나기는 걱정 안 해도 될 거요."

"또 말이지만 오 상병님은 저를 너무 띄우신다."

"띄우는 게 아니에요, 사실을 말한 거요."

"저는 고등학교도 못 다닌 탓인지 다가오려는 사람 누구도 없어요."

"그러니까 베트남 결혼 문화가 그렇다는 거요?"

"이곳 베트남 여성들이 시집을 가려면 미모만으로는 어렵다는데 슬 퍼요."

베트남 전선

"아니, 응우엔 노아 씨는 슬프기까지요?"

"그래요, 그래서 괜찮아 보이는 청년에게 다가가 사귀자고 말하기도 여간 어려워요."

"그런 말은 해봤고요?"

"아니요, 생각만이요."

"그놈의 돈이란 게 뭔지. 내가 만약 베트남 남자라면 몸만 오라고 할 것 같은데 그러네요."

"그러면 오 상병님은 귀국하지 말고 베트남에 눌러사시면 안 될까요?"

"응우엔 노아 씨가 아무리 그래도 저는 베트남에 눌러살 수는 없어요."

"저는 오 상병이 너무도 좋아요."

"그러니까 제가 응우엔 노아 씨와 같이 살자고요?"

"그렇지요."

"그렇게는 미안하지만 안 돼요."

"안 되는 이유는요?"

"그래요. 응우엔 노아 씨 말대로 그렇게 하려고 해도 저는 몸만 있고 가족을 먹여 살릴 만한 능력이 없잖아요. 그렇기도 하지만 무사 귀국만을 기다리실 부모님이 계세요."

"그거는 부모님께 말씀드리고요."

"그건 안 돼요."

"안 되기는요. 한국 사람 버스 기사로 일도 하는데요."

"그건 저도 알아요. 그렇지만 저는 아니에요."

"다른 건 몰라도 밥 벌어먹자는 건 제가 책임질 수 있으니 그런 걱정은 안 해도 돼요. 그러니까 저는 높은 학교 못 다니게 돼 요리학원 다녀요."

"그러면 제가 응우옌 노아 씨 신랑감으론 괜찮다는 거요?"

"그거는 오 상병님 맘대로 해석하세요."

"그러니까 저는 장가들 나이가 아직인 스무 살이어요."

"좋아하고 싶다면 나이가 무슨 대수겠어요. 안 그래요?"

"응우옌 노아 씨는 저를 너무 어렵게 만드신다."

"어렵게 만드는 게 아니어요. 그게 아니면 오 상병님 귀국하게 되면 이 응우옌 노아에게 오 상병처럼 괜찮은 신랑감이나 소개해주시든지요."

"귀국하게 되면 꼭 그럴게요."

"귀국하게 되면 꼭 그럴게요 말은 믿어도 되겠지요?"

"그렇지요, 믿어도 되지요. 그러니까 저보다 더 잘도 생긴 친구도 있어요."

"잘생긴 친구가 있다는 말은 이 응우옌 노아로부터 빠져나가시려고 하는 말 같은데요."

"아니어요. 진짜예요."

"그러면 저는 몸매도 날씬하게 만들기도 하고 기다릴게요."

"기다리기는 아닌 것 같고, 일단은 그런 줄만 아세요."

"알고만 있어서는 안 될 건데 오 상병님은 그러시네요."

"응우옌 노아 씨는 아무리 그러서도 저는 어쩔 수 없어요."

"어쩔 수 없어서는 안 돼요."

응우엔 노아 아가씨는 오 상병이 어쩔 수 없다는 말에 실망까지였나 봅니다.

"그런데 베트남에서의 결혼 문화는 그런지 몰라도 한국에서의 결혼 문화도 같아요?"

"그러니까 여자가 결혼 지참금도요?"

오상택 상병이 묻습니다.

"괜찮다 싶은 신랑감 만나려면 앞에서 말했지만, 그러니까 지참금도 그만큼이라야 해요."

"베트남은 그런지 몰라도 한국은 아니어요. 예쁘면 다 돼요. 그러니까 신랑 쪽에서 돈 주고 사 간다고 할까, 아무튼 그런 형태예요."

"그러면 저는요?"

"응우엔 노아 씨는 말할 필요도 없이 신붓감으로야 딱이지요."

오상택 상병은 없는 칭찬 말까지입니다.

"그러면 오 상병님이 가져가시면 되겠는데요."

"제가 응우엔 노아 씨를 가져가요?"

"그렇지요."

"제가 그렇게까지는 생각해볼 문제이지만 아무튼 한국에서의 결혼 문화는 결혼 나이가 아직이어도 놓치기 싫은 상대면 그렇지만 말이요."

"그렇군요. 시집갈 나이는 우리 베트남도 한국과 같네요. 그러니까 응우엔티 토아 남편도 그런 형태이니까요."

"제 남편 오상택 상병은 그렇게 정담도 나눴던 응우엔 노아가 목숨까지 잃은 건 아닌지 해서 너무도 안타까워했습니다. 그러니까 제 남편 말에 의하면 한국군 해병대가 하미마을을 없애기까지 앞장서지는 않았다고 해도 말입니다. 오상택 상병은 전투명령이 떨어져 출동 중이라서요. 그게 핑계일 수는 있겠으나 북베트남 군인들이 설치해놓은 지뢰에 의해 하체를 몽땅 잃어버리게 됩니다. 아무튼 그런 이유보다도 같은 해병대로서 나는 아니라고 말할 수 없다는데 여간 미안해했습니다. 그래요, 지금까지 말한 내용이 부풀린 면도 있을 겁니다. 그러나 사실을 근거로 한 얘기라는 점은 이해해주시면 합니다. 아무튼 제 남편이 베트남 하미마을로 곧 달려와 여러분들 손도 붙들고 울기라도 해야 할 건데 그렇지도 못하고 며칠 전에 세상을 떠나고 말았다는데 아쉽습니다. 그래서든 제 얘기를 더 해드리고 싶은데 그리해도 될지 모르겠습니다."

"기왕에 꺼낸 얘기이니 계속하세요."
유종국 선교사 아내 말이다.

그래요. 그건 그렇고 이젠 제 얘기도 한번 해보겠습니다. 제 얘기라 조심하게 되나 저는 전라남도에서도 진도라는 섬 출신이기는 해도 부모님께서야 귀한 자식인데 사랑은 당연하셨을 것이나 이웃 어른들께서도 저를 예쁘게만 보신 것 같습니다. 그래서인지 저는 여학생이라고는 몇 명뿐인 그런 학교에서 학생회장이 되고도 남을 쟁쟁한 남학생들을 제치고 전교 학생회장도 감당했습니다. 그런 이유였겠지만 제 이름이 신문에까지 올랐습니다.

그러나 그건 학생일 때고, 이젠 돈도 좀 있는 괜찮은 신랑감이나 찾아야겠다 싶을 때 멀리 부산이라는 도시로 시집간 고모가 보내준 편지를 받아보게 되는데 편지 내용이 혜선이 너 졸업했을 테니 집에만 있지 말고 고모 집으로 와봐라, 그런 편지인 거요.

그래서 저는 나도 섬 여자라는 말 듣지 않을 기회가 찾아왔다는 반가운 생각으로 다음 날 고모 집으로 달려갑니다. 그렇게 달려가기는 했으나 고모는 일자리도 없이 무턱대고 부른 거요.

일자리가 없는 것을 안타깝게 보신 고모부께서는 미안도 해서 저를 부산 육군병원에 근무케 해줍니다.

그러니까 일자리란 위생병들이 있어서 둘 필요도 없을 환자들 심부름 자리인 거요. 그렇기는 해도 아니라는 말은 못 하고 근무 중일 때 하체가 몽땅 없어진 환자가 들어오는 거요.

그래서 놀랍기도 하지만. 소년기가 막 지난 스무 살짜리 환자라서 너무도 불쌍하다는 생각이 들더라고요.

그러니까 상체만 남게 된 환자라서 너무도 안타깝다는 생각으로 바라보고 있을 때 간호장교가 저를 부르시더니 혜선이는 오상택 환자 곁에만 있어주면 좋겠는데 그렇게 할 수 있을지 모르겠네 그러시는 거요. 그래서 저는 두말 않고 그러겠다고 했고, 결국은 결혼까지 해서 4남매까지 두게 된 겁니다.

어느 날 저는 평소대로 출근해 보니 오상택 상병 환자가 없는 거요. 그래서 저는 어떻게 된 건가 궁금도 해서 멍청한 사람처럼 서 있는데 간호장교가 저를 부르시더니 오상택 환자는 형편상 어쩔 수 없이 서울병원으로 후송시킨 거야, 그래서 말인데 서울병원으로 가라고 하면 가겠냐는 거요. 그래서 저는 서울병원으로 가겠다고 했고, 그래서든 결과적으로 오늘에 이르게 된 것입니다.

아무튼 지금까지의 얘기는 여러분에겐 가치도 없을 말만 늘어놓은 것 같습니다. 그러니까 크지는 않으나 나름의 가방 하나 가지고 왔습니다. 그런저런 가방을 점심 후에 보여드릴 생각으로 있으니 그런 줄 아시고 회관으로들 모이시면 고맙겠습니다. 이상입니다.

베트남 전선

11

"이제 더 이상 안 오실까요?"

유종국 선교사 말이다.

"그러게요, 더 오실 분은 아마 없는 것 같습니다. 밭일들이 바빠서 그렇기도 하겠지만."

"그러면 윤 권사님은 어제 하시려다 오늘로 연기한 얘기 하시지요."

"그럽시다. 그러니까 제 남편이 그동안 모아만 두었던 보훈연금과 재산 일부를 하미마을에도 쓰기로 한 얘깁니다."

"윤 권사님 재산까지요?"

유종국 선교사 아내 말이다.

"예, 그래서 이 자리에서 다 말씀드리기는 아닌 것 같고, 그러니까 가까운 날에 아시게 될 거지만 일단은 그렇습니다."

"고맙습니다."

하미마을 이장 아내 말이다.

"이런 얘기는 천 목사님 설교에서도 말씀하셨지만, 용서와 사랑은 하미마을 여러분들 몫으로 하면 어떨까 합니다."

"그러면 방법은요?"

하미마을 이장 말이다.

"방법까지는 간단할 수는 없어 아직 생각 중입니다."

"구체적으로까지는 아니어도요."

"그러니까 하미마을 여러분은 생각하기도 싫은 피해까지를 다 말하기는 오늘은 아닐 것 같아 다음에 할게요."

"그러시지요. 시급한 일도 아닌데."

유종국 선교사 말이다.

"시급한 일은 아니어도 말을 꺼내놨으니 급한 맘으로 추진할 생각입니다."

"윤 권사님은 그렇게 하십시오. 저도 도와드려야 할 일이지만 말이요."

유종국 선교사 아내 말이다.

"감사합니다. 그리고 어젯밤은 하미마을 친절로 편하게 잘 보냈습니다. 우리가 대접받을 일이 아닌데도요."

윤혜선 권사 일행 베트남 하미마을 방문 첫날을 그렇게 보낸 천국문교회 천기철 목사 말씀이다.

"감사는요, 잘 모셔야 할 우리의 손님인데요."

하미마을 대표 말이다.

"그런데 어제 말씀드린 위로의 표시라는 말은 다름이 아니라 싫다고 하실지도 모르는 금전적 얘깁니다."

"금전적 얘기요?"

"그렇습니다. 금전적 얘기예요. 그래요, 금전적 얘기 벌써부터여서는
안 되겠지만 일단은 그렇습니다."

"그러시군요."

위로의 표시가 금전적? 그래, 그렇기는 하겠지. 지금에 와서 금전적
말이 아니고는 다른 말이 있겠는가. 그렇지만 금전적인 것을 쉽게 받
아들이기는 아무래도 아니다. 그것은 주는 걸 생각 없이 받아먹는 거
지꼴이기 때문이다.

사회생활에서 가장 비참한 건 사 먹을 돈이 없어 얻어먹는 걸 말함
이다. 그래서인지 우리는 아직도 양아치라는 말을 유행어처럼 한다.
그러면 양아치라는 말이 무슨 말인가. 미국인들로부터 얻어먹으려 아
양을 떤다는 말이지 않은가. 한국인이 만들어낸 말이기도 해도.

"제가 금전적이라는 말을 했으나 그렇다고 금전을 드리겠다는 건 아
닙니다. 그러니까 하미마을 고등학생들을 제가 도울 수 있으면 좋겠다
는 말입니다."

"고등학생들을요?"

"그렇다고 결정은 아직입니다. 그러니까 하미마을 여러분들의 협조
가 있으서야 할 것 같은데 지금 생각으로는 고등학교 졸업반 학생 10
여 명을 선발해 한국으로 보내주시면 어떨까 해서입니다."

"고등학교 졸업반 학생 10여 명 선발이요?"

"그렇지요. 그러니까 하미마을 여러분이 그렇게만 해주시면 학생들 숙식 제공은 물론이고, 용돈까지도 제가 해결해드릴 생각입니다."

"그렇게 해주시면 힘써보겠습니다."

하미마을 이장 말이다.

"학생 10명이라는 숫자 말까지는 이제야 하게 되지만 일단은 그렇습니다."

"학생 10명까지가 가능하겠습니까?"

천기철 목사 말씀이다.

"가능할지는 조사해봐야겠지만 잘될지는 모르겠습니다."

또 하미마을 이장 말이다.

"그렇겠지요. 이런 얘기도 사전에 말씀해드렸어야 했는데 그리지 못해 죄송합니다."

윤혜선 권사 말이다.

"죄송이라니요. 그건 아닙니다. 유학생 10명의 학생을 그렇게 4년 동안이면 큰돈이라야 할 건데요."

유종국 선교사 아내 말이다.

"예, 가능합니다. 그래서 말이나 하미마을 대표님 외 몇 분에게 초청장도 보내드리겠습니다. 그때 오셔서 한국 구경 겸 확인도 하십시오. 물론 오고 가시는 모든 비용 일체를 제가 다 부담해드릴 겁니다."

"고마운 말씀입니다."

하미마을 대표 말이다.

"이렇게는 다시 말씀드리지만 제 생각이 아닙니다. 제 남편이 그동안 말했던 것을 아내인 제가 이행할 뿐입니다."

"아 예."

"아무튼 하미마을 여러분은 그리 아시되 제 생각에 협조해주시면 감사하겠습니다."

"그러시면 언제쯤이나요?"

유종국 선교사 말이다.

"예, 그것은 학생들 거처도 마련해야 해서 날짜는 전화로 말씀드리겠습니다."

"전화로요?"

"그럴 게 아니라 대표님들과 같이 가시면 어떨까 합니다."

"당장이요?"

"그러니까 한국 관광 겸 말이요."

"윤 권사님 호의는 감사하나 그렇게 바쁠 필요까지는 없어요."

천기철 목사 말씀이다.

"당장은 아니어도, 오셔서 제가 말한 내용이 사실인지 확인도 하십시오. 그렇기도 하지만 학교는 어느 학교가 괜찮을지도 찾읍시다. 그러니까 초청장을 다음 주 내로 보내드릴 테니 일단은 그렇게만이라도 알고 계세요."

그렇게 해서 윤혜선 권사 일행은 베트남으로 출국한 지 4일 만에 귀국해서 현재의 집도, 대지와 연결이 된 밭도 7천여 평이나 되는 야산도 내놓게 된다. 그런데 아파트 건축업자는 윤혜선 권사 소유 토지를 내놓기만을 기다렸을까, 곧 팔린다.

"목사님, 제집까지도 다 팔렸어요."

"아니, 권사님의 집도요?"

"예, 그러니까 생각보다 높게요."

"그렇게 빨리요?"

천기철 목사 말이다.

"그런데 제 부동산이 생각보다 높게 팔린 건 제 잘못이 아니지요?"

"당연히 아니지요, 높게 팔린 건 어디 권사님 잘못이겠어요. 다만 가격을 올려받기 위해 꼼수랄까 그랬으면 또 모를까."

"그렇지는 않아도 너무 많다 싶어요."

"그래요. 권사님 생각보다 높게 팔린 건 건축업자가 보기엔 그만한 가치가 있어서일 거요."

"그럴까는 몰라도 이 많은 돈을 아이들을 돌봐줄 분들에게도 쓰고 싶은데 그래도 될까요?"

"아이들을 돌봐줄 분들에게도 쓰고 싶다면 누가 봐도 칭찬받을 일인데 안 될 이유 있겠어요."

"그렇기는 하겠지요. 아무튼 집터까지 팔린 거요."

"권사님이 그러시다면 새로운 집을 지어야 할 건데 그런 기술적 문제는 따져보셨어요?"

"기술적 문제까지는 몰라요. 다만 미혼모를 돕자는 데도 있다는 거요."

"미혼모 아이들에게도요?"

"그렇지요. 미혼모 아이들까지이지요."

"그렇게까지는 무리가 아닐까 싶네요. 그러니까 장기간일 것 같아서요."

"그렇다고 맘먹은 걸 취소하는 건 아닐 것 같습니다. 물론 재정도 앞으로 50년은 버틸 것 같기도 하고요."

"앞으로 50년까지요?"

"그러니까 제 재정 능력입니다."

"그렇더라도 더 늘리지는 마십시오."

"이건 제가 할 말은 아니나 오늘의 정부는 말하길 아이 많이 낳아라, 그런 구호뿐이네요."

"권사님 말씀이 아니어도 가능치도 않을 구호를 만들어 돈 빼먹는 짓은 정말 아닙니다."

"아무튼 그런 차원의 집도 지으려 합니다."

"그래도 건물 관리자도 두어야 할 게 아니요?"

"그거야 당연하지요."

"그러면 건축은 어디다, 언제쯤 지으실 생각이어요?"

"건물 지을 부지는 우리 교회 뒤편 단독주택을 본 거요."

"그래요?"

"그러니까 당장 헐어도 될 허름한 집이 다섯 채나 되는데 그게 제가 구상하는 일에 장점일 수도 있어요."

"그렇기는 해도 집값을 턱없이 달랄 수도 있을 건데요?"

"그런 문제도 있을 겁니다. 그러나 사회에 좋은 일 할 사람이 그분들의 집값 깎으려 해서는 안 되잖아요. 그래서 저는 도와준다는 맘으로 할 겁니다."

"그러시면 모를까."

"제가 가지고 있는 돈은 오 집사가 그동안 받아두었던 연금만도 많아요. 그런 얘기는 처음 얘기지만 새로 지어질 건축비까지도요."

"그런 돈은 아내이신 권사님이 혼자 쓰시기에는 부담일 건데요."

"그래서 베트남 아이들 유학인 거고, 미혼모를 돕자는 것이 아니겠어요."

"그렇기는 하네요."

"그래서 말인데 새로 지어질 건축비가 얼마일지는 건축사에게 물어봐야겠지만 모자람은 없을 겁니다."

"윤 권사님 그런 말씀을 듣고 있으니 오 집사님 생각이 나네요."

지금이야 천국에 가 계시지만 오상택 집사는 우리 천국문교회 아이콘일 수도 있었던 분이었다. 그러니까 오 집사는 오로지 상체뿐임에도 얼마나 당당하셨는가. 우리 천국문교회는 오상택 집사 덕에 부흥된다고 말할 수도 있었다.

"이 같은 일은 저로서는 큰일이나 오 집사 평소의 뜻이기도 해요."

오상택 씨, 당신은 천국 가고 싶길 얼마나 바빴는지는 모르겠으나 그래도 그렇지, 아침에 일어나서야 천국 가버린 걸 알게 하다니요. 말도 안 되게요.

그래요. 이 같은 일이 어디 오상택 씨 당신에게만 있겠소. 생각해보면 하나님이 주신 생명, 하나님이 거둬가시는 건 당연할 것이나 지금

하고자 하는 일은 당신도 말했던 일이 아니요. 그러자고 말까지는 물론 아니었지만 말이요. 어쨌든 이런 일은 오 집사 당신이 지금도 살아 있어서 같이 해야 할 일이 아니요. 저는 그게 아니라서 너무도 힘드네요. 윤혜선은 그런 생각인지, 자리를 같이한 천국문교회 담임목사 아내를 쳐다본다.

"그래요, 하나님께서 부르시면 아니라고 할 수 없기는 해도 오 집사님은 너무 급하게 떠나셨네요."

"그러게요. 이렇다 말도 없이요."

윤혜선 권사 말이다.

"오 집사님 떠나신 건 어쩔 수는 없겠지만. 윤 권사님께서 뜻하신 일 순조로워야 할 텐데 문제는 그만큼의 돈일 텐데요."

"당연히 돈이지요. 그래서 말이나 돈 문제는 걱정 안 하셔도 돼요. 그러니까 오 집사는 1급 장애인이라서 매달 받게 되는 연금이 많아요. 그래서 그동안 단 얼마도 안 쓰고 모으기만 했어요."

"단 얼마도 안 쓰고 모으기만 하셨다면 생활은 어떻게 하셨어요?"

"생활비는 매달 받게 되는 월급만으로도 충분했어요. 생활비라고 해 봤자 반찬값뿐이지만 말이요."

"그러셨군요."

천기철 목사 아내 말이다.

"그리고 베트남에서도 말했지만, 오 집사는 하미마을에 뭔가를 해 주고 싶어 했던 걸 제가 이행할 뿐이어요."

"그렇기는 해도 윤 권사님의 생각은 어마어마합니다."

"제 생각은 그렇기도 하고 아이들 돌봐줄 분을 모시려고도 해요."

"그러시면 방법은요?"

"방법이야 그러니까 우리 교회 여성분들로요."

"우리 교회 여성분들이면 유급으로 해야겠지요?"

"그렇지요. 당연히 유급이지요. 그러나 만족할 만큼은 아닐지 몰라도 봉사자라는 생각은 안 들게는 할 거요."

"그러시면 참여할 여성분들이 얼마나 될지는 몰라도 권사님의 생각대로는 될 겁니다. 한번 해봅시다. 그런데 베트남 분들은 언제쯤 오게 될까요?"

"다음 주 월요일에 올 겁니다. 그러니까 하미마을 유종국 선교사님과 통화도 했어요."

"그러면 몇 명이나 오게 될까요?"

천기철 목사 말씀이다.

"오기는 여덟 명쯤 될까 싶습니다. 그러니까 유종국 선교사님 내외분, 하미마을 대표 두 내외분. 그리고 학생 두 명도요."

"여덟 명이면 버스라야겠네요."

천기철 목사 말씀이다.

"버스면 좋겠네요. 생각해보니 저로서는 귀한 손님일 수도 있는 사람 마중을 성의도 없이 우리만이어서는 아닐 것 같습니다."

"그게 좋겠으나 그러면 부르실 분은요?"

"그러니까 마중할 사람이 많을수록 좋겠으나 베트남에 동행해주셨던 장로님이나 권사님 중 말이요."

12

"응우엔 투 안 안, 르엉쑤언 쯔 어."

유종국 선교사는 가겠다고 윤혜선 권사와 통화를 하고서다.

"예."

"그러니까 너희들은 학생이라 시간을 낼 수 있을까?"

"시간이야 낼 수 있지요. 선생님에게 말해서든 말이요. 그러니까 저
희는 직장인이 아니잖아요."

"그렇기는 하지. 내가 말 잘못했다."

"아니에요."

고등학교 2학년짜리 응우엔 투 안 안 말이다.

"아무튼 시간은 왜요?"

고등학교 1학년 르엉쑤언 쯔 어 말이다.

"왜가 아니라 그러니까 나는 오는 월요일 한국에 가게 될 건데 너희

들과 함께면 좋겠다는 거야."

"아니, 저희들도요?"

"그러니까 나는 한국에 계시는 우리 부모님도 찾아뵐 겸인 거야."

유종국 선교사는 우리 부모님도 찾아뵐 겸이라고 했지만 생각지 않
은 용돈도 주겠다는 말을 믿어도 될지다. 그러나 사실일 경우 용돈도
받게 될 한국 유학이라는 의미로 하는 말이다.

"그렇지만 제가 느끼기엔 선교사님은 고향 어르신을 찾아뵙고자만
은 아닌 것 같은데요."

"사실을 말하면 부모님만 찾아뵙자가 아니야. 그러니까 한국 발전상
도 보자는 거야."

"그러면 생각해볼게요."

응우엔 투 안 안 말이다.

"깊이 생각할 필요도 없어. 다만 부모님 허락만 남은 거야. 그러니까
지금 한 말 부모님께서도 알고 계실 테니."

아이들을 한국으로 데리고 가려면 우선 부모님 일차적 설득이라야
만 해서 말씀을 이미 드렸다.

"지금 한 말 그렇게까지 급한 일은 아니어도 희망의 말이니 거절은
말기다."

"알겠어요. 그런데 희망이라는 말씀은요?"

"희망의 말은 우리 하미마을 대표님에게 말씀드렸으니 궁금하면 찾
아가 물어도 돼."

"그럴게요. 그런데 선교사님은 우리 하미마을에서 선교를 언제까지

하실 거요?"

"그게 궁금하다는 거야. 그래 선교는 나그네가 지나가듯 하는 게 아니라는 거야."

"그러시면 선교를 영원까지요?"

"너희들이 예쁜 색시를 만나 장가까지 들어 자식도 낳고, 그 자식이 또 장가들어 아기를 낳을 때까진 거야."

"나는 장가 안 갈 건데요."

르엉쑤언 쯔 어 말이다.

"장가 안 가다니… 말도 안 되게. 그건 안 돼. 그러면 응우엔 투 안 안 너는?"

"저야 돈 많이 벌면요."

"돈 많이 벌면이면, 네 예쁜 색싯감은 어떻게 하라는 거야."

"그러니까 선교사님 말씀은 색시랑 하차감이 좋은 차도 타고 다니라는 거요?"

"하차감 좋은 차만이 아니야. 고급 아파트까지도지."

"저는 고급 아파트까지는 아니어도 쪽팔리는 삶은 안 살 거요."

"그러면 선교사인 나는 어떻게 하지?"

"선교사님이야 돈을 안 버는 직업이니까 다르지요. 그런데 고생스러울 선교사직 왜 택하셨어요?"

"그래, 선교사직은 돈 버는 직이 아니야. 그러나 나는 가정 형편이 나쁘지 않아 대학을 미션스쿨 대학에 다녔고, 공부도 목회자 공부를 한 거야."

"선교사님은 그래서 우리 하미마을로 오신 거요?"

"하미마을에 선교사로 올 목적의 공부는 아니었으나 암튼 그리된 거야."

"그리고 선교사님 군대는요?"

"군대까지는 너무 많이 묻는다."

"그렇기는 해도 저는 남자라 군대에 가야만 할 것 같아서요."

"남자라면 군대 가야지. 그런데 나는 장교였어."

"장교는 보초도 안 선다던데 선교사님은 그런 혜택도 누리셨어요?"

"누린다는 말은 아닌 것 같고, 말하면 일반 병사들은 사회에서 그동안 했던 일이 무엇인지 묻게 되지만 나는 부대원으로는 초임이기는 하나 장교라서 일반 병사들처럼 물을 수는 없어 대답을 목회자 공부했다고 한 거야."

"그래서요."

"그랬더니 내일부터 군종 일 하라는 거야."

"군종 일이 뭔데요?"

응우엔 투 안 안 물음이다.

"군종 일을 안 해본 군인들에겐 미안하나 특혜라고 보면 돼."

"그러면 한국 유학도 혜택으로 보면 될까요?"

"혜택이라고 말하기는 아닌 것 같고 그러니까 한국 문화도 배우게 될 거야."

"그래요?"

"그러니까 한국 유학은 어른들 말로 식견을 넓이는 그런 일이야."

"한국에서 유학하려면 그만한 돈도 있어야 할 텐데요."

"유학비는 당연하지. 그런 설명까지 해도 될지 몰라도 우리 하미마을을 초토화까지 하고 나쁜 짓을 했던 그런 사람의 가족이 사죄라는 이름으로 우리 하미마을에 뭔가를 해주고 싶다고 말한 게 너희들 유학인 거야."

"그러니까 한국군이 우리 마을을 초토화까지요?"

"국군이 우리 마을을 초토화했다는 말을 처음 들어?"

"그렇지요, 처음 듣지요."

그래, 처음 들을 것이다. 그것은 생각하기도 싫은 사건을 애들에게까지 말하는 건 곱게 성장해야 할 아이들에게 나쁜 영향을 줄 수도 있기 때문이다. 그래서인지 어른은 아이들에게 장군감이니… 장관감이니… 그런 덕담만이지 않은가.

"그래서 말이나 내가 선교사이기는 해도 한국 사람인데 죄인이야."

"선교사님이 우리 마을에 죄인이라는 말씀은 저희로서는 아니어요."

"아니라고 하니 다행이고 고맙다만 그러니까 하미마을 중앙에 세워진 위령비가 바로 그분들을 기리자는 비야."

"응우엔티 토아 집 사정 얘기는 듣지를 못해 모르겠지만 그러면 하미마을을 한국군이 안 좋게 한 거잖아요?"

"그렇지, 하미마을을 안 좋게 한 일이지. 그래서든 너희들은 그런 점을 참고해서 하미마을을 누구도 부러워할 괜찮은 마을로 만드는 일이야."

유종국 선교사는 몰살당했다는 말까지 할 수는 없어 말을 얼버무리는 태도로 말한다. 그러니까 한국 이미지에 손상을 입히는 일이 될 수도 있기에 희망을 품으라는 말로 바꾼다.

"누구도 부러워할 괜찮은 마을을 만드는 일이요?"

"지금 말한 내용이 너무 거창한 말 같으나 나도 할 수 있다는 각오 면 반은 이루어진 셈이야."

"각오면 반은 이루어진 셈이요?"

"그래서 아직은 고등학생이나 잘 되리라는 희망만이라도 가지라는 거야."

"희망 말 좋지요."

"희망 말을 하고 보니 생각나는 게 있는데 그러니까 한국 유태영 박 사는 너무도 가난해서 아버지 머슴 생활은 당연했고 유태영 박사 본인 도 머슴인 거야. 유태영 박사는 그런 사정이기에 중학생 모자가 너무 도 부러운 나머지 엄마에게 말하길 우리가 이렇게 살아야만 되는 거 야, 투덜대기까지 한 거야.

그런 아들을 본 엄마는 생활 형편이 괜찮다 싶은 읍내 분 집을 찾 아가 내 아들을 가정교사로 세워주시면 한다고 부탁하신 거야. 암튼 유태영 박사는 그렇게 해서 가정교사로 취직은 됐으나 그런 취직만으 로는 머슴살이나 마찬가지라 뜻한 공부는 할 수가 없었어. 새벽 기도 회에 나가 공부할 수 있는 길을 열어달라는 기도를 하나님께 간절히 도 하는 거야.

그러던 중 부자 나라로 소문난 덴마크가 생각나 덴마크 대통령에게 편지를 써보라는 느낌을 하나님은 주신 거야. 그래서 옳거니 하고 일주일 넘게 편지를 정성스럽게 써서 우표를 붙이려니 우체국 담당 직원이 안 된다는 거야. 그러니까 주소라고는 덴마크뿐인데다 대통령 앞뿐이라서.

유태영 박사는 직원에게 말하길 덴마크 대통령 이름을 몰라서 못 적었으나 우표만이라도 붙이고 싶다면서 떼쓰듯 해서 편지를 덴마크 대통령이 보게 된 거야. 그렇게 띄운 편지는 여지없이 배달이 되었고 유태영 박사 편지 내용을 본 덴마크 대통령은 '당신이 보내주신 내용을 보니 그리도 가난하기만 했던 우리 덴마크 전날을 되돌아보게 되는가 싶기도 해서 감동이었습니다. 아무튼 유태영 학생은 우리 덴마크에서 유학하고 싶으면 환영의 문 열어놓을 테니 아무 때고 오시오.' 그런 편지와 일등석 비행기표까지 보내온 거야."

"그게 사실이라고 해도 특별한 경우라고 저는 생각해요."

"그래, 특별한 경우라고 할 수도 있지. 그러나 유태영 박사가 신앙인으로서 하나님께 매달린 결과라고 나는 보는 거야. 그리고 한국말에 지성이면 감천이라는 말 들어 알고 있을까?"

"지성이면 감천이요?"

"그래서 말인데 한국 유학도 삶의 도전일 수 있어. 그러니까 부모 형제를 신나게 하면서 살아갈…"

유종국 선교사는 설교처럼 말한다.

"알겠어요."

"알겠어요 말은 나를 따라가겠다는 거지?"

"우리 하미마을 대표님도 가신다면 저도 갈 생각이지만 며칠간이

나요?"

"가봐야 알겠지만 약 일주일 정도로 알면 돼. 그러니까 한국 윤 권 사님의 얘기로는 말이야."

"그리고 아까 했던 얘기들 중에 궁금한 게 있는데, 선교사님은 장교시라 일반병들과의 대화는 어땠어요?"

고등학교 한 학년 위인 응우엔 투 안 안 물음이다.

"야, 별거 다 묻는다."

"별거 다 묻는 게 아니어요. 그러니까 선교사님이 아무것도 아닌 저를 그렇게까지 하시려는 게 궁금해서요."

"그러면 설명하지, 일반 병들 중에 함부로 할 수 없는 큰형 같은 병사도 있었어. 그러나 나는 병사들을 지휘해야 할 장교라 말을 높일 수는 없는 거야. 그래서 병사들은 거수경례로 충성하고, 나는 장교라 계속 수고해 그랬던 거야. 그러니까 군대는 어디까지나 명령체계라서야. 이 정도면 설명이 된 거냐."

"아니요."

"아니면 내게 묻고 싶은 게 또 있다는 거야?"

"그러니까 선교사님은 사모님과 만남도요."

"아이고, 별거 다 묻는다. 그래, 솔직히 말하면 그러니까 대학생 때 같은 반이었던 거야."

"같은 반끼리라도 미인이 아니어서는 아니실 거잖아요."

"그거야 밉상은 아니어야지."

"제가 말하는 건 그러니까 사모님은 엄청 미인이라고들 해서요."

"미인이라는 말 듣는 건 싫지 않으나 생각해보면 생판 모르는 사람 사귀려면 예쁘기도 해야 할 거잖아."

"그렇겠지요."

"그러니까 특히 나 같은 선교사 말이다."

선교사는 말씀보다 중요할 수도 있는 게 아내의 미모다. 그런 점으로 본 아내 박미순은 내 맘을 편하게 한다.

"그러게요."

응우엔 투 안 안은 그렇겠지요 하는 건지 유종국 선교사를 긍정적 시선으로 바라본다.

"너희들도 대학생이 되면 알게 되겠지만 신앙인들끼리 만남은 잘 생기고 예쁨만으로는 아닌 거야. 신앙심이 같아야지."

"그렇겠지요."

"여기서 너희들에게 해주고 싶은 말이 있는데 베트남을 잘살게 할 일이야. 그래서 말인데 여행의 목적이 뭔지 알까?"

"여행의 목적이요?"

"그러면 현대와 앞으로 기대가 될 미래는?"

"그것도 아직 고등학생일 뿐이어요."

"그래서 말인데 지금도 써먹는 말이지만 과거를 보려면 박물관을 보고, 현대를 보려면 시장을 보고, 미래를 보려면 책을 보라고 하더라. 그렇지만 나는 그게 아니라 움직이는 현 사회를 보라는 거야. 그러니까 고도성장한 한국을 보라는 거야. 그래서 말이나 한국에 가서 조심할 건 하미마을 파괴한 한국이 밉다는 생각은 말라는 거야. 밉다는 생각엔 자신을 잘못되게 하는 사탄이 끼어들기 때문이야."

"아 예."

"그래서 앞에서도 말했지만 나는 하미마을 사람으로 살아갈 거다."

"그렇게까지는 어려우실 텐데요."

"쉬울 수는 없지. 그러나 너희들이 도와주느냐에 있어."

"저희가 선교사님을 도와요?"

"그러니까 어린이 전도인 거야."

"그거야 어렵지 않지요."

"어렵지 않다면 됐다. 그런데 생각나는 게 있는데 대한민국 초대 대통령 배출까지 한 배재학당을 세운 아펜젤러와 연세대학이 있게 한 언더우드와 이화여자대학이 있게 한 스크랜턴 선교사는 한국을 너무도 사랑한 나머지 죽어 시신까지도 본국으로 돌아가지 않고 한국 땅에 두었단다. 그러니 한국에 가면 그곳도 가보자."

13

"저는 오전에 두 학생과 한국 유학생으로 갈 문제 얘기도 나눴어요."

유종국 선교사는 하미마을 대표에게 보고하듯 말한다.

"그러면 한국에 가겠다고는 하던가요?"

"부모님에게 물어보겠다고는 하데요."

"그렇겠지요. 고등학생이기는 해도 부모 곁을 떠나기는 아직 어린애 수준이니까요."

하미마을 대표 말이다.

"아무튼 학생 부모님이 한국 유학을 보내주셔야 할 텐데 어떨지 모르겠네요."

"그러게요."

"유 선교사님도 보고 계시겠지만 베트남 여성들은 시집을 가더라도 맨몸은 아니라는데 힘들어해요."

"그러니까 지참금 때문에요?"

"그렇지요. 그래서 우리 베트남 아가씨들은 한국 사람에게 시집을 가기도 하는데 나이가 친정아버지보다 더 많은 남자를 신랑으로 한다고 해서 안타깝네요."

"안타깝지만 그렇게까지 하는 것은 베트남이 가난하다는 이유겠지요."

"한국 신랑이 친정집에 뭔가를 해주어 좋아한다는 말을 들을 땐 남의 일이 아니라는 생각이 들어 괜한 부아까지도 나요."

하미마을 대표 말이다.

"그러시겠지요."

"뿐만이 아닙니다. 들리는 말은 신랑을 만나도 도시 남자가 아니라 농촌이나 어촌 남자를 만난다는 거요."

"그런 문제를 해소하려면 베트남도 부자 나라가 되는 수밖에 없겠네요."

"맞는 말씀이나 현재로서는 그게 안 보여요."

하미마을 대표 말이다.

"그래서 말이나 제가 학생들을 데리고 가고자 하는 건 그런 문제도 있어요. 그러니까 그동안 가난한 나라였다가 잘살게 된 한국을 학생들이 배우라는 거요."

"그렇기는 하나 한국엔 걸출한 지도자가 있었기에 가능한 게 아니요."

"그렇기는 하지요."

"그래서 생각이나 우리 베트남으로서는 오늘의 한국을 만든 박정희 대통령이 너무도 부럽습니다."

베트남 전선

"베트남에서도 박정희 대통령 같은 인물이 나오도록 해야 할 겁니다. 그러니까 데리고 갈 학생들을 키워내자는 거요."

"그렇게 키워내려면 뒷받침이 넉넉해야 할 거잖아요."

"이건 한국에 계시는 윤 권사님 얘기를 들어봐야겠지만 십여 명 학생을 베트남에서 괜찮은 인물로 키워내겠다는 각오일 겁니다."

"그렇게까지요?"

"학생들 유학 추진까지는 그만큼의 재정도 가능하시기 때문일 겁니다."

"그러시겠지요. 아무튼 고맙습니다."

14

"더 오실 분 안 계시면 출발합시다."

윤혜선 권사 말이다. 그러니까 베트남에 갈 때 동행해주었던 권사 두 명만 말고는 담임목사까지 아홉 명이다. 베트남에서 오게 될 손님을 마중할 사람 아홉 명까지가 아니어도 잘못이라고 말할 사람 없겠으나 마중할 사람이 많을수록 좋지 않겠는가.

"출발이요?"

"예, 출발이요. 그런데 생각해보니 베트남 손님을 서울 구경까지 시켜드리면 하는데 시간은 될까요? 기사님께 미리 말씀 못 드려 죄송은 합니다만…"

"그런데 도착할 시간이 점심시간인데 점심은 어디서 먹고요?"

"점심 먹기는 공항 구내식당도 괜찮겠지만 제 생각은 한강변 세빛둥둥섬이면 하네요."

"세빛둥둥섬이요? 좋지요. 저도 가보고 싶었던 곳인데요."

"아이고, 반갑습니다. 바쁘다는 이유로 안 오실까 봐 저는 걱정도 했어요."

윤혜선 권사는 너스레 말까지 한다.

"윤 권사님과의 약속을 함부로 어겨서는 안 되지요."

유종국 선교사 아내 말이다.

"그리고, 학생들은 처음 얼굴인데 누굴까?"

"예, 제가 섭외한 학생들이어요. 내가 말했던 윤 권사님이야. 인사드려라."

유종국 선교사 말이다.

"안녕하세요."

두 학생은 어리둥절한 태도로 인사다.

"아이고 그렇구먼. 그렇지 않아도 학생들이 오면 좋겠다고 유 선교사님께 말씀드리기는 했지만. 아무튼 다른 얘기는 집에 가서 하기로 하고 일단은 저 앞에 보이는 '천국문교회' 버스부터 타거라."

두 학생도 베트남 손님을 마중하러 온 권사님들까지 모두 천국문교회 버스에 오르고, 교회 버스는 미리 말했던 한강변 세빛둥둥섬으로 달린다.

그러니까 베트남 발전과는 비교도 안 될 대한민국 발전상을 보여주는 장면이다. 대한민국이 이렇게 발전하기까지 베트남에서 흘린 피는 그 얼마였던가. 생각하기도 싫은 전사만도 6천여 명 가까이 된다지 않은가. 그러나 베트남 손님에게 보이는 한국 발전은 그 반대일 수도 있을 것이다. 아무튼 윤혜선 권사는 다행이다 싶은 맘인지 나름의 생각에 젖는다. 그러니까 오상택 씨가 그렇게 쉽게 하늘나라로 떠나지 않고 지금도 있어서 함께하면 좋을 텐데 그게 아니라서 아쉬운 맘 크다.

"오토바이는 없고 차들만이고 차가 밀리네요."

자리를 같이한 하미마을 대표 아내 말이다.

"차가 이렇게 밀리기까지는 그리 오래지 않은 5년 전부터일 겁니다."

"그렇군요."

넓은 도로가 좁을 만큼의 자동차들, 하늘을 찌를 듯한 빌딩, 몇 층인지도 모를 정도로 높고 수많은 아파트 등은 대단하다. 대단은 하나 윤혜선 권사 앞에서 대단하다고 말하기는 아무래도 아니라서 그만두겠지만 한국의 발전은 한국군이 우리 하미마을을 쑥대밭 만든 돈으로 이룬 일이 아닌가. 초청받은 손님으로 온 사람이 그런 맘이어서는 안 되겠으나 인간의 심리는 남 잘되는 게 축하가 아니라 배가 아프다는 말도 있지만 나는 그게 아니다. 피해를 당한 가정들을 다 말할 수는 없으나 어린애를 돌봐주시던 할머니를 불도저로 손주와 함께 생매장까지가 아닌가.

생매장까지는 물론 집을 불도저로 밀어버리던 과정에서 발생한 일이라고 말할 수는 있지만 말이다. 아무튼 그랬음을 생각하면 처음부터 한국에 오지 말아야 했으나, 기독인은 용서와 사랑을 절대로 해야한다고 하신 천국문교회의 목사님 말씀이 생각난다.

베트남 전선

"이제 말씀이나 오늘 점심은 뷔페 식사이니 그리 아십시오. 그것은 식성이 서로 다를 수 있어서입니다."

천국문교회 부목사 말이다.

"알겠습니다. 뷔페가 좋지요."

하미마을 이장 아내 말이다.

"오늘 식사는 어떠셨는지 모르겠습니다."

천국문교회에 도착한 천기철 목사 말씀이다.

"예, 저희들은 생각지도 못한 대접까지 받습니다."

하미마을 대표 말이다.

"그렇게까지는 아니겠으나 괜찮았다니 다행입니다. 그런 점으로든 우리 교회까지 오셨으니 일단은 하나님께 기도부터 드리겠습니다.

하나님 아버지, 오늘은 베트남에서 쉽지 않게 오신 손님을 맞습니다. 그래서 바라기는 전날에 쓰라린 일들은 과거라는 무덤에 묻어버리고 이제부턴 전혀 새로운 삶이 되기를 바랍니다. 예수님 이름으로 기도합니다."

"그런데 제가 한 가지 말씀드릴 게 있습니다. 드릴 말씀이란 다른 게 아니라 제가 구상한 내용이 무엇인지 알아보시기 전에, 그러니까 화요일인 내일부터 목요일까지 한국 산업시설도 한번 보시면 어떨까 합니다. 여러분을 모실 차량 문제는 우리 교회 버스를 이용해야 할지, 목사님과도 장로님들과도 의논 중이기 때문입니다."

윤혜선 권사 말이다.

"아 예."

하미마을 이장 말이다.

"또 한 가지 말씀드릴 것은 오늘 밤 주무실 일인데, 그러니까 여러 분들 식사 문제까지도 해결이 가능하고 깨끗한 방 네 개짜리 민박을 마련해두었으니 남자분들은 그리로 가시면 합니다."

"고맙습니다."

"물론 두 학생도요. 그렇게는 주변에 호텔이 없어서입니다. 그리고 여자분들께서는 제집으로 가십시다."

베트남 손님들은 윤혜선 권사 말대로 움직이게 된다.

"제집은 그동안 생활하던 집이라 깨끗하지는 못합니다."

"아닙니다."

하미마을 대표 아내 말이다.

"그래서 미안은 하나 제가 어떤 생각으로 여러분을 초청하게 됐는 지 말씀드리기 전에 제 남편이 그동안 쓰던 방부터 보실래요?"

윤혜선은 그러면서 오상택의 화실을 보여준다.

"아이고, 그러면 남편분께서는 그동안 화가로 사신 거네요."

"그래요, 제 남편 사정 얘기는 베트남에서 말했기에 더 할 말은 없 겠으나 오상택을 남편으로 하기까지를 말하면 저는 진도라는 섬에서 살아야 할 운명이라고 할까. 아무튼 그런 생각으로 있을 때 도시에서 살아가는 고모가 부르는 거요, 그래서 옳거니 하고 달려간 거요. 달려 가기는 했으나 일자리가 없는 거요."

"아 예."

"그러니까 고모는 일자리도 없이 조카라는 이유만으로 저를 부른 거요. 그것을 안타깝게 여기신 고모부는 자기가 근무 중인 육군병원에다 심어줍니다. 그러니까 임시 간호사로요. 그래도 근무만은 잘할 맘으로 있을 때 오로지 상체뿐인 환자가 들어온 거요. 그래서 무섭기도 하지만 너무도 불쌍하다는 생각이 들기 시작하여, 결국은 결혼까지 해서 4남매까지 두게 된 거요."

"그러면 그때 윤 권사님 몇 살 때인데요?"

유종국 선교사 아내 박미순 말이다.

"그러니까 저는 열아홉 살이고, 제 남편 오상택은 스무 살이었어요."

"열아홉 살 아가씨와 스무 살 총각이면 사랑해도 될 나이기는 하네요. 그러나 윤 권사님 미모로 오로지 상체뿐인 환자를 남편으로 삼고자 하는 생각은 신앙심에서 나왔을까요?"

또 유종국 선교사 아내 박미순 말이다.

"아니에요, 두 다리가 없기는 해도 그냥 멋지게도 생겼다. 그런 생각이 들더라고요."

"그건 잘되려는 조짐이지요."

"그런 조짐인지는 몰라도 말하면 오상택 환자가 서울병원으로 이송되어버린 거요. 그래서 간호장교가 보내준 거요. 아무튼 저는 그래서 오상택 환자를 남편으로 삼게 됩니다."

"권사님이 그렇게 되기까지는 하나님의 은혜네요."

유종국 선교사 아내 말이다.

"아무튼 그런 과정도 소설 같아요. 그러니까 오상택 환자를 남편으로 삼아야겠다는 맘이 강하게 들기 시작하고 아이를 만들 기회까지 준 건데 그게 보신 대로 제 맏딸이어요. 그리고 제집까지도 팔았어요."

"그렇다고 해도 집을 팔았으면 집을 비워주어야 할 게 아니요?"

하미마을 이장 댁 아내 물음이다.

"그렇지요. 비워주어야지요. 그러나 앞으로 2년까지는 그대로 살기로 했어요."

"그런데 권사님은 그동안 부자로 사신 게 아니요. 말을 하다 보니 엉뚱한 말이지만."

"예, 부자로 산 거지요. 이 집은 제가 마련한 집이 아니라 시 부모께서 물려주신 집이기는 해도요. 그러니까 저는 이 집을 물려받지 못할 셋째인데도 그랬어요."

"그러면 시댁이 처음부터 큰 부자이셨나요?"

하미마을 이장 아내 말이다.

"그래요, 부자라고 해도 돼요. 그러니까 시부모는 이 근방 식량을 책임진 쌀 도매상이기도 했으니까요."

"권사님은 그래서 자동차 운전까지네요?"

"그렇지요. 그러니까 어느 날은 시아버지가 느닷없이 자동차 시장에 가자고 하시는 거요. 그래서 저는 자동차 운전면허증도 없다고 했더니 시아버지가 하시는 말씀이 자동차 운전면허증은 천천히 따도 돼, 그러시면서 대기업 사장들이나 타고 다닐 고급 자동차 키를 저에게 덥석 주시는 거요. 시아버지가 그렇게까지 한 것은 아들이 너무도 심한 장애인이라서 어디로 도망이라도 갈까 봐 도망 못 가게 고급 자동차로 묶어놓자는 나름의 계산이셨을 거요."

"아들이 그렇다면 그럴 수도 있겠지요. 그것도 있지만 듣기로 윤 권사님은 까다로울 수도 있는 손위 동서들도 있다면서요?"

유종국 선교사 아내 박미순 말이다.

"그런 말은 유종국 선교님이 하시던가요?"

"예. 그렇기는 한데, 제가 엉뚱한 말까지 했나 봅니다."

"아니에요. 설명하면 손위 동서들은 시아버님이 그러시는 걸 당연하게 여겼을 겁니다. 그러니까 맏동서는 대학교수이고, 둘째 동서는 대형 마트를 운영하는 사장이기도 하기에 막내동서인 제가 없어서는 안 되기 때문일 겁니다."

"그러니까 재산분배 문제도요?"

"그렇지요, 제가 갖게 된 재산은 동서들이 주신 거나 다름 아니어요. 그러니까 재산분배 문제로 모인 자리에서 시아버지께서 하신 말씀이, 너희들은 더 달라는 게 아니라 막내에게 더 주는 게 맞다고 하냐, 참 별나다 그러신 거요."

"그런 얘기는 어디서도 듣기 어려울 권사님만의 얘깁니다."

"그리고 이 집은 어린이집이라고 해도 될 겁니다. 물론 당분간이기는 해도요."

"그거는요?"

"물론 무허가로 볼 수도 있지만 아기를 돌보는 할머니들이 모여들기 때문에요."

"그렇지만 무허가이기도 하지만 할머니들이 오시도록까지는 아닐 거잖아요?"

"그렇지요."

"제가 말하는 건 그러니까 이 집도 비워주어야 한다면서요?"

"그렇지요. 비워주어야지요."

"그러시면 권사님이 살아가실 집은요?"

유종국 선교사 아내 박미순 말이다.

"제가 살아갈 집은 교회 옆에다 지을 겁니다."

"그래요?"

"그래요. 이런 일을 안 당해본 사람은 모를 것이나, 이렇게 큰집에 혼자 살기가 너무도 허전한 것은 물론이고 무섭기도 해요. 그러니까 하늘나라에 이미 간 남편이 불쑥 나타나 '여보!' 할 것 같은 그런 느낌도 들어요. 그러니까 여기에는 그동안 굳건한 신앙심도 무기력해질 수도 있다는 거요."

"그렇겠지요. 한밤중에 공동묘지를 혼자 지나듯 말이요."

"그래서 말이지만 제집을 어린이집 같은 시설로 쓰고 있는 건, 그러니까 사람 사는 집이 조용한 절간 같아서는 안 된다는 생각이라서요."

"말씀하시니까 생각이지만 고독이라는 병도 간단하게 생각할 문제는 아니네요."

"그렇지요. 고독은 큰 병이지요. 그래서 평생 누워만 있는 배우자라도 있어야 한다는 걸 이제서야 알게 되네요."

윤혜선 권사 말이다.

"고독을 면하려면 삶이 바빠야만 하겠지요?"

"그렇겠지요. 고독이라는 병은 내겐 아무도 없다는 외로움이 가져다주는 병이지요."

사회적 시선으로든 서로 눈이 맞은 나머지 결혼은 했으나 피임까지는 아니라고 생각하는 여성이라면 그들에게 말한다. 잘나가는 현재만 생각지 말고 자식이 있는 가정을 만들라는 것이다. 하나님이 남녀를 창조하셨음이 단순히 번성하고 충만하라, 그것만이 아닐 것이다. 인류 평화를 말함일 것이다.

"고독이라는 병은 간단하게 생각할 문제가 아니겠지요?"

유종국 선교사 아내 박미숙 말이다.

"그렇지요. 조용하게 살아가는 사람을 공격할 거요."

하미마을 대표 아내 말이다.

"아무튼 베트남에 돌아가시게 되면 그런 점도 참고로 하시면 합니다. 그러니까 유종국 선교사님 돕는 맘으로든 노인들 전도 말이요."

"그럴게요. 그런데 집터가 넓어 그러셨겠지만, 주차시설 공간도 잘되어 있는데 그렇게는 언제부터예요?"

유종국 선교사 아내 박미순 물음이다.

"베트남에서이기는 하나 장애를 너무도 심하게 입은 오 집사를 위로하기 위해 찾아오는, 그러니까 그동안의 해병대 출신들을 위함이라고 할 수 있어요."

"오 집사님을 찾아오는 분들이 많아요?"

"항상 같지는 않으나 하루에 열대여섯 명씩은 꼭 와요."

"그러면 점심 문제는요?"

"점심 문제는 걱정이 없어요, 그러니까 저는 간호사라 음식 재료만 두고 출근해요. 그러면 점심은 모두가 달라붙어 만들어 먹는다네요."

"그러면 음식 만드는 재미도 있었겠네."

"재미라고 말하기는 아닌 것 같고 제 남편을 웃게 하려 했을 거요."

"그렇게는 오 집사님이 계실 때만이고, 이젠 아니실 거잖아요."

"아니지요. 그래서 저는 막내딸이 낳았다는 아이 돌봐주기 위해 가평에서까지 오신 분의 도움을 받는 중이어요."

오상택 씨. 당신이 그렇게 떠나버리고 나니 너무 허무하기도 해서 그동안 근무했던 하미마을 여자분들을 집으로 데리고 와 이런저런 얘기까지 나누고 있네요. 생각해보면 삶에서 가치도 없는 그런 얘기를…

그래서 떠나는 것도 당신처럼 혼자가 아니라 그러니까 따뜻하면서 맑은 날 같이 떠나는 것도 괜찮지 않을까 싶네요. 아무튼 오늘 밤은 하미마을 분들과 같이 보내게 될 건데 미안해요. 윤혜선은 그런 맘인지 이부자리를 펴면서 하는 말이 "새 이불은 아니어도 깨끗하게 세탁해두었던 이불이니 그리들 아시고 오늘 밤은 그렇게 보냅시다." 그리 말하고 손님은 감사하다는 인사를 한다.

15

"그런데, 오 집사님이 너무 급하게 떠나셨네요."

유종국 선교사 아내 박미순 말이다.

"그러게요. 저는 병원에서 베테랑 간호사라는 말도 들었던 여자이
지만 남편에겐 아무것도 아니었네요."

"그렇지만 오 집사님은 권사님 곁에서 떠나신 겁니다. 평안히 말이요."

"그랬을까는 몰라도 너무도 미안하고 후회예요. 그러니까 오 집사
가 아직 젊다는 생각만으로 일주일이 넘게 여행을 시킨 게 결과적으로
는 오 집사를 급하게 떠나보낸 거라서요."

"그러니까, 긴 여행이요?"

"그렇지요. 집에 도착해보니 오래 비운 집이 아닌 것같이 딸이 여기
저기 청소는 물론이지만 따뜻한 밥까지 지어놨더라고요. 그래서 남편
도 고맙다는 맘으로 밥 먹고 여행하느라 힘들었으니 씻기는 내일로 미

루겠다면서 침대에 벌러덩 누워요. 그래서 물수건으로 얼굴과 손만 씻겨주고 쉬게 했지요. 그런데 좀 이상하다는 느낌이 들어 병원으로 데리고 갔는데 건강에는 이상이 없다는 거요. 그래서 피곤한 사람에게 효과가 있다는 수액주사라도 맞는 게 좋겠다는 생각으로 남편도 저도 맞았지요. 그러나 남편은 수액주사만으로는 아니었는지 피곤은 그대로라서 영양제 주사를 더 맞게 했어요. 이젠 괜찮아졌겠지, 그런 맘으로 일어나보니 남편은 그대로 누워만 있는 거요. 그래서 저는 밥 먹게 그만 자고 일어나요 하는데도 조용한 거요."

"그래서요?"

유종국 선교사 아내 박미순 말이다.

"그래서 말이지만 환갑이 넘은 남편이면 건강하다고만 하지는 말 것입니다."

"아 예."

"그러니까 화가로만 있던 사람이 일주일이 넘게 여행했으니 너무 힘들어 영양제 주사만으로는 아니었나 봅니다. 아무튼 그런 이유인지 잠이 너무 깊이 들어 그러는가 싶어 흔들어 깨우려니 느낌이 이상한 거요. 그러니까 오 집사는 이미 죽은 거요. 그래서 저는 남편인 오 집사를 보호해야 할 아내로서도 정신이 몽롱해지는 거요."

"그러셨겠지요."

"아무튼 그때는 이상한 사람이 되어버려 남편의 죽음을 우리 애들에게 알리지도 못할 정도였어요."

"그러시고요?"

"그러니까 자살하는 사람도 그럴까는 몰라도 저는 정신이 나간 거요."

"아이고, 그렇게까지셨군요."

"어쨌든 남편을 떠나보내고 보니 지금까지 살아온 게 아무것도 아니구나, 저는 그래지네요."

"그래요. 살아 있을 때나 인생인 거겠지요."

"저는 오 집사를 잘 지켜주어야 할 아내임에도 세상모르게 잠만 자고 있었다는 게 아직도 미안한 거요."

"아 예."

유종국 선교사 부인 박미숙 말이다.

"그런데 듣는 말에 의하면 죽음도 두 가지 형태라네요. 그러니까 한 가지는 악마가 지옥으로 끌고 가려는 것이 너무도 두려워 몸부림이 뻣뻣하게 죽는 거고, 한 가지는 천사들이 꽃가마로 모시려는 게 몸부림 없이 숨만 멈춘다는 거요."

"그런 말은 선교사인 제 남편도 하데요."

"이미 알고 계셨군요. 아무튼 그런 말도 기독 신앙인이 만들어낸 말일 것으로 보기는 하나, 여기서 알아둘 필요도 있기는 상식 한 가지 말할게요. 운전자와 조수석에 자리한 자의 피로도입니다. 그러니까 남편이 그리되고서야 알게 된 사실이지만 운전자의 피로도가 백이면 조수석에 편하게 앉은 사람의 피로는 이백이 넘을 거라는 겁니다. 그러니까 그게 바로 제 남편인 거지요."

"그렇기는 해도 오 집사님은 죽음이라는 고통만은 모르셨네요."

"그런 점으로는 위로가 되나. 지금의 일을 의논할 사람이 없다는 게 많이도 아쉽네요."

"그런 일은 권사님 일만이 아닐 겁니다."

"그래서 생각이나 세상에서의 삶은 많아 봐야 일백여 년, 그 후로는 누구도 모르는 곳으로 떠날 거라는 데 있어요. 그러니까 제가 하고자 하는 일도 거기에 있습니다."

"그런 얘기는 이쯤에서 멈추고 제가 궁금한 거 또 여쭤봐도 되겠어요?"

"저에 대해 궁금하신 일이 무엇인지는 몰라도 얼마든지이지요. 오늘의 얘기가 날밤 샐 때까지가 아니면. 그러니까 우리가 이렇게 만나기는 했으나 언제 또 만나게 될지도 모를 일인데요."

"그러니까 아저씨 나이가 아직 한참 나이라면이지요."

"그래요, 이건 간호학에서 나온 내용은 아니나 환자들 병 상태 원인을 나름 살피면 그동안 큰 부상 환자의 건강은 언제 쓰러질지 모르니 그런 점도 참고로 하라고 말하고 싶어요. 물론 저 같은 아내들에게 하는 말이지만 말이요."

"그렇군요."

"이미 했던 말 또 하게 되지만 남편 건강을 챙기지 못한 바람에 아니게 됐는데 남편에게는 너무도 미안해요."

"잘못된 일이면 당연히 미안하시겠지요."

"다 지난 이제야 생각이지만 제 남편처럼 하체가 없어진 사람의 죽음은 아파서 죽게 된 사람 없어요."

"그래요?"

"그래서 말이나 건강은 지키는 게 아니라 거의 운명이라고 해도 될 거요."

"건강은 거의 운명일 거라고요?"

"그러니까 어떤 사람들은 걷기 운동을 장려하지만 제가 생각하기는 그게 아니라 우선 성질을 부려서는 안 된다는 겁니다."

"세상을 살다 보면 성질부릴 일이 있을 텐데요."

"그렇기는 하겠지요, 그러나 얼굴에 핏대를 올리고도 장수하는 사람은 아무도 없을 거라는 거요."

"장수요?"

"건강 얘기를 하다 보니 장수 얘기도 하게 되는데 아무튼 그래요."

"그런 얘기는 제 남편에겐 해야겠네요."

"하미마을 대표님은 아닐 것 같은데요."

"아니기는 한데 불의를 참지 못할 때는 달라요."

"그게 남자인 거지요. 남자로서 불의를 참기 어려운 일이 있다고 해도 날마다는 아닐 거잖아요."

"그거야 날마다는 아니지요."

"그러니까 여자가 남자보다 더 오래 사는 이유가 뭔지 아세요?"

윤혜선 권사 말이다.

"여자가 남자보다 더 오래 사는 이유요?"

"제가 그렇게 말하는 건, 그러니까 여러 형태의 환자를 보면서 얻어진 지식이랄까 아무튼 그래서요."

"아 예."

"그러면 남편분 술은 어떠세요?"

"술은 잘 안 해요. 그러니까 술은 분위기상 한잔 정도는 했던가봐요."

"술을 잘 안 하시는 건 군인이기 때문일 거요. 물론 짐작이지만."

"그럴까요?"

"그러니까 제가 말하는 건 군인은 잘 때도 신발을 신고 잔다고 해서요."

"그래서 제 남편은 집에 와도 전쟁터에 나갈 사람처럼이어요."

"그게 군인이겠지요."

"그런데 제 남편은 잠자리조차 군인 정신이어요. 이건 쉽게 말할 내용은 아니지만."

"그러시군요. 그렇기는 해도 잠자리는 괜찮으세요?"

"괜찮기는 해도 잠자리 요구는 날마다는 싫어요."

"잠자리 요구가 그러시다면 남편분 건강은 신경 쓰지 않아도 되겠네요."

"그럴까요?"

"그래서 말이나 아내로서는 잠자리는 피동적으로는 하지 마세요."

"적극적으로까지는 제 몸이 안 따라주어도요?"

"그러니까 이 부분에서 제 얘기도 좀 하면 제 남편은 하체만 없을 뿐 잠자리를 최대 낙으로 여겼어요."

"아 예."

"그러니까 제 남편은 마누라인 저를 만지지 않고는 잠 못 잘 정도였어요. 물론 저도 싫다고는 안 했지만 말이요."

윤혜선 권사가 야한 말까지 하는 것은 베트남에서 온 여성에게 친밀감을 더해주기 위해 하는 말이다.

"권사님이야 그렇게 하셨겠지만 저는 아니어요. 남편은 지나쳐요."

"건강한 남자라면 잠자리를 즐기려는 건 당연하지요. 그렇다는 점에 생각해보면 부부란 무엇인가입니다. 그러니까 더 이상 늙지 말자가 아니요. 물론 그런 계산까지는 아니기는 해도요."

"그런데 더 이상 늙지 말자와 잠자리가 상관이 있을까요?"

"상관이 있다고 저는 봐요."

"상관이 있다고요?"

"이런 말도 간호사 직업에서 배운 지혜랄까 아무튼 그렇다는 거요."

"그렇군요."

하미마을 대표인 응우엔 티 탄 아내 말이다.

"이건 제 생각이지만 남편의 역할은 돈 많이 벌면서도 잠자리까지도 훌륭히 해야 하고, 아내의 역할은 남편이 돈 많이 벌어 오도록 그만큼의 배려도 해야 한다고 저는 봅니다."

"그렇기는 해도 다행으로 제 남편은 남의 여자 손 안 잡는가 싶기는 해요."

"남의 여자 손 안 잡은 건 어떻게 아시고요?"

"어떻게 아는 게 아니라 마누라인 저를 너무도 좋아해서이지요."

"마누라만 좋아해야지, 딴 여자까지 좋아해서는 곤란하지요. 아무튼 그러시면 대표님 현재의 직업은요?"

"제 남편은 군대 대령이었어요. 그래서 저는 남편의 연금으로 살아요."

"그러시군요. 대표님의 아내 사랑은 그래서일 거요, 그러니까 그동안 모자라게 품었던 그런 아내의 품 말이요."

"그래서인지 제 남편은 잠자리조차도 군인정신이어요. 그러니까 티비 그만 보고 불 끄자. 늘 그래요."

"그렇기는 해도 부부의 행복은 잠자리에서 생기는 게 아니겠어요. 그러니까 돈은 부부의 사랑을 만드는 데 필요한 요건뿐이라는 거요."

사랑을 만드는 데 필요한 요건뿐이라고 그리 말한 건 다름이 아니다. 내가 경험한 바이지만 나는 그동안의 삶은 남편이 좋아할 아내로만 살아주려고 했었다. 내가 그렇게까지 한 것은 배구선수로 다시 되돌릴 수 없는 장애인이라는 데도 있어서다. 남편이야 그런 깊은 속맘까지는 몰랐으리라 싶지만. 아무튼 남편은 늘 고마워했다. 그래서 아내라면 남편의 요구에 맞추려 해야 할 것은 두말이 필요하겠는가. 이건 다른 얘길 수도 있겠지만 생각해보면 피곤하다는 이유로 남편의 요구를 무시하고 돌아누워버리거나 딴방으로 가버린다면 그 손해는 누가 보겠는가. 그런 생각도 했었다. 그동안은 그랬으나 지금은 아니게 되고 말았다.

"그렇기는 해도 나이 먹어서까지는 무서울 것 같은데요."

"무섭다는 건 남편을 버리겠다는 그런 안 좋은 맘에서 생성되는 말이니 자식들을 봐서라도 참고로 하십시오. 그리고 여자의 장수도 그래요."

"여자들 장수 비결이요?"

"그러니까 남편의 유전자를 모두 받아들여 자식을 많이 낳게 되는 데서 있게 되는 장수인 거라네요."

"그래요?"

"그렇지요. 제가 그렇게 말하기는 앞서도 말했지만, 그동안 간호사라는 직업에서 얻어진 지식이라고 할까 그래서요."

"아 예."

"아무튼 우리나라 6·25 때 있었던 허 씨 얘기도 좀 해볼게요. 그러니까 어느 날은 느닷없이 어린이 포함 삼백여 명의 손님이 방앗간도 있는 부농인 허 씨 집으로 몰려드는 거요. 그래서 허 씨는 무슨 일인가 해서 눈만 크게 뜨고 있는데 대표급 손님이 하는 말이, 우리는 어쩌다 보니 피난자가 되었습니다, 그러니까 서울이 북한군에 의해 점령당할 것 같아 아저씨 집까지 찾아오게 된 겁니다, 죄송합니다 했답니다."

그걸 소설로 말하면 "북한군 탱크가 동두천까지 내려온 것 같습니다. 전해지는 말에 의하면요." "그러시면 제집으로 잘 오셨습니다. 그러나 점심도 못 먹어 배고프실 텐데 미리 지어놓은 밥도 없는데 어쩌지요." "점심은 천안역 부근 식당에서 먹었습니다." "그러시면 가져오신 짐들은 제집에다 풀어놓으십시오. 그런데 여러분들이 주무실 방이 모자라 밤을 어떻게 보내실지가 걱정이네요." "그런 걱정은 안 하셔도 됩니다. 그러니까 따뜻한 봄이라 대충 자도 되니까요." "대충이라니요, 그건 안 돼요. 아무튼 오전 같으면야 움막이라도 짓도록 해드리겠는데

해가 많이 기울어버렸으니 움막은 내일 짓기로 하고 우선 저녁 쌀 내드릴 테니 밥이나 지으세요. 그런데 밥솥이 부족해 밥을 두 번 지으셔야 할 겁니다." "그러시면 쌀값은 저희가 드리겠습니다." "쌀값이라니요. 그건 말도 안 됩니다. 저는 여러분들을 잘 모셔야 합니다. 신이 그것을 미리 알고 저를 대농가로 만들어주었는지도 모르기 때문입니다. 그래서 말이나 곡식 창고도 보여드리겠습니다." 그러니까 허 씨는 피난민들에게 넉넉한 곡식 창고도 보여줍니다.

허 씨는 그래서 피난민을 귀한 손님처럼 여깁니다. 그러니까 허 씨는 몸 씻기 좋은 저수지로 데리고 가고, 맑은 물만 사시사철 흐르는 계곡에도 데리고 가는 등 지방 자랑까지 합니다.

아무튼 허 씨는 방앗간도 있는 부농이라 삼백여 명에게 밥을 먹일 수 있는 밥솥은 물론 밥그릇 등을 사주려고 하니 피난민들이 자기들 돈으로 사겠다고 해서 말았으나 밤샘할 곳을 만들어주기 위해 산더미처럼 쌓아둔 볏짚으로 영을 엮게 하고, 그렇게 해서 거처를 제공합니다. 그러니까 부농이라 넓은 들녘에 움막도 짓게 하고, 그렇게 해서 서울에서 온 피난민을 귀한 손님처럼 여깁니다. 그러나 피난 생활이 생각보다 길어지다 보니 넉넉할 줄로만 알았던 식량이 모자랄 정도가 됩니다.

아무튼 그러다가 다행히 서울 수복으로 그동안의 피난 생활을 마감하고 집으로 되돌아들 가게 됩니다.

피난민들이 집으로 되돌아가기까지는 유엔군 맥아더 장군 덕이라고 해야겠지만 피난 생활에서 집으로 가는 손님들은 그동안 고마웠던 일들이 생각나 또 모이자고 해서 매해 한 번씩은 허 씨 집으로 모이게 되었고, 그것이 손주들까지 이어졌나 봅니다.

"그렇게까지는 나중에 알게 된 일이지만 임시이기는 하나 피난민들은 대전까지는 내려갈 맘으로 식량은 물론 이부자리까지 챙겨 열차를 타게 됩니다. 그러나 열차는 거북이처럼 가더니 천안역까지만 갈 것처럼 멈춰 서버렸고, 많지도 않은 하루해는 피난민을 열차에서 내리게 합니다. 그래서 생활 형편이 넉넉하겠다 싶은 허 씨 집으로들 몰려가게 됐다는 그런 얘깁니다."

"그랬군요, 허 씨는 대단한 분입니다."

"돈보다 인간성이 중요하다는 그런 시대라고 해도 허 씨는 특별한 분이지요."

윤혜선 권사 말이다.

"오늘날은 미담을 알리기 좋은 시대이니 사실을 신문으로라도 알리면 좋겠습니다."

"그렇기는 하겠지만 저는 대표님을 오늘 밤만이라도 어렵지 않게 모셔야겠습니다."

"이만하면 호텔이지요. 아무튼 감사합니다."

16

"이 자리는 제가 그동안 구상했던 집터인데 괜찮은지 한번 보세요."

윤혜선 권사는 천국문교회 선임 장로에게 하는 말이다.

"그런데 윤 권사님은 빌딩을 지을 거라고 안 했던가요?"

천국문교회 선임 장로 박근성 장로는 의아하다는 태도로 하는 말이다.

"그래요, 빌딩이지요. 그러니까 건물은 지하 1층 포함 7층이 되겠고, 층마다의 평수는 2백 평이 되도록 짓게 될 겁니다."

"그렇게는 재정 부담이 클 건데요?"

"그러니까 장로님 말씀은 빌딩 운영 부담까지를 말씀하시는 거지요?"

"그렇지요. 빌딩으로 해서는 들어가야 할 돈이 생각보다 더 많이 들어갈 수도 있기 때문이지요."

"저는 이미 말한 대로 열 명의 유학생 거처로는 너무 크다 싶기는 합니다. 그러나 미혼모 거처까지 두려면 클수록 좋지 않을까 싶어서요. 그러니까 들어갈 재정도 모자라지는 않을 테니까요."

"그런 얘기는 여기서 할 게 아닐 것 같습니다. 안으로 들어가서 합시다."

천기철 목사 말씀이다.

아무튼 그렇게 해서 베트남 손님 포함 50여 명 가까이 참석한다. 그러니까 윤혜선 권사가 추진하려는 일이 단순 개인 문제만이 아니라 천국문교회가 감당해야 할 일일 수도 있기 때문이다.

"그러면 우선 하나님께 기도부터 드리겠습니다.

하나님 아버지, 저희들이 이렇게 모이게 된 건 다름이 아니라 우리 천국문교회가 앞으로 더욱 힘차게 나아가야 할 일이 생겨서입니다. 그러니 하나님께서는 여기에 힘을 불어넣어주소서. 예수님 이름으로 기도합니다.

예, 하던 얘기 계속합시다. 그런데 사업 내용을 윤 권사님이 직접 하시는 게 옳을 수는 있으나 그렇게 하기는 자랑이실 같아 목사인 제가 대신 말할 테니 양해 바랍니다.

그렇습니다. 저도 마찬가지이지만 베트남에서 오신 여러분이 한국의 발전상을 어떻게 보셨는지입니다. 그러니까 대한민국 산업시설은 제가 느끼기엔 세계 최고는 아닐까 해서입니다. 그러니까 포항제철을 비롯해 현대자동차 공장 시설, 현대조선, 미포조선, 삼성조선 등 어마어마해서입니다.

그런 시설 중 우리가 알아둘 필요가 있는 포항제철 말고는 모두가 민간기업이 세운 시설들이라는 겁니다. 포항제철은 대한민국의 자랑인 기업이기도 한데 설명하자면 대일 청구권이라는 명분으로 일본의 도움을 받아 세운 기업입니다. 그러니까 아직도 오해로 남아 있는 파월 장병들 돈은 그 얼마도 없다는 겁니다. 이 점 베트남 손님께서는 아셔도 될 겁니다."

"알겠습니다. 그러나 파월 장병 전투수당은 국가가 챙겨 고속도로 건설에 쓴 거라고 하던데요."

하미마을 대표 말이다.

"그러면 고속도로 건설에 투입이 된 돈이 얼마라고는 하던가요?"

"거기까지는 모르겠습니다."

"그래요. 아무튼 우리 한국은 베트남에게 빚진 국가입니다. 그런 점으로든 개인만이라도 뭔가를 해드리기 위해 이미 말했듯 윤 권사님은 오늘을 만들고 계십니다."

"고맙습니다. 그러기까지는 가족의 동의가 필요할 건데요."

"예. 그런 얘기는 제가 할 수밖에 없는데 애들이 동의도 한 상태입니다."

"그렇다면 돈을 제일로 여기려는 오늘의 사회에서 대단한 일이 아닐 수 없는데 자녀분들은 아니라는 겁니까?"

하이마을 이장 질문이다.

"돈 사랑은 제 애들이라고 해서 남다르지 않을 겁니다. 그러나 매월 받게 될 연금, 그러니까 매월 5백만 원씩을 받을 날만 남은 것 같습니다. 아무튼 그런 이유로 제 애들은 아버지를 위해 엄마가 하고자 하는 일 자유롭게 하라고 했습니다."

"듣기만 해도 감사한 일입니다. 그러나 이런 일에 간섭할 수 있는 형제분들도 있을 텐데요?"

"그런 얘기까지 하려면 긴데 그러니까 맨 위 맏동서는 식품영양학과 선임 교수로 돈과는 상관없이 사시고요. 둘째 동서는 대형 마트를 운영 중이어요. 그래서 제가 가지고 있는 것은 신경 쓸 필요도 없다는 거지요. 뿐만이 아니어요. 손위 동서들은 저를 너무도 사랑하셔요. 사랑하기까지는 그럴만한 이유도 있지만 말이요."

"그러면 변치 않을 완벽 서류는요?"

"변치 않을 완벽 서류는 관련 등기를 해두었습니다. 그러니까 제 명의가 아니라 천국문교회 명의로요."

"그렇게까지는 정말 놀랍습니다."

"그렇게 놀라실 필요도 없어요. 그러니까 사회적 말로는 공수래 공수거라는 말도 있잖아요. 그래서든 그동안 잘 먹고살았으면 됐지, 더 이상 뭐가 필요하겠어요. 그러나 바라기는 제가 펼쳐놓은 일이 차질 없기만을 바랍니다."

"당연히 잘되어야 하고, 잘될 겁니다."

천국문교회 부목사 말이다.

"그래서 부탁인데 베트남 열 명의 학생이 다 올 수 있도록 베트남 손님은 애써주십시오."

"그럴게요. 학비는 물론 용돈까지라는데요."

"그리고 빌딩 구조까지는 몰라도 되겠지만 어떤 식으로 지어질까요."

베트남 하미마을에서 수고하시는 유종국 선교사 말이다.

"아직 확정까지는 아니어도 그러니까 지하 1층은 주차장으로 할 거고, 지상 6층 5층 4층은 숙소로 만들어 맨 위층은 베트남 학생들 숙소로 하고 5층 4층은 미혼모 숙소로 만들 계획입니다."

"그러면 주거 평수는 얼마로 하고요?"

"그러니까 층마다의 평수가 2백 평이라고 했으니 십 등분으로 하면 스무 평이 되겠네요."

"그러면 유학생은 영구 거주가 아니라 대학 졸업까지만일 게 아니요."

"그렇지요. 유학생을 연차적으로 받아야 해서요."

"또 미혼모들은요?"

"미혼모들은 아이가 초등학교 마칠 때까지는 돌봐야 하지 않을까, 일단은 그런 정도예요."

"말씀을 듣고 보니 재정 능력 이상의 문제도 있을 건데요?"

"재정 문제는 염려 안 하셔도 돼요. 그리고 남은 층들, 그러니까 1층은 제 숙소를 포함한 식당으로 할 거고 2층은 애들이 뛰어놀 수 있는 공간으로 꾸밀 계획이어요."

"이런 일은 국가가 해야 할 건데, 윤 권사님 개인이 하게 된다는 게 감사도 하지만 답답하네요."

유종국 선교사 말이다.

"말씀하셔서 생각이지만 대한민국은 우리 베트남에 있어 씻을 수 없는 죄인이면서도 나 몰라라 하는 건 실망이어요."

베트남 전선

그런 실망을 여기서 토로한들 무슨 소용이 있겠는가마는 상황이 아무리 전쟁 상황이라고 해도 그렇지 잘못이라고는 하나도 없는, 그러니까 조용하기만 했던 하미마을을 초토화까지라니, 그렇다는 점에서 지금도 일본을 물고 늘어지려는 대한민국을 한번 보자. 그러니까 설명까지 필요 없이 대한민국은 독립운동이니 뭐니 하면서 일본 총독까지 쏴 죽였다.

그랬으면서도 대한민국은 대일 청구권이라는 명분까지 내세워 보상금도 받아낸 국가가 아닌가. 그래서 생각하기도 싫지만 단순히 송이버섯만 따러 산에 오른 며느리와 시어머니가 맛난 먹거리인 양 겁탈을 넘어 죽여 없애기까지 했던 한국군. 겉으로야 민간을 위한다고 했지만 그게 아닌 악마로까지 변한 한국군.

"그래요, 한국 정부에 대해 실망이 크시겠지만 우리가 어떻게 하겠어요. 아무튼 저도 대한민국 국민이라 대표님에게 할 말은 없네요."

"아니에요. 윤 권사님은 오늘을 만들고 계시는데요."

하미마을 대표 아내 말이다.

"그렇지만 저는 칭찬받을 만한 일이 아닌 거요. 제가 그렇게 말한 건 제 남편의 일이니까요."

"아닙니다. 응우엔 노아가 오상택 상병이 너무도 좋아 어쩔 줄 몰라 했다는 권사님의 그런 얘기에서 저는 울었어요."

학생으로 따라온 응우엔 투 안 안 말이다.

"아이고… 그렇게까지이셨군요."

"저는 천국문교회 담임목사이기도 하지만 학생들 인생 선배이기도 해서 생각의 말을 한다면, 한국의 발전상을 여러분도 봤다시피 한국 국토가 온통 주차장 같은 느낌일 정도로 발전입니다. 그러니까 한국의 발전은 베트남 파병 과정에서의 돈이라고 말할 수도 있습니다. 그렇기에 여러분은 아니다 싶은 맘이 들 수도 있을 겁니다. 그러나 학생들은 국가로든 개인으로든 발전하려면 아니다 싶은 생각은 아님을 알아야 합니다. 그러니까 베트남도 한번 잘살아봐야겠다는 긍정적 생각으로 나아가야 할 겁니다. 이런 문제는 설명까지 안 해도 잘들 아실 것으로, 우리의 삶은 생각처럼 호락호락하지 않기 때문입니다. 그리고 여러분을 부르신 윤 권사님께도 감사합시다. 이런 선한 일은 아무나 할 수 없는 귀한 일이기 때문입니다."

"목사님 말씀 저도 인정합니다."

하미마을 대표 말이다.

"그래요. 제 맘 같아서는 한국에 와서 권사님을 언니로 하고 살면 싶네요. 물론 남편과 같이 와서이지만."

하미마을 이장 아내 말이다.

"말씀만이라도 감사해요."

"그러면 남편인 내가 한국에 보내주면 되겠네."

"그렇게 할 맘은 있고?"

"그러니까 제 남편은 의처증인지는 몰라도 마누라인 내가 안 보이기라도 하면 화부터 내는 사람입니다."

"뭔 소리야. 내가 따라가면 될 거잖아."

"지금 얘기를 들어보니 두 분은 참 재미있으시네요. 그래서 두 분은 천생연분이네요. 천생연분이라는 말이 나와 생각이지만 인간 사회는 말할 필요도 없이 평화로워야 할 겁니다. 그렇다는 점에서 유학생들을 잘 키워 한국과 베트남을 형제 국가로까지 만들 외교관 또는 회사 중 직으로 만들면 좋겠다는 생각입니다. 그러니까 윤 권사님이 펼치실 일 말이요."

유종국 선교사 말이다.

"이 사업을 저는 그렇게까지 생각은 못 했는데, 유종국 선교사님께 서는 그 범위를 국가적으로까지 넓히시네요."

"제가 이런 말까지 해도 될지 몰라도 대통령님께 권할 말이 있습니 다. 그러니까 베트남과 상생할 방법을 찾으시라고요."

"그리만 하면 얼마나 좋겠어요."

천국문교회 선임 장로 말이다.

"이 부분에서 하고 싶은 말이 있는데, 그러니까 윤 권사님이 뜻하신 사업이 날로 확대되리라 기대도 되는데 기대란 이 일이 영리 목적의 사업이 아니기 때문입니다. 아무튼 이러기까지는 윤 권사님 하루아침 의 생각이 아니라는 데 있습니다."

"그래요."

천기철 목사 아내 말이다.

"그래서 더 하면 윤 권사님의 얘기로는 지금의 재산 형성은 시부모 님께서 이웃에게 선심을 베푸신 일이 결과적으로 오늘이기 때문이라 고 하십니다."

"아 예."

그 부분의 얘기는 저도 알고 있지요. 선선순 권사는 그런 말이다.

"윤 권사님 시부모님이 선심을 베푸실 당시에는 부동산이라는 말도 없던 시절이기도 하지만 요즘으로 보면 소용 가치도 없는 맹지라서요."

"맹지는 집도 지을 수 없는 땅을 말함이지요?"

"그렇지요. 그런데 어느 날부터 도시라는 이름이 생기게 되면서부터 사람들이 모여들기 시작하더니 아파트는 물론 빌딩이 세워지기까지라 그만한 가치의 땅이 된 겁니다. 그래서 일반 사람들은 로또복권 당첨이나 된 듯 그런 느낌일지 몰라도 윤 권사님은 그게 아니라는 데 있습니다. 그렇다고 해서 유학생으로 올 학생들이 그런 점을 생각하라는 건 결코 아닙니다."

천기철 목사님은 설교처럼 하신다.

"그건 그렇고 자식을 유학생으로 보낸 부모는 어떻게 지내고 있는지 보고 싶어 할 건데요."

하미마을 대표 아내 말이다.

"그거는 몇 달간 체류할 수도 있는 관광 비자도 있잖아요."

"그거는 저도 알고 있지요."

"그러니까 장기 비자로는 3개월짜리 비자도 있는 것 같은데 그런 비자를 잘 써먹으면 되지 않을까 싶네요."

"3개월짜리 비자면 용돈 정도는 벌겠네요."

유종국 선교사 아내 말이다.

"그래요, 용돈이든 돈을 벌자는 것도 정부가 인정하는 자격증이 필요할 게 아니요."

"그런 문제는 유학생이 와서 해결할 일이니, 일단은 그런 정도만 아시면 합니다."

"예, 알겠습니다."

국가마다는 관광객 유치를 위해 그동안 까다로웠던 관광 비자를 부드러운 비자로 고치기도 한다는 것 같다. 우리 대한민국도 마찬가지이겠지만 외국인 노동자를 홀대하려는 태도부터 지양해야 할 게다. 그러니까 들리는 말에 의하면 대한민국은 대단한 선진국인 양 그런 행세도 한다는 것 같아서다.

"그렇기는 하지요."

유종국 선교사 말이다

"그러니까 저는 목회자로서 바라기는 윤 권사님의 일로든 베트남과 상생하면 좋겠습니다. 그래서 우리는 윤 권사님이 뜻하신 일이 잘되기를 하나님께 기도합시다."

"아멘."

아멘 말은 유종국 선교사다.

"이런 말을 윤 권사님 면전에서 하기는 적절치 않을지 모르나 목회자라는 입장이라 하게 된다는 점도 이해해주십시오. 그러니까 국가가 존재해야 할 이유입니다. 국가는 국민을 보호해야 할 의무가 있을 건데 여기서 기억되기는 미국 케네디 대통령 발언인데 국민이 국가를 위해 무엇을 해야 할 것인가 고민도 해야 할 것이라고 말했습니다.

그러나 국민은 그게 아니라 보호받을 권리가 있습니다. 우리가 직접세든 간접세든 내게 되는 세금이 바로 그것으로 본다면 국가가 해야 할 일을 윤 권사님이 대신하고 계신다는 겁니다. 한마디 더하면 한국 국민은 베트남 문화를 배우고, 베트남 국민도 한국 문화를 배우고 익혀두는 게 어떨까 합니다.

그러니까 주말마다 행해지는 전국노래자랑 같은 그런 프로그램 말입니다. 매주 행해지는 전국노래자랑은 단순 전국노래자랑만이 아니라 삶의 질을 높여줄 전국노래자랑임을 참고로 하시면 합니다.

아무튼 인간이 살아가려면 없어서는 안 될 세 가지가 있는데 숨 쉴 수 있는 산소, 수시로 마셔야 할 물, 거기에다 억압받지 않을 자유를 말함인데 그런 자유를 억압하는 세력이 지구상에 아직도 존재한다는 걸 이 한국에 온 학생들은 알아둘 필요가 있습니다.

그런 지식이야 대학에서 배우게 될 것이지만 그동안 견고할 줄로만 알았던 소련이 붕괴된 이유가 어디에 있는지도 말입니다. 그래서 하는 말이나 베트남은 다행으로 이제 지구상에서 사라질 직전까지로 내몰린 공산주의 사상에서 벗어나 전혀 새로운 국가를 만들고 있습니다.

그래서 하는 말이나 두 학생은 반드시 한국 유학생으로 오길 바랍니다. 내가 반드시 오라고 그리 말한 건 다름이 아니라 베트남이 그동안의 아픔에서 벗어나라는 겁니다.

다시 말해 미움이라는 적개심을 버리라는 겁니다. 그래서 미안한 말이나 그동안 평화롭기만 했던 하미마을을 힘들게 했다는 적개심은 국가 발전에 아무 도움도 안 되고 다만 손해뿐일 것이기 때문입니다.

내가 손해뿐일 것이기 때문이라고 그리 말한 건, 말로 먹고사는 목회자라서 하는 말이 아닙니다. 베트남은 과거는 어디까지나 과거라는 긍정적이고 야무진 생각으로 임하라는 겁니다. 그러니까 자리하신 여러분만이라도 그리만 하시면 베트남 발전은 반드시 올 겁니다. 나도 모르게요.

아무튼 베트남 두 학생은 그런 긍정적 사고가 절실함을 기억하고 친구들에게도 말해서 데리고 와요. 그래서 훌륭한 학생이 되고 한국 여성과 결혼은 물론이고, 한국과 베트남이 형제 국가로까지 만드는 외교관이 되어 활동하면 얼마나 좋을까, 그런 생각도 해봅니다. 이런 말은 학생들의 기분을 높여주려고 없는 말을 하는 게 아닙니다.

그리고, 미안하지만 저는 이 자리에서 안녕히들 가시라고 인사를 드려야겠습니다. 그것은 멀리까지 배웅해드림이 당연할 것이나, 그렇지 못할 것 같아서입니다. 그러니까 참석하지 않으면 안 될 목회자들 모임이 있기 때문입니다. 아무튼 안녕히 가시되 며칠간이나마 보셨던 한국 발전 홍보도 하십시오."

17

"아이고, 웃는다."

나이가 제일 많은 여순희 권사 말이다.

"그래요. 애들은 한마디로 천사이지요. 그런데 아이들이 지금 몇 명이나 와 있지요?"

"그러니까 스물네 명인가 싶네요."

"스물네 명이면 벌써가 아닌가요, 아기 돌보기 문 열기 이제 한 달 정도밖에 안 된 것 같은데요."

"벌써가 아닐 거요. 윤 권사님은 신문에까지 올리셨다니요."

"신문에까지라면 그렇겠네요."

천국문교회 천기철 목사 말씀이다.

"그래서 말인데 사람은 어릴수록 예쁘고, 나이가 많을수록 밉게 보이는 건 왜인지 모르겠어요."

베트남 전선

최명자 권사 말이다.

"그래도 젊어서는 없던 재미도 있지 않겠어요."

천기철 목사는 권사들이 힘들어하시는가 싶어 없는 말까지다.

"그러게요."

"늙는 건 어쩔 수 없겠지만 그렇다고 나쁘지만은 않은 것 같습니다."

"최 권사님 긍정적 생각의 말씀은 어디서 나와요?"

"긍정적 말이 어디서 나오기는요, 목사님 설교에서 나오지요."

"아이고, 감사합니다."

"그러니까 '시작은 미약하나 나중은 창대하리라' 그런 말씀으로이지요."

"그래요. 그리고 돌봐줄 아이는 몇 명씩 맡으셨나요?"

"다섯 명씩이요."

"다섯 아이씩은 그렇고 미혼모 중 가장 어린 미혼모는요?"

"나이까지는 안 물어봐 모르겠으나 이제 갓 열 살짜리는 아닐까 합니다. 그러니까 행동을 보면요."

"그렇군요, 그러면 똑똑하게 보이기는요?"

"똑똑했다면 미혼모까지 되었겠어요."

"박 권사님 말씀대로 그렇기는 해도 그러니까 불쌍하다고 해야 할지, 아무튼 안됐네요."

"그래요, 불쌍하지요."

"윤 권사님이 펼치신 이 일이 불쌍한 자를 구하자는 것이기는 하나 세상 물정이라고는 하나도 모르는 어린아이를 덮치다니요."

"정말 아닙니다. 그래서 여자로 태어난 게 죄네요."

"그래요, 여자에게 있어 산고는 어쩔 수 없다고 해도 어린이에게까지는 정말 아닙니다. 그러니까 임신까지는 금방 알 수 있는 게 아니라서 아무것도 아닌 양 생각했던 게 결과적으로는 얼마든지 임신일 수도 있기 때문이어요."

천기철 목사 아내 말이다.

"그러게요."

"그러니까 미혼모 배 속은 이 사람 저 사람, 심지어 친아버지 정자도 싫다고 할 수 없다는 게 문제라면 문제이지요."

"전날이기는 하나 부모는 딸 임신이 두려워 남자들과 말도 못 하게 했다네요."

최영자 권사 말이다.

"그런 얘기는 저도 아는 얘기지만 보도까지는 덕스러운 일이 못 돼 덮어둘 것으로 보나 움직이는 오늘의 사회를 들여다보면 친아버지로부터 얻어진 자식도 얼마든지 있을 거라는 게 슬픔입니다."

"그러게요."

"그래서 생각이나 제가 돌보는 아이도 친부모로부터 태어난 자식은 아닐까 엉뚱한 생각도 다 하게 됩니다."

최영자 권사 말이다.

"그럴까는 몰라도 행동들은 전혀 아니에요."

"그래야지요."

천기철 목사 말씀이다.

"미혼모들은 구겨진 표정은 아닌 것 같아 그나마 다행입니다."

최영자 권사 말이다.

"이건 엉뚱한 생각이나 하나님께서는 인간을 창조하실 때 거기까지도 생각하셨으면 억울한 미혼모까지는 없지 않을까 그런 생각도 하게 되네요."

천기철 목사 아내 말이다.

"그러게요."

"그렇기는 해도 인간에게는 삶의 지혜라는 것도 주셨어요."

"지혜요?"

"아무튼 남의 아이 돌봐주기는 굳센 신앙심이라도 생각보다 어려우실 텐데, 그런 고생은 각오로 돌보셔야 할 것 같습니다."

천기철 목사 말씀이다.

"아니에요. 저는 아이를 돌봄으로든 일감이 생겼다는 게 감사할 뿐이지요. 그러니까 감사하다는 건 나이가 많다는 이유겠지만 오라는 곳도 없어요. 그래서 빈둥빈둥 놀 수밖에 없어 애들 눈치도 보게 되는데요."

"감사하다는 말씀은 우리 천국문교회 부흥을 위한 일이기도 해서요?"

"우리 천국문교회 부흥까지는 모르겠고요."

"그러시겠지요. 그러나 우리 천국문교회 부흥이지요."

"목사님은 그렇게까지 해석이시네요."

"그러니까 권사님들이야 아이를 돌봄뿐이실지 몰라도 사회적 시선은 그게 아니라 박수까지 칠 겁니다. 뿐만이 아니라 아이들이 잘 자라 우리 천국문교회를 짊어질 일꾼으로까지 되지 않을까 저는 희망합니다."

"목사님 말씀대로면 좋겠네요."

박영순 권사 말이다.

"아무튼 이런 일은 정부가 책임지고 해야 할 일임에도 저출산 대책이라는 명분으로 알토란같은 돈만 자그마치 340조 원을 쏟아부었다는 보도는 어안이 벙벙합니다."

천국문교회 담임 천기철 목사는 속상하다는 말씀이다.

"아니, 340조 원까지요?"

"예, 보도에 의하면요."

"사실이면 어안이 벙벙하다는 목사님 말씀이 아니어도 그 많은 돈다 어디로 갔지요?"

"그러게요. 기업인들 주머니로 들어가지는 않았을 테고…"

천기철 목사 아내 말이다.

"아닐 거요. 따지자면 기업인들 주머니로도 들어갔을 거요. 그렇게 보기는 아이를 많이 낳는 문제와는 거리가 있는, 그러니까 유모차라든지 그런 걸 팔아먹자 그런 수작 말이요. 이게 너무 센 발언인지는 몰라도요."

"최 권사님 말씀 이해가 됩니다. 그렇지만 우리 천국문교회 여러분은 미혼모들의 삶을 지켜주고 계십니다."

"아닙니다."

"아니기는요. 그래서 하는 말이지만 아이들 엄마는 미혼모라는 딱지만 남아 있다는 겁니다."

"그거는요?"

베트남 전선

"그거는 지금이야 대접 못 받을 미혼모이지만 따지고 보면 국가를 살리는 그런 희망으로 볼 수도 있기 때문에요."

"목사님 해석은 늘 희망이시네요."

"저는 희망이라기보다 사실을 말할 뿐입니다."

"그런데 유학생 모집을 남학생만 말고 여학생은 어떨까요?"

하미마을 대표 웅우엔 쭝 말이다.

"그래요, 유학생 모집을 여학생까지 생각해볼 수도 있을 것 같습니다. 그렇기는 하나 여자가 외국 유학, 그러니까 여자 유학생은 선진국이라는 미국도 없지 않아요?"

"없지요, 없지만 제가 여학생도 말하는 건 다름이 아니라 우리 한국은 이제 탑 선진국이 되려면 그런 일에도 적극적이면 좋을 것 같아서입니다."

최영자 권사 말이다.

"그러면 한국 유학생으로 오고자 하는 여학생은 있고요?"

"거기까지는 알아봐야지만 제 생각은 그래요."

"그래요. 아무튼 이 일은 쉽게 생각할 수 없는, 그러니까 국가가 시행하는 일이 아닌 윤혜선 권사님 개인의 사업입니다. 그래서 목사인 제가 말하기는 적절치 않으나 권사님 재정 능력상 스무 명의 유학생으로 한정한 상태에서 여학생까지는 부부 유학생이라야 할 거잖아요."

"그런 생각까지는 못 했는데 부부 유학생까지는 복잡하겠네요."

"그래서 말이나 이것이 곧 민주주의일 겁니다."

아직 선교지로 돌아가지 않은 유종국 선교사 말이다.

"그래요. 베트남도 이젠 자유라는 말 더해서 자유 민주주의 국가가 됐다고 저는 그리 봅니다. 그러니까 하미마을이 유종국 선교사님을 받아들이기까지 했으면 말이요."

천기철 목사 아내 말이다.

"유 선교사님은 단순 선교만이 아니라 하미마을을 위해서입니다."

"그러신 줄 저도 압니다."

"아무튼 선교사는 멈춘 자리가 고향으로 알아야 한다고 배웠습니다. 그러니까 한국 선교사로 오신 분들 가운데 유진 벨이라는 선교사가 한국에서 증손까지도 보고 살아가는 모습을 보면서 나도 유진 벨처럼 살아갈 각오까지 했습니다. 형님 동생 하면서요."

"유 선교사님도 그러시면 감사한 일이지요."

"감사는 목사님이 아닌 것 같습니다. 그러니까 천국문교회에서 매달 보내주시는 선교비도 그런 의미의 선교비로 저는 알고 있어요."

18

"아무튼 이미 태어난 아이를 키울 수밖에 어쩔 수 없기는 해도 친딸
을 덮친 일이라면 정말 아니네요."

미혼모가 낳은 아이를 돌보는 최영자 권사 말이다.

"아니, 친딸을 덮쳐요?"

"사실까지는 모르기는 해도 너무도 슬퍼요."

"그래요, 사실일 수도 있을 거요. 임신은 친아버지냐를 따지지 않을
테니까요."

"그렇기는 해도요."

최영자 권사 말이다.

"아무튼 오늘의 사회는 어쩔 수 없기는 해요. 그렇다는 점에서 이슬
람교 창시자 마호메트 얘기도 한번 해볼게요."

"이슬람교인들이 들어도 괜찮은 얘기예요?"

"그러니까 우리끼리라 하게 되는 얘긴데 어느 날은 마호메트에게 찾아온 친구가 혼자만이 아니라 여섯 살짜리 예쁜 딸까지 데리고 온 거요. 딸 자랑을 하고 싶어서이지요. 그걸 본 마호메트는 친구 딸에게 정신이 나간 나머지 하는 말이, 친구 자네 딸 여간 예쁜데 내게 주고 가게나, 마호메트가 그러는 거요. 그래서 마호메트 친구는 하는 말이 아니, 내 딸을 달라니, 그게 뭔 소리야, 말도 안 되게 하며 거절합니다.

그러나 마호메트가 하는 말이, 친구야 그리 말할지 몰라도 간밤 꿈에서 있었던 일 사실대로 말하면 그러니까 하늘에 계신 알라께서 하신 말씀이 마호메트 네 친구가 예쁜 딸을 데리고 올 테니 그 애를 잘 키워 네 아내로 삼아라 그러시는 거야, 그러면 자네 딸을 내게 주는 게 맞지 않느냐, 마호메트는 그렇게 해서 친구의 딸을 아내로 삼아 자식을 낳은 겁니다.

마호메트는 그러니까 한국처럼 한 여자만 아니라 여자를 많이 두어도 괜찮다는 논리까지 폅니다. 그렇게는 백성 아무나가 아니라 왕권을 쥔 자만으로 한정하고 나머지 백성은 네 명의 여자까지 허용한다는 것이 오늘의 이슬람법이라고 보면 될 겁니다. 그러니까 사우디아라비아 지금의 국왕 아내는 자그마치 22명이나 된다는 것 같습니다. 물론 이혼한 여자까지겠지만 말이요. 그러니까 우리나라 일부일처제 풍습으로 보면 말도 안 될 풍습이지만 그런 풍습은 누구도 아닌 마호메트가 만들어낸 웃기지도 않을 일로 그러니까 사우디아라비아는 민주국가가 아니라 왕정국가인 점을 봐서라도 말이요."

"그러면 어느 나라든 짝이 맞게 태어날 건데 한 남자가 여자를 네 명까지 차지해버리면 장가 못 가는 청년들이 넘쳐날 건데요."

"그게 상식적으로는 말이 안 되지요. 그래서 생각인데 노동임금을 못 받게 된 외국인 근로자를 본 목사는 어찌어찌해서 임금을 받게 해주었더니 감사하다면서 여자 한 명을 더 구하게 돼 감사하다는 편지를 보내왔네요."

"아이고… 무슨 일이야. 그러면 임금을 받게 해주신 목사님은요?"

박영순 권사 말이다.

"다음 말은 없어요."

"그리고 중동 여성들 히잡입니다."

"중동 여성들 히잡 얘기까지는 공부를 더 해봐야 알겠지만, 인터넷에서 말하는 히잡은 이슬람 종교라기보다 연약한 여성 보호용이라고 하네요. 그러나 제가 본 느낌으로는 그게 아니라 중동은 머리를 보호해야 할 만큼 엄청 뜨거운 곳이라서 아닐까 하네요. 그러니까 남자들 머리에다도 쓰고 다니는 모자를 보더라도요."

"그렇기도 하겠네요."

"그리고 구약성경에서 말하고 있는 내용을 토대로 고레스 얘기도 한번 해볼게요. 그러니까 고레스라는 사람은 미혼모 같은 엄마로부터 태어납니다. 고레스가 그렇게 태어나기까지의 사정을 설명하면, 바벨론 왕이 전날 밤 꿈 얘기를 절대 심복이기도 한 비서실장에게 말합니다. 내 딸이 어떤 불량배로부터 임신인지는 몰라도 배가 점점 불러와 딸 임신 처리 문제를 어떻게 할지가 고민이라고 했답니다."

"그래요?"

박영순 권사는 미혼모 임신은 적지 않을 수도 있다. 다만 모두가 쉬쉬해서 모를 뿐이지, 그래서든 성 착취 불량배는 널려 있을 것이라는 생각에서다.

"그러니까 꿈에 나타난 바벨론 왕의 딸이 오줌을 누는데 자그마치 바닷물 정도로 퍼지른 겁니다. 그래서 바벨론 왕은 비서실장에게 말하길 이러저러하니 일 처리를 어떻게 하면 좋겠는가 비서실장에게 묻습니다. 그 말을 듣게 된 비서실장은 '그게 사실이면 좋은 일은 못 될 것 같습니다. 그러니 공주님을 밖으로 내보내는 게 옳을 것 같습니다.' 비서실장은 바벨론 왕에게 그리 말합니다. 비서실장 말을 듣게 된 바벨론 왕은 말하길, '내보내면 어디로?' 합니다. '어디로라기보다 장가가고 싶어도 돈이 없어 못 가고 있는 참한 청년이 이웃 마을에 있어요. 그래서 공주님을 그 청년과 묶어주면 어떨까 합니다.' '참한 청년이면 그 청년에게 묶어주게. 그리하되 맨몸으로는 아닐 테니 그만한 돈도 좀 주면서 내보내게. 그리하되 내 딸이 출산하게 되면 아이는 그 자리에서 없애버리게. 없애버리라는 건 잘못이나 생각해보니 아무래도 아닌 것 같아서야.'

바벨론 왕의 말을 듣게 된 비서실장은 아니라고 할 수는 없어 알겠습니다 합니다. 바벨론 왕 비서실장의 소개로 장가든 청년은 왕의 딸을 아내로 삼아 첫날밤을 보내게 되는데 신부를 끌어안으려 옷을 벗기려니 아니게도 출산이 임박한 여자인 거요. 그래서 신랑은 딸을 준 바벨론 왕을 향해 욕을 퍼붓습니다. 물론 속으로이지만, 그것을 알아차린 신부는 살려만 달라는 애원의 눈빛입니다. 그런 눈빛의 신부를 신랑은 불쌍히 여기고 끌어안기로 맘먹는데 그 자리에서 당장 고레스가 태어납니다. 그래서 비서실장은 태어난 아기를 없애버리라는 왕 말을 그대로 이행하기는 고레스가 너무도 잘생긴 겁니다.

비서실장은 그래서 내 아이면 좋겠다는 생각으로 있을 때 이웃집 여자가 시간을 맞춰 죽은 아이를 낳게 됩니다. 그것을 알게 된 비서실장은 이제 됐다 싶어 고레스를 죽은 아이와 바꿔치기합니다. 그러고서 죽어 출산시킨 여자 귀에다 대고 이 아이를 그대의 자식처럼 키워달라고 부탁합니다. 그러니까 그만한 돈도 주겠다고 약속까지 하면서요.

아무튼 고레스는 흔한 감기조차도 모르고 무럭무럭 자라 골목대장으로까지 성장합니다, 그런데 고레스를 죽은 아이와 바꿔치기한 비서실장은 결국은 바꿔치기한 사실이 들통납니다.

들통나기까지는 요즘으로 말해 국방부 장관이 평소에 없던 지각 출근을 했기 때문입니다. 그래서 바벨론 왕은 국방부 장관에게 묻기를 왜 지각까지 했냐고 묻습니다.

국방부 장관은 대답하기를 '예, 지각까지는 죄송합니다만 그럴 만한 사정이 있어서입니다.' 바벨론 왕은 또 묻기를 '그럴 만한 사정이란 뭔데?' '예, 제 애가 올해로 열 살인데 멀쩡한 애가 느닷없이 절룩거리는 겁니다. 그래서 저는 아이의 부모로서 아들의 바지를 벗기려니 아들이 말하길 아빠 염려 마세요, 곧 나을 거요, 사실대로 말하면 우리끼리 법을 만들어 지키던 중에 제가 지각을 한 겁니다. 제 아이가 그러는 거요.' 바벨론 왕은 또 묻기를 '친구끼리라면 그러니까 나이가 같은 애들끼리라는 거여?' 그러니까 '확인까지는 못 했지만 아마 그럴 겁니다.'

바벨론 왕은 '아니, 이게 뭐야, 그러니까 철석같이 믿기만 했던 비서실장이 왕인 나를 다 속여?' 그러면 해고는 물론이지만 그냥이 아니라 그만큼의 보복도 해야겠다는 생각으로 바벨론 왕은 부하를 시켜 비서실장 아들을 죽여 고기로 만들어 비서실장에게 먹입니다. 고기를 맛나게 먹은 걸 본 왕이 비서실장에게 하는 말이 '지금 먹은 고기가 무슨 고긴 줄이나 알아. 쉽게 먹을 수 있는 고기가 아니야. 비서실장 자네 아들의 고기야.' 아들이라는 말을 듣게 된 비서실장은 그 길로 퇴임하고 고레스를 가르치는 선생님이자 멘토가 되기까지입니다. 그러니까 고레스 얘기는 성경에서도 말하고 있습니다."

"그런 얘기가 성경에도 있다면 고레스는 대단한 인물 아닌가요?"

"대단한 인물이지요. 지금까지의 얘기와 관련해 말할 수는 없겠으나 일본 성씨는 대한민국 성씨와 비교가 안 될 정도로 많습니다. 그러니까 13만 성씨나 된답니다.

일본인들 성씨가 그렇게 많은 이유를 살피면 일본 천황이라고 하는 사람이 말하길 국가를 망칠 일이 아니면 남녀가 만나는 것을 까다롭게 하지 말고 자유롭게 해라 그런 칙령을 내립니다.

일본 천황이라는 사람이 백성에게 칙령을 내리기까지는 일본이 섬나라이기는 해도 죽이고 죽는 군주가 너무도 많아 일본이 인구 소멸 위기에까지 몰리게 된 이유입니다.

그러니까 일본에서는 사람 죽이기가 보통인 겁니다. 그렇다고 일본 사람들 성향이라고 볼 수는 없겠으나 지금도 그만한 가치로 인정도 해주는 사무라이 정신이라고 할까. 아무튼 일본은 쌈박질 잘하기로 유명한 나라이기도 합니다.

일본 천황이라는 사람이 말하길, 인간의 성은 말할 필요도 없이 번식에 있는 것이니 그런 점을 참고로 하라 했을 겁니다.

그래서인지는 몰라도 여성들 전통 복장을 보면 그렇다는 것을 말하고 있습니다. 그러니까 기모노 복장 말입니다.

이 부분을 내가 말하기는 적절치 않을 말이나 사실대로 말하면 여성으로서 속옷을 안 입는 게 정장이라고 말합니다. 속옷을 안 입는 건 그러니까 남자가 아기 만들기 불편하지 않게 하는 데 있고, 따라서 허리에 베개처럼 한 건 아기 만들 기회가 주어지기라도 하면 장소 따질 필요도 없이 땅바닥에서라도 만들라는 그런 자리용이라는 겁니다.

아무튼 그런 이유인지는 몰라도 일본 사람들 성은 우리나라처럼 남성을 위주로 한 것이 아니라, 그러니까 여성 위주의 성이라고 보면 될 겁니다.

여성 위주의 성이라고 말한 건 배나무 아래 씨, 사과나무 아래 씨, 밀밭에서 씨 등등 일회용 성씨처럼은 아니겠는가 저는 그런 생각도 듭니다. 그러니까 일본 아베 총리처럼인 인물이야 아닐 줄로 믿고 싶지만 말입니다."

"지금까지의 얘기가 인구를 늘리는 데 효과로 나타날지는 몰라도 그러나 미혼모 아이를 돌봄은 아이가 초등학교 졸업까지만이면 재정이 부족한 게 아닌가요?"

최영자 권사 말이다.

"그러니까 고등학교 졸업까지인 고아 원생들에 비추어서요?"

자리를 최영자 권사와 같이한 박영순 권사 말이다.

"생각해보니 그렇기는 하네요. 그런 문제까지는 윤 권사님의 재정 능력을 고려해 의논해야겠지만 우리 천국문교회 일로 봐야 할 겁니다. 그리하다가 관리 능력이 한계에 이르면 정부에 넘겨야 할 것 같습니다."

베트남 전선

19

"그러니까 운전할 기사까지 10명 정도를 선발해서요?"

선선순 권사 물음이다.

"예, 봉사만 아니라 그만한 월급도 드리는 것으로 하고요."

미혼모 돕기까지의 일을 추진하는 윤혜선 권사 말이다.

"그렇게까지는 부담이 너무 클 게 아니요?"

"현재로서는 부담이라고 안 해도 돼요."

"그러시면 또 몰라도 제가 그런 말 하는 건 돈 들어갈 곳은 생각지도 못할 곳도 있을 것 같아서요."

박영순 권사 말이다.

"박 권사님 말씀대로 그럴 수도 있겠지요. 그러나 저는 시작한 일 해내고야 말 각오입니다. 그런 각오는 천국에 가버린 오 집사를 위해서라고 할까, 아무튼 그렇기도 해서요."

"아 예."

"그래서든 저는 혼자 살아갈 거요."

"권사님 자녀들과는 아니고요?"

"그렇지요, 애들과는 아니어요. 고맙게도 해주려는 세 며느리가 있기는 해도 혼자 사는 게 맞겠다 싶어서요."

"저는 자식이 의지여요."

"자식이 의지는 당연하지요. 그러나 저는 혼자 살아갈 거요. 혼자 살려면 사람 냄새도 풍기는 곳에서 살아야지 않겠는가 그래서요."

"사람 냄새야 당연하다 해도 오 집사님 그동안의 유품들은 어떻게 하시고요."

"그런 점도 생각해봤는데 그러나 그게 아니라는 결론을 저는 내렸어요. 결론이란 게 뭐냐면 엄마는 의대생들을 위해 시신 기증도 해버린 상태가 아니냐고 했더니 애들은 눈을 감아버리데요."

"권사님 시신 기증까지?"

"그래요. 시신 기증이어요. 그러나 환자에게 필요한 장기 정도나 써먹지 않을까 싶네요."

"그러니까 권사님이 간호사로 근무하실 때 보신 내용대로요?"

"아니요, 그런 일은 없었어요."

"이런 일은 윤 권사님이 최초는 아닐까 싶네요."

천기철 목사 아내 말이다.

"사모님 말씀대로 최초까지는 몰라도 자랑할 게 못 돼요. 그러니까 저는 그동안 누구보다 잘살아온 것만도 얼만데요."

"그거야 윤 권사님 겸손의 말씀이지요."

"겸손 말이 아니에요. 저는 사장들도 갖기 어려운 자동차도 굴리고 다녔는데요."

내가 그렇게 살아온 내용까지 다 말하기는 아닌 것 같아, 그 정도에서 그치겠지만 시댁 식구들은 이 윤혜선을 위해 살아주시는가 싶기도 했다. 그러니까 "야, 이 차는 네가 타고 다니라고 사는 차가 아니야. 네 남편 태우고 다니라는 차인 거야." 그리 말씀하시던 시아버지, 밥 먹도록 맛난 반찬도 만들어주시던 시어머니, 재산분배 과정에서지만 막내 동서에게는 더 많이 주라는 손위 동서들, 어디다 내놔도 자랑하고 싶은 아이들, 세상에 나처럼 대접받고 살아온 사람은 없을 거다.

"그렇기는 해도 권사님은 남자가 아닌 여자라서 하는 말이요."

"그렇기는 하지요, 그렇지만 시신 기증이 어디 남자만이겠는가 저는 그런 생각이 들기도 한 결론이어요."

"그런 결론까지는 하루아침이 아니실 텐데요?"

"그렇지요. 하루아침이 아니지요. 그러니까 남의 나라 중국 총리로 19년을 역임했다는 주은래 얘기에서 있게 된 일이라고 해야 할지 아무튼 그래서요."

"그러시군요. 어쨌든 권사님 생각은 어마어마하십니다."

"여자로서는 드문 일일지 몰라도 사모님 말씀처럼 어마어마한 일까지는 아니어요."

"아니라니요, 권사님은 베트남 아이들을 유학하도록 하심을 넘어 가정적으로는 버림을 받기까지 한 미혼모들을 품는 일까지 하시는데요."

"그래서 말인데 이건 제가 할 말은 못 되나 지금의 일들은 가진 자들이 해야 할 일이라고 생각합니다."

"그런데 권사님이 결정하신 일 자녀분들도 알고 있어요?"

"사실이 아닐 거라는 정도로만 알고 있을 거요."

"자녀분들은 똑똑도 해서 아닐 것 같은데요?"

"애들이 알아도 하는 수 없어요. 저는 이미 내린 결정이니까요."

"그러시군요."

이번에도 천기철 목사 아내 말이다.

"제가 그렇게 하기까지는 하루아침의 생각이 아니기 때문이어요. 그러니까 남편의 큰 부상이 가져다준 일일 수도 있어요."

"그것은요?"

"그것은 허무하게 죽어간 남편을 보면서 나는 아니다 한 거요."

"그러시군요. 그러면 지금의 얘기를 바꾸어 새로 지어질 건물 얘깁니다."

"새로 지어질 건물은 1층 면적만도 2백 평이나 돼서 반은 식당으로, 반은 음식 재료 창고 포함 우리가 살 방으로 꾸밀 생각입니다."

"우리라는 말씀은 그러니까 누구를요?"

"누구라기보다 그러니까 선선순 권사님은 아저씨가 안 계시기라도 하면 외국으로 이민 간 자녀분들과 함께는 아니실 거잖아요."

아저씨가 안 계시기라도 하면, 그런 말까지는 하지 말았어야 했는데 …. 입방정이라는 듯 윤혜선 권사는 미안하다는 태도다. 그래서 침묵은 금이라는 말을 했을까 모르겠지만.

"그거는 그렇지요."

"아니시면 다행으로 저는 선 권사님과 함께면 좋겠다는 생각이요."

"저도 윤 권사님과 함께면 좋지요."

윤혜선 권사님 곱기는 모습만이 아니다. 천국문교회 참 어른이시다. 그러니까 돈 냄새를 풍기는 시대인 점을 보더라도 말이다. 그래서 생각이지만 윤혜선 권사님은 사회인들로부터 큰 상을 받았으면 한다. 아무튼 나도 윤 권사님처럼 생각해볼 일이다. 세상을 영화배우처럼 사는 모습보다 주검이 더 중요할 수도 있기 때문이다.

"이제야 생각이지만 인간은 어떻게 살았느냐도 있겠지만 죽음을 어떻게 했느냐가 있지 않겠어요."

"그렇겠지요."

"그렇지만 우리 신앙인들은 누구를 지정해 좋아해서는 안 될 건데, 그런 생각도 드네요."

"아 예."

선선순 권사 말이다.

"그래요. 여기서 엉뚱한 말일 수는 있겠으나 주 예수를 믿으라 그리하면 너와 네 집이 구원받으리라, 그런 말씀 속에는 사람을 구분하지 말라는 뜻이 있을 겁니다. 그러나 성경 말씀과 삶의 현실은 괴리가 없을 수 없다는 게 문제라면 문제이지요."

"그러면 방은 몇 개로요?"

"방은 네 개로 생각했는데 방은 그대로 두고 네 개의 침대만 한 방에 두면 어떨까 합니다. 그것은 일어나도 같이 일어나게요."

"윤 권사님은 매사에 치밀하기까지 하십니다."

"치밀까지는 아니어요. 이런 일 하다 보니 그렇게 된 거지요."

이것이 소위 가진 자 생각은 아닐까. 곧 생각의 여유 말이다.

"그리고, 권사님 친정 부모님은 어떤 분이셨는지가 궁금해요. 그러니까 윤 권사님은 누구도 흉내 내기조차 어려운 일을 하고 계시기 때문에요."

"누구도 흉내 내기조차 어려운 일을 하고 있다는 말씀은 과찬이어요. 아무튼 우리 친정엄마는 아버지 챙기기가 대단했어요."

"대단하시기는요?"

"이건 얼마 전 보훈병원에서의 일인데 우리 엄마 땜에 환자들이 쉽게 낫기도 했을 거라는 생각도 들었어요."

"보훈병원이면 윤 권사님 친정아버지께서 보훈대상자이셨는데요."

"그렇지요. 그러니까 친정아버지는 노인 연세 때문이기는 하지만 늘 누워만 계시다 보니 변을 쉽게 보기가 매우 어려우신 거요. 변 보기가 걱정일 때 변이 나오기 시작한 거요. 그래서 병실에서는 안 되겠다 싶어 복도로 나갑니다. 물론 침대에 실린 채로요. 아버지 변은 드디어 나옵니다. 엄마는 그걸 보면서 '우리 아저씨 똥구멍에서 똥 님이 나오신다 아아…' 진도 아리랑 노래처럼 하시는 거요. 그러니까 시대적으로 에어컨도 없던 무더운 여름날이라서 병실 문들마다 활짝 열린 상태라 환자들은 이게 뭔 노래야 했을 겁니다."

"친정어머니께서는 대단하십니다. 남편분 변이 나오는 장면을 보시기까지라니요."

"그런 얘기는 지저분한 얘기일지 몰라도 그러셨던 우리 친정엄마는 지금은 안 계십니다."

"그래요, 엄마는 영원한 엄마이지요."

"그러니까 저는 혼자라서 여러분들이 생각하시기엔 외롭게 보일 수도, 고독하게 보일 수도 있을 겁니다. 그러나 저 윤혜선은 그게 아닙니다. 아직은 아니나 이젠 나이를 먹어가니 병은 필연적으로 찾아올 게 아니요."

"그렇기는 하지요."

"그래서든 병이라도 나게 되면 주변 분들이 쉽게 알아볼 수 있는 곳에서 살아가려고요."

"권사님이 그렇게까지요?"

박영순 권사 말이다.

"이건 다른 얘길 수는 있겠으나 저는 국내 여행을 해본 사람들 얘기를 들으면 조용하면서 잘도 꾸며진 집에 살고 싶다는 말도 듣습니다. 그렇지만 부동산개론 책을 보니 맞다 싶은 게, 주거환경은 고속도로 접근성, 날마다 가게 될 시장, 차 없어도 될 가까운 병원, 학생이 있는 경우 학군, 문화시설 등이라고 합니다."

"그런 얘기는 저도 알기는 해요."

"알고 계신다니 더 할 말은 없겠으나 주거환경은 공기 맑은 곳이 아니라 역설적으로 공기가 탁한 곳이라고 합니다. 아무튼 나는 그렇게까지 따져 살고 싶지는 않으나 일단은 그렇습니다."

"그러시면 윤 권사님은 장로님들과 의논도 해보셨나요?"

"제가 홀로 살아갈 문제는 홀로 결정할 문제라 장로님과 의논까지는 아직이어요."

"그렇기는 해도 권사님이 미처 생각지 못한 일도 있을 건데요?"

"그러니까 참고로 말이요?"

"그렇지요."

선선순 권사 말이다.

"감사합니다만 그런 일은 어디까지나 제 개인 일인데 의논까지 필요할까 싶네요."

"지금 하신 일 생각은 언제부터 하셨어요?"

천기철 목사 아내 말이다.

"언제부터라기보다 오 집사가 두고 간, 그러니까 크다면 클 수도 있는 재산을 어디다 어떻게 쓸 건가 그런 생각이 갑자기 들더라고요."

"그렇기는 해도 재산을 물려줄 넷이나 되는 자녀분들도 있잖아요."

"그렇기는 해도 애들이 허락한 일이어요."

"그러시면 또 모를까."

"그러니까 애들의 허락까지는 애들마다 형편이 괜찮아요."

애들의 생활 형편은 걱정 안 해도 될 만큼이다. 애들이 그러기까지는 시아버지가 베푸신 덕이기도 하지만 환갑이 되면 매월 받게 될 연금만도 월 5백이 넘는다. 그러니까 그동안의 간호사 월급을 애들의 연금 보험금으로 투자한 게 그것이다.

"그렇다고 해도 돈이란 형편이 괜찮고, 안 괜찮고는 무시될 건데요."

"그럴 수는 있겠지만 제 애들은 아니길 다행이어요."

베트남 전선

"권사님 자녀분들은 유별나네요."

"유별나다고 볼 수도 있겠으나 저는 그게 아닙니다."

"그게 아닌 건요?"

박영순 권사 말이다.

"그러니까 제 애들은 이 엄마가 하고자 하는 일 찬성이라서요."

"자녀분들도 엄마의 일에 찬성이군요."

"애들이 그렇게 하기까지는 엄마인 제가 하체가 몽땅 없어진 남자라 아니다 싶기도 할 텐데 그런 내색 한 번도 없는가 싶기도 해서요."

"윤 권사님 앞에서 말하기는 아니겠으나 권사님의 삶이 자녀분들에 게 유전이 될 겁니다. 그러니까 콩 심은 곳에 콩 나고 팥 심은 곳이 팥 나듯 말이요."

"그러나 저는 그러라 생각은 안 했어요. 그러니까 애들은 치열한 전 쟁터 월남에서이기는 하나 하체가 몽땅 잘려 나간 남자를 남편으로 삼았다는 그런 불쌍한 생각에서 나온 건 아닐까 해서입니다."

"불쌍 말까지는 아닌 것 같네요."

"그래요, 불쌍 말까지는 취소입니다. 그러니까 취소까지는 나이가 스무 살밖에 안 된 젊은 여자가 사장님들이나 탈 수 있는 고급 승용차 도 가졌으니 말이요."

"권사님이 스무 살 때부터 운전이요?"

"이런 말은 베트남에서 오신 손님에게도 말했지만, 시아버지는 자동 차 사러 가자고 하시더니 결국은 고급 자동차 키를 덥석 주시는 거요."

"그러면 운전면허증은요?"

"당연히 없지요. 그래서 아니라고 했더니 시아버지가 하시는 말씀이, 너 혼자 타고 다니라고 사주는 게 아니야, 윤 간호사 신랑감 태우고 다니라는 거야 했어요."

"신랑감이라 하셨는데 그러면 딸을 언제 두셨고요?"

선선순 권사 말이다.

"그런 얘기까지 하려면 뭘 먹으면서 해야 할 건데. 뭐 없지요?"

"그러면 가게에 다녀올까요?"

"당장은 아닙니다. 그런데 여기는 우리 권사님들뿐이라 어렵지 않게 할 수 있는 말이나 그러니까 갓 스무 살짜리 아가씨가 오 집사를 용감하게 덮쳤다 할까 아무튼 그랬던 게 딸 임신까지였어요."

"시아버지께서는 윤 권사님의 임신을 아시고요?"

"아셨을 거요. 그러니까 저의 임신은 시어머니께서 들으셨을 테니까요."

"그래요, 시아버지들은 며느리 배가 불러오는지 보게 된다는 말도 듣기는 하지요."

"그런가는 몰라도 시아버지는 시어머니에게 하시는 말씀이 임신은 맛난 거 먹게 해주는 게 먼저라고 하시데요."

"고급 자동차든 아니든 운전면허증이 필요할 건데요?"

"그러니까 자동차 운전면허증 따기 전에 내가 타고 다닐 차가 집에 있겠다, 저는 그래서인지 자동차 운전대 만지기만도 얼마였는지 몰라요."

"남자들도 마누라보다 자동차를 더 좋아한다고는 하데요."

"남자들도 그럴 거요. 그래서인지 저는 이 차가 내 차라는데 보기만으로도 얼마나 행복했는지 몰라요. 그러니까 저는 차가 너무도 좋아 설거지 끝나기가 바쁘게 차 얼굴 보러 가는 거요. 제가 늘 그러는 걸 지켜본 남편이 하는 말이, 당신 신랑보다 차를 더 좋아해서는 안 되는데 그러는 거요. 남편이 그리 말하면 저는 내 차를 누가 가져갈지도 몰라 지키자는 거야 하며 엉뚱한 말도 했어요. 그러니까 남자들도 차를 새로 뽑게 되면 자동차 사랑이 민망할 정도일 건데 저는 아직 소녀 같은 스물짜리 여자가 사장들이나 가질 법한 고급 차를 갖는다는 건 말도 안 될 일이지만 저는 그런 행복도 누렸어요."

"당연히 행복하셔야지요. 그러니까 권사님은 오 집사님 땜에 힘들어한 가정을 평온케 하셨는데요."

"그거는 오 집사 가정에서 생각할 일이고, 저는 손위 동서들로부터도 위함만 받았어요."

"윤 권사님 손위 동서분은 몇 분인데요?"

"두 분이요. 아무튼 저는 자동차 운전면허증은 기필코 따야겠다는 생각으로 임했으나 자동차 운전면허증 취득까지는 단번이 아니라 네 번 만에서야 취득했어요. 그런 자동차 운전면허증을 시아버지께 보여 드렸더니 시아버지는 자동차 운전 당장 하라는 거요."

"조심하라 그런 말씀이 아니고요?"

박영순 권사 말이다.

"그러니까 시아버지 생각은 당장이라야지, 그렇지 않아서는 걱정만 하나 추가라는 말씀인 거요."

"그래서 권사님은 운전대를 곧 잡게 된 거라고요?"

"그렇지요, 당시는 도로에는 굴러다니는 차도 없어서 자동차 운전은 어렵지 않았으나 겁만은 나데요. 그것도 잠깐만이지 과속도 하게 되데요."

"권사님 자동차 운전하실 때는 차도 없다시피 할 때이지요."

"그런데 저는 새파란 젊은 여자라는 게 문제였어요."

"차를 가진 사람도 드문 시절이라 그러셨겠지요."

"그래서 복장도 남자처럼 했어요."

"복장을 남자처럼 하셨어도 남자들은 금방 알아볼 건데요?"

"금방 알아보기는 교통경찰관이었어요. 그러니까 의사들도 차가 없던 시절에 새파란 간호사가 고급 승용차를 병원 주차장에다 주차하기는 아무래도 아닌 것 같아 병원 뒤쪽에 주차하는 거요, 늘 말이요. 그걸 눈여겨본 교통경찰관은 누굴까 궁금했는지 다가오더니 운전면허증 좀 보자는 거요. 경례까지 붙이면서요."

"그래서요?"

"그래서 저는 남편의 변 치우느라 그러기는 했으나 지각할까 봐 속도를 내 달린 게 과속이라는 딱지라도 발부할까 봐 머뭇거리고 있었더니 경찰관은 그게 아니라 하는 말이 윤 간호사님 차는 병원 주차장에 주차해도 돼요 그러는 거요."

"그러면 경찰관은 권사님이 어떤 분인지 이미 알고 있었다는 거요?"

"아니까 제 이름까지 말하는 거지요. 그러니까 그 경찰관도 제 결혼식에 참석했었나 봐요."

내 결혼식은 특별했다고 해야겠다. 그러니까 주례사는 병원장이고 하객은 양가 가족과 입원 환자들뿐이었기 때문이다.

"그 경찰관은 환자로요?"

"그때는 환자였겠으나 저는 생판 모르는 경찰관이었어요."

"권사님이야 누군지 모르셔도 그 경찰관은 잘 아니까 하는 말이었겠지요."

"그랬을까는 몰라도 그러니까 이른바 딱지는 없었던 기억이어요."

"권사님인지 알면서까지 딱지가 뭐요."

"그랬겠지요. 그러나 제가 모르는 사람처럼 했다는 오해만은 안 했으면 좋겠네요."

"오해까지는 아닐 거요."

선선순 권사 말이다.

"당연하나 이젠 남편도 떠나가고 없으니 모두가 과거 일이 되고 말았네요. 아무튼 결혼식 당시를 생각해보면 신랑 오상택은 하체가 통째로 없다는 이유였으나 내게 있어는 여간 미안해했던 것 같아요. 그러니까 하객이라고는 입원 환자뿐이기는 해도 모두가 알아보게요."

"오 집사님이야 그러셨겠으나 권사님에게는 보상책이라고 할까 똑똑한 4남매까지 보게 해주셨네요."

"그런 점도 있지요. 그래서 생각이지만 첫째 딸이 태어났을 때의 오집사는 너무도 좋아 어쩔 줄 몰라 했어요. 그러니까 두 다리가 없는 본인처럼 다리가 없이 태어날까 봐 걱정도 했는데 그게 아니라 멀쩡하게 태어난 아이라서 두 다리를 만지고 또 만져요."

"좋기도 하셨겠으나 그만큼 불편도 하셨겠는데요."

"불편은 누가요."

"누구는 누구요. 권사님이지요."

"문제는 병원 주차장까지가 아닐 것 같아 주차를 한참 밖에다 주차했는데 병원장님은 그걸 아시고 야단치시는 거요."

"병원장의 야단까지는요?"

"병원장께서는 저의 결혼식 주례도 서주셨어요. 그러니까 칭찬의 말씀으로요."

"당시야 그러셨으나 지금은 안 계시지요?"

"당연히 안 계시지요."

"그래요, 지나간 세월이 얼만데 제가 그런 말까지 묻네요."

천기철 목사 아내 말이다.

"그래서 이미 지나간 일이나 엄마의 말을 들으면 오 집사와 결혼할 거라는 말을 듣게 된 친정아버지는 너무도 놀라 죽어버리겠다고까지 소동이셨답니다. 그렇게까지 하셨던 친정아버지는 내가 낳은 애들이 너무도 좋아 어쩔 줄 몰라 하셨습니다. 물론 지금이야 하늘나라로 떠나시고 안 계시지만."

"그래요, 할아버지에게 손주는 보물이지요."

"그래서인지 이런 문제에 있어 생각해볼 수 있기는, 자녀만은 반드시 두라고 말하고 싶습니다. 그러니까 어떤 사람의 씨냐 그런 건 따질 필요도 없다는 겁니다."

"여자가 자식 두는 데 어떤 사람의 씨냐가 중요하겠어요?"

"그렇기는 하네요."

"아무튼 윤 권사님은 자녀들까지도 잘 두셨습니다."

천기철 목사 아내 말이다.

"칭찬의 말씀 감사합니다. 감사하지만 제가 이렇게까지 된 것을 생각해보면 하나님의 은혜가 아닐 수 없습니다."

"그렇지요, 신앙심이 아니어도 모든 것이 하나님의 은혜이지요."

"그래서 말이나 오 집사 덕도 있어요. 오 집사 덕이라고 말하는 건, 오 집사는 우리 집에 사람들이 많이 오는 걸 좋아했고 우리 애들도 삼촌들이라고 하면서 자란 겁니다."

"그러니까 권사님 방을 사랑방처럼이요?"

"그렇지요. 김만술이라는 사람은 저를 간호사가 아니라 친 형수처럼 대하는 거요. 아무튼 그동안은 그랬으나 오 집사가 떠나고 보니 그런 아름다운 정도 옛날이 되고 말았네요."

"그래요, 그게 세상에서의 삶이기도 하겠지요."

천기철 목사 아내 말이다.

"그래서인지는 몰라도 오 집사는 김만술에게 여간 고마워했어요."

"그러셨군요."

"그래서 제가 오늘에 이르기까지는 응원해주시는 여러분들이 계시기에 가능하다고 봅니다."

"저희가 권사님 응원까지는 항상 밝으시기 때문이어요."

천기철 목사 아내 말이다.

"고마운 말씀이나 저의 삶이 밝지 않을 이유가 하나도 없어요. 그러니까 제 앞에 돈이 없습니까, 괜찮다 싶은 애들이 없습니까, 비록 장애인이기는 해도 항상 고마워해 주는 남편이 없습니까, 아껴주려는 손위 동서들이 없습니까."

"말씀을 들으니 그러시기는 하겠네요."

여자 권사들 얘기만 듣던 천기철 목사는 그러면서 느닷없이 설교를 시작한다.

"이건 오늘 얘기와는 다른 얘기지만 예수님이 하신 말씀도 들을 수 있는 곳까지도 가자고 한 것 같습니다.

그러니까 우주과학자들의 말이 허구일 수만 없겠지만 인간 욕심의 발로라고 해야 할지는 몰라도 미국 나사에서는 우리가 살아가는 지구로부터 대략 3억 7,800만 킬로미터나 떨어져 있는 화성이라는 별을 탐험까지 했는데 화성의 소리를 담은 동영상을 공개도 한 것 같습니다. 지구에서 화성까지가 얼마나 먼 거리냐 하면 100킬로미터 속도로 내달리는 자동차로 가자면 대충 계산으로도 약 5백 년을 달려가야 화성에 도달할 것 같습니다.

이렇게 멀고도 먼 화성에 있는 광물질까지를 인간이 어떻게 알아냈는지는 몰라도 화성에는 백금이 대략 1억 톤이 있는데 그걸 채굴할 생각도 있다는 보도입니다.

그래요, 화성에 있는 백금을 채굴할 발상에다 벌금을 물릴 수는 없습니다. 그렇지만 백금 채굴이 가능하다 해도 인간의 영혼과 무슨 상관이 있겠습니까. 이것이 인간이 지닌 욕심으로 우리는 그런 세계에서 살아가고 있습니다.

그렇습니다. 인류학자들이 말하고 있는 인구 폭발 문제는 걱정일 수도 있겠으나 우주 개발 문제의 내용은 삶의 질을 높일 수는 있을 것입니다. 그렇지만 우리의 생명은 인간 스스로는 어쩌지 못합니다. '한번 죽는 것은 사람에게 정해진 것이요 그 후에는 심판이 있으리니' 히브리서 9장 27절에서 말했듯 인간의 생명은 유한해서 언젠가는 소멸이 되고 말 겁니다.

저는 얼마 전 제주도를 다녀온 일이 있습니다. 물론 비행기로요. 제주에서 김포공항까지 비행 거리는 약 한 시간 정도 거리지만 김포공항이 보일 때입니다. 저는 직업이 목사라서 그런지 아래에 펼쳐진 모습이 좀 색다르다고나 할까.

아무튼 그렇게 보였는데 저 아래는 돈이 좀 많았으면 좋겠다는 맘들, 누구보다 예뻐지고 싶은 맘들, 좋은 일자리면 좋겠다는 맘들, 아픈 곳이 빨리 나아 활발하게 뛰어다녀봤으면 하는 간절한 맘들, 이런 맘들을 해결해줄 신은 이 세상에는 없을 겁니다. 그래서 말이나 나는 그게 아니어서 행복한 사람이다. 그런 사람도 있을까? 잠시이기는 하나 좀 엉뚱한 생각을 다 해봤습니다.

그렇습니다. 행복하게 살고 싶지 않은 사람 누구도 없을 겁니다. 행복한 삶을 위해서는 위험한 일까지도 하게 되니까요.

이건 윤 권사님이 하신 말씀이기도 하지만 교회 돈은 단 얼마도 투입이 되지 않습니다. 그렇기도 하지만 성도님들 중에 그런 일을 돕고 싶다는 분이 계시면 5~6명 정도를 유급으로 모실 생각입니다. 유급 문제도 물론 교회 재정으로는 아닙니다."

"목사님은 설교 시간에서도 제 얘기도 하셨다는데 그렇게까지는 아닙니다."

"그런 말 누가 하던가요?"

"우리 애들이 말해서요."

"그런 얘기를 윤 권사님 허락도 없이 한 건 잘못이나, 윤 권사님의 얘기를 안 할 수가 없어 하고 말았는데 양해 바랍니다."

"제가 한 일이 그렇게 잘한 일도 아닌 것 같은데 괜히 민망해집니다."

"민망하실지 몰라도 우리 천국문교회에 윤 권사님이 계시는 건 자랑이고, 젊은 세대들에게는 희망입니다."

천기철 목사 말씀에 윤혜선 권사는 과찬이라는 말을 남기고 가볼 데가 있다면서 나가버린다.

"윤 권사님은 잘한 일도 아닌데 칭찬이냐고 자리를 피하신 것 같습니다. 그래서 목사인 제가 윤 권사님 일에 우리 교회가 협조하자고 말할까요?"

천기철 목사 말씀이다.

"그런데 목사님, 윤 권사님 말씀을 전적으로 믿어야겠지만 권사님 아들딸을 초대해 의견도 듣는 게 좋지 않을까요?"

"그게 맞겠네요."

"물론 베트남에 함께 가기는 했으나 그것만으로는 나중에 다른 말이 나올지도 몰라서요."

"그렇기도 하겠네요. 그러면 제가 윤 권사님을 다시 만나 목사님들께 다시 말씀드릴게요."

그래, 천기철 목사님 생각이 옳을 수는 있다. 일상생활에서 그 무엇보다도 무서울 수 있는 게 돈이기 때문이다. 그래서 움직일 수 없는 문서를 만들어야 한다. 움직일 수 없는 문서를 만들어놓지 않으면 교회까지도 혼돈에 빠질 수 있다. 그러니까 신앙인들이라는 이유로 믿는 것이 어리석은 짓일 수 있기 때문이다.

"권사님, 내일 시간이 어떻겠습니까?"
천기철 목사 말씀이다.
"내일 시간이요?"
"예, 내일이요."
"저야 시간은 언제든지요. 그런데 내일이면 시간은요?"
"그러시면 시간은 다시 말씀드릴게요."
장로들과의 시간 조율 때문이다. 이런 일로 해서 중간에서 일하는 사람들의 고충을 배우게 된다. 그렇다. 나는 목회자라는 이유로 설교하고, 성도들을 만나 세상 돌아가는 얘기를 듣기는 해도 허물없는 친구들처럼 툭 터놓고 말하는 성도들의 목소리를 들을 수는 없다.
이것이 목회자의 고충일 수 있는데 이런 고충은 아내가 어느 정도 해결해주면 좋겠지만 아내도 마찬가지로 성도들 일반적 얘기조차도 듣기가 어렵다. 이를테면 목회자와 성도들의 간극이라고 말해도 될지 몰라도 넘기 어려운 높은 벽이 있어서다.

"생각지도 못한 큰일을 하겠다고 하신 권사님을 너무 못 믿는 것 같아 죄송합니다만 이런 문제에 있어는 어느 누구보다 권사님 자녀분들의 얘기도 들으면 해서입니다."

박기준 장로 말이다.

"아 예."

"그래서 말인데 앞으로는 권사님 일 혼자만 말고 우리 장로들이 앞장서겠는데 윤 권사님은 그래도 괜찮겠어요?"

박기준 장로 말이다.

"장로님들께서 그렇게만 해주시면 저야 감사하지요. 그리고 우리 애들과 자리를 같이할 필요까지는 없을 것 같은데 날짜와 시간은 언제쯤으로요?"

"자녀분들 시간 내기는 금요일 저녁 시간이라야 하지 않겠어요."

"일단은 그렇게 알고, 장소는 제가 정해도 될까요?"

"장소야 윤 권사님이 정하셔도 되지요."

그렇게 해서 윤혜선 권사 아들딸 4남매와 베트남에 동행했던 두 장로와 법무사까지 유명하다는 식당에서 자리를 같이한다.

"아드님들도 그리고 따님도 정말 대단하고 고마운 일입니다."

천기철 목사 말씀이다.

"아니에요. 저희들은 엄마가 하실 일 오래전부터 알고 있었어요."

맏아들 오다성 말이다.

"전부터 알았다 해도 다른 것도 아닌 물려받을 재산 문제라 어머니 생각에 동의까지는 아닐 텐데 아무튼 대단합니다."

박기준 장로 말이다.

"대단하다는 말씀은 과찬이십니다."

"과찬이 아니어요."

"엄마가 하시려는 일에 있어, 저희 4남매는 적극 찬동은 아니어도 엄마가 어떻게 하시든지 저희들은 상관 안 할 겁니다. 그러니까 저희는 누구의 도움도 없이 살아갈 능력이 되니까요."

윤 권사 딸 다인 말이다.

"고맙습니다. 이런 일은 아무나 해낼 수 없는 대단한 일인데 어머니께서 알아서 하실 수 있도록 상관 안 하시겠니 믿어도 되겠으나, 아닌 사례들도 있는 것 같아 확실히 해두자는 의미로 문서를 하나 해주시면 해서 문서 전문이신 법무사님을 모시게 되었습니다. 이 점 양해 바랍니다."

천기철 목사 말씀이다.

"그러시면 문서를 해드리지요."

"그런데 한 가지 더 있습니다. 다름이 아니라 건물 명의를 권사님 명의가 아니라 천국문교회 명의로 하겠다고 권사님께서는 말씀하셨는데 그런 문제도 동의하시겠습니까?"

"그런 문제는 생각을 더 해볼 문제인 것 같습니다."

"생각을 더 해볼 문제는요?"

박기준 장로 말이다.

"이유는 어머니에게 아무것도 없다면 허전하실 것 같아서입니다. 나중에 관리 능력이 떨어지시거나 할 때 그때 교회 명의로 해도 늦지 않을 것 같다는 생각이기 때문입니다."

윤 권사 딸 오다인 말이다.

"생각해보니 그러시기는 하겠네요."

천기철 목사 말씀이다.

"그러면 따님의 말대로 하겠는데 누구든 더 할 말은 없으세요?"

박기준 장로 말이다.

"그러면 어머니 집이 없어지게 되었는데 엄마가 계실 거처는 어디다 할 생각이세요?"

딸 다인이가 엄마에게 묻는 말이다.

"내 거처?"

"그래요, 엄마가 계실 거처요."

"그래, 건물을 지으면 맨 위층을 쓰겠다고 일단은 그렇게 말씀드렸다."

"예, 권사님이 맨 위층을 쓰겠다고 그렇게 말씀하셨는데 그런 문제는 염려 안 하셔도 될 겁니다. 그것은 건물 명의도 명의지만 실질적 소유도 권사님이기 때문입니다. 그렇기도 하지만 윤 권사님은 우리 천국문 교회 어른이십니다. 그래서 자녀분들 걱정이 안 되게 잘 모실 겁니다."

천기철 목사 말씀이다.

계획된 건물은 그렇게 해서 지어지고 있고, 베트남 하미마을을 대표할 만한 다섯 명을 윤혜선 권사는 부른 것이다.

그러니까 남자는 부이 티엔 중, 응우옌 탄 청, 사파위 라시드, 이렇게 세 명이며 여자는 웅오 쑤언 릭, 피트 누엔 두 명에게 우리나라 산업시설과 서울대학, 고려대학, 연세대학, 한양대학, 성균관대학, 외국어 대학까지도 보여주며 극진한 대접까지 한다.

"그런데 한국 구경들은 잘하셨을까요?"

"아이고… 이렇게까지 안 하셔도 될 건데 저희들은 생각지도 못한 대접을 받고 있습니다."

한국을 방문한 하미마을 대표 말이다.

"구경 잘하셨다니 다행입니다. 그렇게까지는 윤 권사님 남편이신 오상택 씨의 유훈을 받들어 행하고자 하는 일입니다. 그러기에 이렇게 모시기까지 한 것입니다."

한국으로 초대된 베트남 사람들 듣기 좋으라고 하는 말이 아니다. 남편 오상택 씨는 베트남 피해 마을에 그만한 도움을 줄 수는 없을지가 늘 큰 관심이었다. 전쟁 상황상 자신이 저지른 일은 아니나, 같은 부대원으로 나는 아니라고 해도 보호받아야 할 민간인을 상대로 말도 안 되는 짓을 저질렀단다. 그런 잘못을 다 까발리기는 어렵겠으나 잘못을 저지른 군인들은 모양만 군인이었다는 것이다.

전쟁 마당에서의 여자들은 군인 먹잇감일 것이다. 그러나 아무리 그렇다고 해도 어린이 노인 할 거 없이 성 노리갯감이어서야 어디 사람이겠는가, 짐승만도 못한 군인이지. 때문으로 봐야겠지만 베트남 하미마을 여성을 보기라도 하면 배고픈 하이에나들처럼 달려들어 성 만족을 취했나 보다.

그렇게까지도 이해하자. 그러나 그 자리에서 총살? 이것이 한국군

만행이란 말인가? 그렇다면 일본군 위안부로 끌려가 고초를 당한 여성들만 탓할 일이 아닌 것 같다. 그래, 반성의 의미로 위령비를 세워주기도 했다지만 위령비 문구를 사실대로 기록하기는 너무도 잘못이라 그랬겠지만 위령비 사실 문구 대신 꽃 문양을 그려놓았다지 않은가.

그런 문제에 있어 초대받아 칙사 대접까지이기는 하나 베트남 하미마을 대표는 말하고 싶다. 한국이 이처럼 부를 누리고 있는 건 베트남 전쟁에서 순하기만 한 지방민에게 살상까지 서슴지 않은 만행을 저지른 대가는 아닌지 말이다. 그런 이유를 살아남은 주민 응우엔 씨 가족과 하미마을 주민이 겪어야만 했던 당시 사정을 얘기하자면 다음과 같다.

"응우엔, 너 바쁘냐?"

응우엔 외삼촌 말이다.

"바쁠 건 없는데 왜요?"

"그러면 우리 일 좀 도와줄래?"

"나는 여잔데 도와드리면 무얼 도와드려요?"

"다름이 아니라 집을 좀 고치고 싶어선데 네 외숙모 일손이 필요해서야."

"그러면 언제요?"

"준비할 것도 있고 해서 다음 주 수요일부터 할 일이야."

"그러면 제가 준비할 건 무엇이고요?"

"네가 준비할 건 없어. 그런데 일은 한 일주일 정도 걸릴 테니 그런 채비나 해라."

"알겠어요. 대신에 공짜로 부려 먹지는 마세요."

"공짜라니? 외숙이 공짜로 부려 먹을 사람 같으냐. 나 그런 사람 아니다."

"그런 말은 한번 해본 말이에요. 맛있는 거나 주시면 돼요."

"맛있는 게 뭔데?"

"그거야, 돼지고기 노릇노릇 구운 삼겹살로 술 한잔하는 거 아니어요?"

"난 또 뭐라고. 비싼 쇠고기 말하려는가 했잖아. 그거야 힘들게 일하는 사람에게 기본으로 해야지."

목수, 미장이, 페인트공까지 여섯 명이 사흘째 일하고 있는데 고등학교를 갓 졸업한 여동생이 온 것이다.

"아니, 너 왜 왔어?"

"밥 얻어먹으려고 왔지. 왜 왔겠어."

"밥 얻어먹자고 여기까지 달려온 거라고?"

"오빠 일솜씨도 볼 겸이지."

응우링 티는 그러면서 외숙 딘 티앤 중 앞으로 간다.

"오, 응우링 티 너도 왔구나. 뭐 타고 왔냐?"

"뭐 타고 오겠어요. 내 차도 없는데 버스로 왔지요. 외숙, 나는 필요 없지요?"

"필요 없는 게 아니야. 부엌에 가봐라. 네 외숙모 점심때 먹을 거 만들 거다."

"외숙모, 저 왔어요."

부엌일을 하시는 외숙모에게 다가간다.

"아니, 너 이제야 오는 거야. 고등학교 졸업했으니 오빠랑 같이 올 줄 알았는데."

"안 올려다가 왔는데 외숙모는 구박이네."

"그런 소리는 하지 말고 너 이거나 구워라."

외숙모는 돼지 삼겹살을 내주면서 말한다.

"누가 먹으려고 이렇게 많이 구워요?"

"그러면 굽기 싫다는 거냐?"

조카딸은 예쁘기도 하지만 상냥해서 좋다. 그래서 딸이 없는 집안에 자주 와주어 그동안은 사람 사는 집답게 해준 조카딸이다. 초등학교 들어갈 무렵으로 기억이지만 조카딸은 너무도 귀엽다 싶어 화장을 시켜주기도 했다. 나도 조카처럼 예쁜 딸이 있었으면 했다.

"외숙모는 손이 너무 커 탈이다. 허허허."

"손이 큰 게 아니야. 점심 먹을 식구가 열 명이 넘어서야. 그건 그렇고 응우링 티 너 술 안 배웠냐?"

"학생이 술 배울 시간이 어디 있어요. 공부하기도 바쁜데."

"술 배울 시간도 없이 공부했다면 사법고시에 한번 도전해봐라."

"사법고시는 법률 공부를 따로 해야 하는 거요."

"그러면 행정고시에 도전해보던지."

"행정고시도 마찬가지이고요."

"그것도 아니면 베트남 미인대회에 출전이나 한번 해라."

"베트남 미인대회에요?"

"그렇지, 응우링 티 너는 자격이 충분해. 외숙모가 보기엔 몇 가지만 연습하면 돼."

"아이고… 우리 외숙모는 나를 너무 띄우신다."

"띄울 만하니까 띄우는 거지."

"미인대회에 출전하려 해도 키가 장대만큼 커야 해요. 그래서 그게 문제라면 문제예요."

"그러면 네 키가 얼만데?"

"165센티예요."

"165센티? 그러면 조금은 모자란 것 같기는 하다. 그렇지만 심사위원들이 키만 보진 않을 거다."

"그렇기는 하겠지요."

"미인대회는 미모가 어떠냐를 보는 게지, 키가 얼마냐를 보겠냐."

"그래도 나는 아니에요."

"아니면 아닐지라도 출전만이라도 한번 해봐. 내 조카라고 자랑도 해보게."

"외숙모는 그러시다가 못난 놈한테 시집이라도 가면 어쩌시려고 그러세요."

"시집을 못난 놈한테 가다니, 응우링 티 네 신랑감은 내가 찾을 거다."

사실로 되었으면 싶어 봐둔 청년도 있다. 직업 좋겠다, 돈도 있겠다. 그래서 참한 내 조카딸이 있는데 한번 볼 거냐고 물을 생각으로 있다.

"제 신랑감을 외숙모가요?"

외숙모는 어려서부터 내 딸이었으면 하셨다. 외숙모는 아들들만이

281

기에 그러시리라 싶지만 말이다. 외숙이 집수리 업체에 취직하시더니 사장은 아니어도 사장님으로 대접까지였나 보다. 때문이기는 하겠지만 그만한 돈도 벌어 몇 개월 전에 시내 번화가로 이사를 했다. 그동안은 이웃집은 아니나 같은 동네에서 살면서 외삼촌 집이지만 우리 집처럼 들락거리고 살았다.

"응우링 티 네 신랑감 외숙모가 찾으면 안 되는 거냐?"

"그거는 아니지만…."

"엉뚱한 놈에게 맘 빼앗기면 안 된다."

"학교 동창생이 나를 좋아하는데요?"

"뭐? 학교 동창이 응우링 티 너를 좋아해?"

"그래요."

"그러면 남자 놈이야, 여자 년이야?"

"그거야 당연히 남학생이지요."

"그러면 큰일인데? 아니, 너는 그러니까 한번 해본 말 아니겠지?"

"아니에요. 한번 해본 말이에요. 그렇기는 해도 시집은 아직이어요."

한참 예쁜 열아홉 살 응우링 티는 외숙모를 돕자는 차원으로 일주일 후에 집에 가보니 동네가 없어진 것이다. 아버지 어머니는 없어진 집 근처 임시 거처에서 벌벌 떨고 계시고, 동네 상황이 말이 아니게 되어버렸다. 그러나 나는 신의 도움일지 몰라도 만약 외숙 집에 가 있지 않고 집에 그대로 있었다면 나도 한국군 성 먹잇감으로 해서 총살당했을지도 모를 일이다.

20

"구경이요? 구경이야 잘했지요. 저희에게 이렇게까지 안 하셔도 될 건데, 아무튼 감사합니다. 대한민국이 경제적으로 세계에서 11번째 대국이라는 말을 듣고는 있지만 정말 어마어마합니다. 대한민국은 자동차 천국이기도 하네요."

하미마을 대표는 그렇게 말했지만 대한민국 발전의 씨앗은 우리 베트남전쟁에서 얻어진 소득 가지고 이룬 것이다. 그것을 지금에 와서 잘못이라고 말하기는 국가적으로 힘도 없을뿐더러 되돌릴 수도 없는 일이 되고 말았지만 억울하기 그지없다. 그것은 한국군이 우리 하미마을을 쑥대밭으로 만들었기 때문이다.

군인이면 적군과만 싸워야 함에도 그러기는커녕 보호를 받아야 할 여성들과 아이들까지 마구잡이로 죽이고, 집들을 모조리 불살라버린 것이다. 그런 잘못을 뉘우칠 맘으로 우리에게 후한 대접이겠지만 맘이 좋지만은 않은 것이 사실이다. 그렇지만 과거만 붙들고 있어서는 아무것도 아닐 것이니 현실을 받아들여야 할 것 같다. 하미마을 대표는 그런 맘이다.

"저희에게 묻고 싶은 것이 있다거나 궁금한 게 있으시면 지금 말씀해주세요."

천기철 목사 말씀이다.

"궁금한 거야 많지요. 그렇지만 학생들 10명을 말씀하신 것으로 아는데, 그러면 우리 하미마을 학생들만으로 한정하실 겁니까?"

"하미마을로만 한정할 필요까지는 없을 겁니다. 아무튼 하미마을에서 오게 될 유학생은 몇 명이 될까요?"

"모르겠습니다."

"그러니까 준비도 해야 할 것 같아서입니다."

"몇 년 후는 많을 수 있겠지만 당장은 몇 명 안 될 같습니다."

이번엔 하미마을 이장 말이다.

"꼭 하미마을 학생이 아니어도 괜찮아요. 그러니 보내고 싶은 학생이 있으면 선발해보세요. 그리고 우리 대한민국 사람은 아직도 단일민족입니다. 때문일 것으로 외국인 보기를 편안한 맘으로 안 볼 수도 있다는 데 있습니다. 그런 점도 참고로 하셔서 유학을 보내실 때 약간의 소양 교육도 해서 보내주시면 합니다."

천기철 목사 말씀이다.

"그래야겠지요."

하미마을 대표 말이다.

"그런데 하미마을 주민 중에 베트남전쟁 당시를 겪었던 분들은 몇 분이나 계실까요?"

윤혜선 권사 말이다.

"연세 때문이기도 해서 그때를 살았던 분들은 몇 분 안 계십니다."

하미마을 이장 말이다.

"그러시군요."

"그렇지요."

"그러면 그 몇 분만이라도 명단을 알고 싶은데 귀국하시기 전에는 어려우실까요?"

"어렵지는 않으나 그건 왜요?"

"그러면 명단 한번 주세요. 그분들에게 위로의 의미가 담긴 초대장이라도 보내드리고 싶어서입니다. 그러니까 저 윤혜선은 그분들에게 초대장이라도 보내드리고 싶은 맘이라 제 생각을 이미 적어놔서입니다."

"권사님이 그렇게까지 안 하셔도 돼요. 우리가 그분들에게 말씀드릴테니까요."

하미마을 이장 아내 말이다.

"그렇게 해주시면 감사하겠습니다만 이미 적어놓은 내용 말씀드리면 다음과 같습니다."

하미마을 어르신, 제 남편은 군인이기는 했으나 하미마을 여러분들을 어렵게 만든 당사자까지는 아닙니다. 그러나 같은 부대원으로 나는 아니라고 할 수 없다는 얘기를 아내인 제게 여러 차례 했습니다. 그래요, 하미마을 주민들을 힘들게 한 잘못한 얘기를 여러 차례 한들 하미마을 어르신께 무슨 소용이 있겠습니까. 그러나 저는 당시 오상택 병사 아내로서 죄인이라는 생각만은 지울 수가 없어 이렇게라도 인사드립니다. 그렇다는 점에서라도 어르신 건강이 웬만하시면 제가 한번 모시고 싶습니다. 천국문교회 윤혜선 권사 올림.

그동안 듣게 된 얘기지만 우리 남편은 하급병이라 따라만 다니게 된 그런 입장이었을 뿐이라지 않은가. 그렇기도 하지만 남편은 하체가 없어지기까지 큰 부상으로 귀국 후에 일어난 사건이다. 그러나 같은 부대원이기에 나는 아니라고 못 할 오상택 상병 아내로서 마을이 없어지기까지 한 피해를 입힌 하미마을 주민들에게 미안하다는 내용이다.

그래, 세상을 살아가다 보면 실수로라도 잘못할 일이 얼마든지 있다. 그러나 말도 안 될 잘못을 저지른 한국군은 위령비로 대신할 수는 없다. 그렇지만 잘못을 인정하고 피해 입힌 일에 따른 보상은 있어야 할 것이다. 꼭 국가가 아니어도 말이다. 그렇게는 물론 형편이 되어야겠지만. 어떻든 신앙 입장이면 일상생활에서 미안하다에 더해서 고맙다의 언어는 당연할 것이다. 그렇게가 천성이 아닌 신앙심으로도 어렵겠지만 상대가 부담이 안 되는 범위에서 다가가는 흉내라도 내면 좋겠다. 그러니까 사죄의 인사를 받게 된 입장에서 고맙도록 말이다.

윤혜선 권사는 그렇게 해서 계획했던 일이 어렵지 않게 진행이 되어 번듯한 건물이 세워졌고, 베트남 유학생도 입주시켰고, 개인적 입주도 해서 담임목사 사모와 몇 명의 권사들과 그동안의 얘기꽃을 피우기 전 다과상이 차려진다.

"자식들은 있지만 보시다시피 저는 혼자라 사모님도 권사님들도 이렇게 늘 와주시면 좋겠습니다."

"그래요, 시간을 만들어볼게요. 그런데 윤 권사님은 오 집사님 땜에 여행 못 하셨지요?"

"그랬지요, 그랬다가 처음이자 마지막으로 2주간에 걸쳐 남편과 전국 나들이를 했습니다. 그런데 제가 착각을 한 바람에 남편이 그렇게 떠나버리고 말았습니다."

"그게 아닐 겁니다. 오 집사님은 하나님께서 부르신 겁니다."

천기철 목사 말씀이다.

"그래요, 저도 그렇게 믿고 싶지만 맘은 편치 못합니다."

전국 나들이 하자고 할 때 조심할 것은 심장약 복용자로 심장병이 우려될 수도 있으니 충격받는 일을 조심하라고 주치의가 말해주었을 뿐이다. 이제야 생각이지만 60이 넘은 나이면 노령으로 봐야 할 게다. 그래서 겉모습이야 젊은이들과 같겠지만 속까지 어디 그러겠는가. 일 때문으로는 뜬 눈으로 삼사 일을 보냈다 해도 하룻밤만 잘 자고 나면 아무렇지 않은 젊은이가 아니기 때문이다.

"아무튼 권사님은 이젠 홀로 계실 수밖에 없는데요."

천기철 목사 아내 말이다.

"그렇지요. 아시는 대로 저는 환자들과 생활을 같이했던 간호였습니다. 그런데도 등잔불이 어둡다는 말이 되고 말아서 남편 오상택 집사에게는 미안하고, 저를 아껴주시던 지인들에게는 부끄럽습니다."

남편 오상택 집사는 몸이야 오로지 상체뿐인 1급 장애인이기는 하나 그동안 무엇이든 주는 대로 잘 먹고, 잠도 잘 자고, 그랬던 남편이 잠에서 깨어나지 않은 게 사망이었다. 그래, 나는 병을 고치기까지는 아니어도 평생을 간호사로 일해온 베테랑 간호사 말도 들은 간호사다.

물론 베테랑 간호사라도 모르는 것은 모르는 것이지만 말이다. 그렇지만 남편을 그런 식으로 떠나보낸 것이 한없이 후회스럽고 미안하다. 미안하지만 이제는 되돌릴 수도 없게 되어버린 것이다.

어떻든 남편이 떠나고서야 알게 됐지만 아무리 건강하다 해도 생활의 리듬이 갑작스럽게 깨져서는 위험할 수 있다는 것도 알게 된 것이다.

"권사님 고향이 전라남도 진도라고 하셨던가요?"

임상순 권사 말이다.

"예, 제 고향은 진도예요."

"그러시면 언제부터 간호사로 계셨고, 남편이신 오 집사님은 어떻게 만나게 되셨나요?"

또 임상순 권사 말이다.

그래, 그동안 삶의 얘기를 들어 알고 있지만 오로지 생식기만인 사람을 남편으로 할 수 있었고, 4남매라는 자식까지 낳을 수 있었는지가 궁금하지 않을 수가 없어 묻게 되는 것이다.

"그래요, 제가 살아온 얘기가 궁금하시겠지요. 그러면 말할게요. 저는 부산에 사시는 고모가 계시는데 취직자리가 있으니 오라는 거요. 그래서 저는 국군병원 간호장교 보조 역할이었어요."

"간호사가 아니고요?"

천기철 목사 아내 말이다.

"그때는 간호사가 아니라 간호원이라고 했어요. 아무튼 한 병실에 백 명 넘는 환자들을 간호하기는 어림도 없어 위생병들이 간호를 대신했다고 할까요. 아무튼 그랬어요."

"부산 국군병원에서 오 집사님을 만났다는 말은요?"

임상순 권사 말이다.

"부산 국군병원에서의 간호는 잠깐이고, 서울 국군병원으로 곧 오게 되었어요. 간호장교가 주선해주셔서요."

"그러니까 오 집사님은 윤 권사님이라야 할 것이라는 생각 때문 아니요."

"그렇게 보신 것이 맞다고 해야겠습니다. 간호장교 당시 연세로 봐서 계실지 모르겠지만 지금도 계시면 한번 찾아뵙고 싶습니다."

"그러시겠지요."

"누구는 나를 칭찬하지만 이런 일에 있어 대접받으실 분은 간호장교님이기 때문입니다. 물론 제 생각이기는 하나 그렇습니다. 지금도 기억이지만 간호장교님은 초보 간호사에게 오상택 환자를 위하라고 하셨습니다. 그래서 출근해서 퇴근할 때까지 오상택 환자 곁에만 있다 보니 많은 얘기를 하게 되고 은연중에 정도 들었습니다. 그런데 출근해서 보니 그동안 고마웠다는 쪽지만 남겨져 있고 빈 침대라 얼마나 서운해했는지 몰라요. 아무튼 간호장교님은 심란해하는 저를 보시고 서울 국군병원으로 보내주면 갈 거냐고 물으셨고, 서울 국군병원으로 발령내주기까지는 고모부가 힘써주신 거요. 그렇게 해서 저는 여러분의 덕에 의해 서울 국군병원으로 가게 되었고, 결국은 오상택 씨와 살아가게 된 겁니다. 그랬던 남편이 소천하게 돼 이젠 하는 수 없이 홀로 살아가야 되네요. 그동안 맛나게 살아서 후회는 없으나 아쉬움은 어쩔 수 없습니다.

"그러셨군요. 권사님은 그렇게 사셨으니까, 자녀분들도 대단합니다."

"저는 대단하다고 생각지 않습니다."

"대단하지요."

임상순 권사 말이다.

"대단하다는 말을 들으려면 무거운 짐을 지는 일일 텐데 저는 그게 아니라 남편이 좋았기 때문입니다. 제가 그렇게 말하는 건 남자로서 하체가 없어진 심한 장애인이기는 하나 그런 남편 때문에 내가 하고 싶은 일 못한 것도 아니지 않은가, 저는 그렇기도 해서요."

"그건 권사님 겸손의 말씀이지요."

"그렇기는 합니다. 장가도 못 보낼 줄 알았던 아들에게 괜찮다 싶은 아가씨가 찾아와 며느리가 되겠다고 했고, 4남매라는 누구도 부러워할 손주들을 낳아주기까지 한 것이 보람이라 하겠습니다."

"당연히 보람이지요. 가장 보람인 건 시부모님이 바라시는 자식을 낳는 거지요."

"그래요, 괜찮은 자식을 낳게 돼 시부모님으로부터는 물론이지만 시댁 형제들로부터도 과분한 대접까지 받았어요."

"권사님 시댁 형제분들부터도요?"

"그럴까는 몰라도 손위 맏동서는 사회적으로 대학교수이기는 하나 시부모를 모셔야만 될 줄로 알았는데 막내동서인 제가 대신 모시게 돼 다행이라는 이유겠지만 시부모님의 재산분배 때 저는 다른 형제들보다 더 많이 갖게 된 거요. 그것이 제가 추진하고 있는 일까지입니다."

"그러시군요."

천기철 목사 아내 말이다.

"이건 엉뚱한 말이나 만약 권사님이 건강한 남성과 결혼하셨다면 지금쯤은 어땠을 것 같으세요?"

"남편에게 순종하느라 바쁠 거요. 제가 그렇게 말하는 건 아내는 남편 섬기기를 주님 섬기듯 하라는 목사님 말씀을 들어서요. 물론 고향 교회 목사님이 하신 말씀이지만 말이요."

"그러셨군요."

"저는 그랬다고 말해도 될 겁니다. 오 집사에게는 내가 곧 수족이었으니까요."

나는 그렇게까지 한 게 결과적으로 대접이고, 칭찬의 말을 들을 수 있었다. 그렇기도 하지만 위로 차원이기는 했겠지만 많은 사람이 찾아와 집안을 훈훈하게도 해주었다.

그래, 한 사람이 웃으니까 주변이 밝아지고, 그로 인해 내 자식들도 사회로부터 칭찬을 받게 되는 게 아닌가. '얘들아! 이 엄마가 나이 때문에 할머니라는 말을 듣기는 하나 지금의 엄마보다 더 행복한 사람이 세상에는 없을 것 같다. 정말 행복하다. 엄마가 행복하니 너희들도 행복해라!' 물론 대화 자리를 만들어준 여러분도 행복해야겠지만….

"임 권사님도 차 권사님도 안 바쁘시면 오늘 점심은 저희 집에서 합시다."

천기철 목사님 아내 말이다.

"사모님 감사합니다."

차영심 권사 말이다.

"음식은 이미 만들어진 것 배달해서 먹습니다. 그것은 윤 권사님 얘기가 많으실 것 같아서요."

"제 얘기가 많기는 하지요. 그렇지만 가치 있는 얘기가 아닐 건데 어쩌지요?"

"가치 있는 얘기라니요. 그동안 살아오신 얘기가 궁금한데요."

천기철 목사 아내 말이다.

"그렇지요. 평범하게 살아오신 게 아닌데요."

차영심 권사 말이다.

배달된 음식은 중국 음식 양장피다.

"권사님들 입맛도 모르면서 중국 음식을 시켰는데 괜찮으실지 모르겠습니다."

"짜장면이면 될 건데 아무튼 잘 먹겠습니다."

"이건 밥 먹다 말고 엉뚱한 말이지만 저는 병원으로 출근해야 할 간호사라 출근하게 되면 우리 집에 오시는 분들이 오시는데 남편 점심은 그분들이 손수 만들곤 했어요. 그렇기도 하지만 이런 음식을 오랜만에 먹게 되는 것 같습니다. 참 맛있게 먹었습니다."

천국문교회 목사님 댁이라는 데 좀 불편하나 맛나게 먹고 나서다.

"서울에 오시자마자 오 집사님과의 결혼은 곧 바로까지는 아니셨나요?"

천기철 목사님 아내도 두 권사도 오랜 관계가 아니다. 천기철 목사님은 천국문교회 부임이 칠 년째이고, 두 권사님은 이십 년이 좀 못 된다는 것이 임상순 권사 말이다.

"그러니까 출근해서 보니 오상택 환자가 없는 거요."

"그래서요?"

차영심 권사 말이다.

"물으니 조금 전 퇴원했다고 하데요. 그래서 집 주소를 달라고 해서 오상택 환자 집을 물어물어 찾아간 거요. 대문에 있는 문패에 오장범 씨라고 되어 있기에 대문 열고 들어가려는데 때마침 시어머니 되실 분이 '누군데 이렇게 서 있을까?' '오상택 씨 집에 찾아왔는데 맞나요?' '오상택은 우리 아들인데…' '예, 저는 부산 국군병원에서 오상택 씨를 간호했던 간호원이어요.' '부산 국군병원에서?' '예. 그런데 오상택 씨 집에 있어요?' '있기는 한데 누구도 접근 못하게 하는데 어쩌나?' '그러면 어느 방에 있어요?' '그건 안 되는데…' '일단 어느 방에 있는지만 가르쳐 주세요.' '왼편 방이기는 해. 그래, 기왕에 왔으니 저 방에 있다는 정도만 알고 가.' '아니에요. 오상택 씨! 오상택 씨! 오상택 씨!' '누가 나를 불러요?' '나 윤혜선 간호원이어요.' '소용없어요.' '소용없기는 왜 소용없어요. 소용 있지.' '오지 말고 가!' '일부러 찾아온 사람한테 이렇게 박절하게 해도 되는 거요?' '그래도 소용없어!' 소리를 고래고래 지르며 가라는 거요. 그래서 하는 수 없이 내일 또 오겠다고 하고 간 거요."

"그러시면 또 찾아가신 거네요?"

"또 갔지요. 그래도 문 안 열어주어요. 그것을 보고 계시는 오상택 어머니는 어쩔 줄 몰라 하시고요."

"어머니가 어쩔 줄 몰라 하신 건, 윤 간호사가 상택이 네 색시가 될지도 모르니 기회를 놓치지 말아라, 그게 아니었을까요?"

"아마 그러셨을 겁니다. 제가 적극성을 띠었으니까요."

"윤 권사님이 그렇게 하시는데 끝까지 아니라고 할 남자가 어디 있겠어요. 더구나 오 집사님은 초면도 아니고 부산 국군병원에서 정까지 들었던 간호산데요."

천기철 목사 아내 말이다.

"그런 얘기는 이만큼 하고 제 삶의 얘기도 한번 할까 하는데 괜찮을지 모르겠습니다."

"그러시면야 대환영이지요."

또 천기철 목사 아내 말이다.

"그건 그렇고, 전혀 엉뚱한 궁금증이지만 그동안 사시면서 오 집사님과 말다툼은 없으셨겠지요?"

임성순 권사 말이다.

"다툼은 없었지요. 한 가지 사안을 가지고 생각이 엇갈리기는 했어도요."

"먹는 음식 문제에서도요?"

임성순 권사는 자식이라고는 남매뿐이다. 그러나 두 남매는 엄마에게 여간 잘하는가 싶어 고맙기도 하다. 고맙기는 딸 정기순은 예쁘기도 하지만 풍기는 표정부터가 누구든 도와주려는 그런 표정을 가진 간호사라는 것이다. 누구든 도와주려는 그런 간호사 심성이 어디로 가겠는가. 그래서든 김상천 한의원 원장은 정기순 간호사를 형님의 아들인 조카와 연결해주면 좋겠다, 그런 맘이 결국엔 조카며느리가 된 것이다.

그러니까 임성순 권사 딸 정기순은 자기가 근무하는 한의원에 다녀가는 사람들마다 간호사로서 의무인 인사가 아니라 치료를 끝내고 집에 가려고 차에 오를 때까지 지켜봐준 간호사인데, 그걸 지켜본 김상천 한의원 원장이 조카를 불러 말하길 "상준이 너 사귀는 여자 없으면 우리 한의원 간호사 한번 만나볼래?" 만나보라고 한 건 대학까지는 아니나 더없는 간호사라서다. "그래서 말이지만 지금의 일이 네 색시가 웃어주지 않아서는 뜻한 일이 얼마든지 어긋날 수도 있다는 것이다. 그러니 돈 많고, 가문도 그럴 만한 그런 여자와는 결혼하지 말고 지금 말한 우리 한의원 간호사를 만나봐라. 만나보라고 한 건 다름이 아니다. 네 장래를 말한 거다." 임성순 권사 딸은 그렇게 해서 한의원 원장 조카와 결혼해서 지금은 보배 같은 아이까지 낳아 행복하다지 않은가.

아무튼 여자나 남자나 평생을 부부로 살아가려면 배우자가 더없이 중요할 게 아닌가. 나를 도와줄 그런 아내, 그런 남편 말이다. 그러니까 남편은 아내 사랑하기를 목숨도 아깝지 않다는 그런 자세인 남편, 아내는 남편을 위해 살아줄 같은 그런 아내 말이다.

부부가 그렇게까지는 못 한다 해도 조카에게 자기가 데리고 있는 간호사를 소개해 조카며느리로 삼은 김상천 한의원 원장처럼 덕담만이라도 해주는 사람이 없음은 물론, 그렇다는 이론의 책자도 없음이 많이도 아쉽다.

어떻든 이런 일에 있어 누구는 개천에서 용 났다는 말도 우리는 한다. 그러나 개천에서 용이 아니라 그럴 만한 이유인 부모로부터 이어진 유전자다. 그러니까 임성순 권사가 바로 그런 분이다.

"음식 먹는 문제요?"

"예."

"오 집사는 식욕도 왕성해서 음식 때문에 신경을 써본 일이 없었습니다. 이것을 두고 누구는 천생연분이라고 말할지 모르겠지만 그랬습니다. 그런데 한 가지 부탁드려도 될까요?"

"윤 권사님이 우리에게 부탁이요?"

선선순 권사 말이다.

"시간이 되실지 모르겠지만 혼자 살아가기는 아무래도 아닐 것 같아서요."

"그러시겠지요, 윤 권사님 홀로 살아가시기는 어렵겠지요."

"그래서 말인데 여러분이 늘 와주시면 합니다. 아니, 그보다는 같이 사시면 어떨까 합니다."

혼자라는 건 불교 스님들 수행처럼 말고는 누구도 싫지 않을까. 우리는 이웃을 이루고 살아간다. 우리라는 말도 그렇다. 우리라는 말의 어원은 빠져나가지 못하게 틀 안에 옹기종기 모여 살아간다는 의미의 말이다. 아무튼 사회라는 말과 우리라는 말의 차이는 어느 만큼의 차이인지는 몰라도 좋은 의미로 된 말이지 않겠는가. 국가적으로는 민주주의 사회, 이보다 더 좋은 말이 있을까.

"시간이 되실지 모르겠지만 그러니까 노인끼리만이라도 자주 만나는 게 좋을 듯해서 드리는 말입니다."

윤혜선 권사 말이다.

"그렇게 합시다."

임상순 권사 말이다.

"그러면 네 분 권사님이 오셨는데 우리 바깥출입도 한번 하면 어떨까요?"

"그러면 자동차 운전은 윤 권사님이 하시고요?"

"그렇지요. 아직은 운전할 만해요."

"윤 권사님은 대단하십니다."

"대단은 무슨 대단이요. 백 살이 다 된 나이임에도 운전만은 한다는데요. 물론 여자가 아니기는 해도요."

"그래요?"

"어떻든 멀리는 말고 당일치기로 인천 무의도로 갑시다."

그렇게 해서 윤혜선 권사는 자동차 시동을 걸고, 자동차가 고속도로에 올라서면서 윤혜선은 생각한다.

내가 이렇게 해도 천국에 미리 가 있는 남편 오상택 씨는 말 안 할지 모르겠다. 그러니까 홀로된 처지들끼리 생활도 같이하자고 한 권사님들과 무의도로 가면서다.

아무튼 나는 오상택 씨에게 있어 단 한 번도 섭섭한 말 했던 기억이 없다. 그러니까 평생을 같이할 부부이기에 서로 보완 관계로 살았을 뿐이지, 그래서든 나는 오상택 씨를 늘 지켜주었고, 오상택 씨도 아내인 나에게 미소로 답해주었다. 그동안은 그렇게 지냈으나 오상택 씨가 세상을 떠나고 보니 그동안의 일들이 아무것도 아니게 됐다.

그러니까 육십이 넘은 나이들은 자동차 속도로 말해 과속이 아닌 속도로 달려도 과속이라는 것이다. 그래서든 나도 하나님께서 부르실 날이 그리 머잖은 것 같은 느낌이다. 생각해보면 젊어서야 앞만 보고 내달렸으나 이제부터는 그동안 입던 옷가지들도 아무것도 아니게 돼, 장롱 속 정리도 해야 할 것 같다.

아무튼 나는 베트남 전쟁터에서 두 다리가 몽땅 잘려 나간 오상택 씨가 너무도 불쌍해 보였던 게 결국은 평생을 함께한 남편이 되었고, 어디다 내놔도 자랑할 만한 4남매까지 두게 해준 오상택 씨가 고맙기는 하다. 그렇지만 '나 먼저 갈 테니 천천히 와요.' 그런 간단한 말도 없이 떠나다니요. 그러니까 아직도 사업 중인 일들을 나 혼자 어떻게 하

베트남 전선

라고 말이요.

다인이 너는 엄마를 가까이서 지켜주고 있어 고맙다. 아무튼 다인이 너도 이미 알고 있겠지만 홀로된 처지끼리 같이 살아가자고 한 권사님들과 안면도로 가는 중이다. 권사님들은 1박 2일이라는 말에 차분도 해서인지 사실상 주무시기에 가족 모두가 떠올라 하는 말이다.

다인이 너 아기 때 기억이다. 네 아빠는 임신이라는 말에 만세도 불렀으나 두 다리가 없어진 부모에게서 두 다리가 멀쩡하게 달린 아이가 태어날 건가 걱정이었다가 두 다리가 멀쩡하게 태어나자 얼마나 감격했는지 엄마를 붙들고 울었단다. 아빠는 그러고부터는 할머니가 오시는 것도 두려웠단다. 그동안은 그랬으나 학교에 들어가고부터는 네 동생이 태어나도 그런가 보다, 했단다. 그러니까 유전자는 잘려 나간 두 다리와는 상관이 없을 거라는 인식 말이다.

만며느리 한명희 생각이다. 그러니까 만며느리 한명희는 이 시어미를 위하고 싶은 맘이 지극한 나머지 그랬으리라 싶기는 하나 손아래 동서들을 불러 모아 했다는 말이 "어머니가 가지신 재산 문제는 우리가 거론할 문제는 아니니 그리들 알아!" 그랬다지 않은가. 그래서 맘 같아서는 만며느리를 업어도 주고 싶은 맘이다. 만며느리는 사회적으로 형제도 많은 집안 장녀로 베트남에서 입은 아버지 부상 때문에 군대 안 가도 될 우리 아들이지만 군대를 지원까지 해서 갔다 온, 그러니까 남자로서의 용감성에 반해 결혼까지 한 며느리다.

연세대학 식품영양학과 교수로 계시는 손위 동서다. "내가 모셔야 할 시부모님을 동서에게 맡겼나 싶어 미안해." 그래서 나는 손위 동서에게 말하길 "저는 시부모님을 모시는 게 아닙니다. 그러니까 지금의 간호사 일도 시부모님이 계시기에 가능합니다." 그리 말했다.

시아버지 생각도 난다. 바쁘게도 가버린 세월 때문에 이젠 안 계시지만 시아버지는 어느 날 며느리인 나를 부르시더니 자동차 매장에 가자고 하시면서 사장들도 못 가질 고급 자동차를 사주시면서 하시는 말씀이 "이 차는 너를 위해 사주는 게 아니라 네 남편을 태우고 다니라고 사주는 거야." 시아버지는 그리 말씀하셨다. 지금은 그때의 자동차는 아니나, 운전만은 아직 자신이 있어 홀로된 내 처지와 같은 권사들을 태우고 운전 중이다.

이젠 천국에 계실 시어머니 생각도 난다. 시어머니는 두 다리가 몽땅 잘려 나간 아들 땜에 기절까지 하셨다가 살아나기는 했으나 장가는커녕 그동안 괜찮은 집안에 흉이 될 수도 있을 때 간호사인 내가 느닷없이 찾아가 시어머니 막내며느리가 되어드림은 물론, 어디다 내놔도 자랑할 만한 손주를 낳아드린 것을 너무도 좋아하셨다.

그러니까 오상택 환자 집이 맞는지 한참을 보고 있었더니 "아가씨는 누굴까?" 시어머니가 그러시는 게 아닌가. 그래서 나는 "예, 저는 부산 국군병원에서 오상택 씨 전담 간호사예요. 그런데 오상택 씨는 어디 있어요?" 내가 그렇게 물으니 시어머니는 "방에 있기는 한데 만나볼 수는 없으니 미안은 하나 그냥 돌아가." "알겠어요. 알겠지만 오상택 씨가 어느 방에 있는지나 알고 가면 안 될까요." 나는 그런 말도 했다. 내가 그리 말한 건, 오상택을 기어코 만나야만 해서였다.

오상택은 부산 국군병원에서이기는 하나 임시 간호사인 나를 얼마나 좋아했는가. 그런 얘기를 태우고 가는 권사들에게 다 말할 수는 없겠으나 오상택 환자는 임시 간호사인 내 손을 만지면서 행복해했고, 나도 오상택 환자를 좋아하게 되어 오상택처럼 생긴 아이를 갖고 싶다는 말도 했는데 결과적으로는 사실이 된 것이다. 윤혜선 권사는 그런 생각을 하고, 달려온 자동차는 목적지인 안면도로 빠져나가는 지점을 굴러간다.